译文经典

小说面面观

Aspects of the Novel

E. M. Forster

〔英〕E·M·福斯特 著

冯涛 译

上海译文出版社

E·M·福斯特谨将

《小说面面观》献给

夏尔·莫龙①

目　录

编者导言 …………………………………… 001

作者附言 …………………………………… 001

一　导言 …………………………………… 001

二　故事 …………………………………… 027

三　人物（上） ……………………………… 046

四　人物（下） ……………………………… 069

五　情节 …………………………………… 090

六　幻想 …………………………………… 115

七　预言 …………………………………… 138

八　模式与节奏 ……………………………… 165

九　结语 …………………………………… 189

附录

A　福斯特备忘录摘录 ……………………… 193

B　小说工厂 ………………………………… 227

C　《小说的取材与方法》 ………………… 231

D　小说的艺术 ……………………………… 235

编者导言

福斯特有个积习，每到年关，辞旧迎新之际，总要重新翻检一遍一年来的日记，细细估算一番一年来自己肉体和精神健康、声望和运道的收支账。逢到这种情况，他的笔触总是更加欣然地倾向于自责和自怜，而非相反的方向；于是，一九二七年在他的笔下就成为：

> 艰难的一年，回顾起来我备感欣慰，自觉在……金钱和声望上都收获颇丰。用掉约六百镑，本可以花得更多。讲座（一至三月，十月出版）大获成功。在人文剧院①赢得大量听众且因此成为国王学院之研究员。

"讲座"即年度克拉克讲座，由剑桥三一学院主办，在关于英国文学领域的系列讲座中或许是最著名的。从莱斯利·斯蒂芬②和艾德蒙·格斯③到燕卜荪④和瑞恰慈⑤，克拉克讲座不但将著名或一度著名的评论家和学者网罗殆尽，而且在过去的五六十年间还不时邀请到文学人文领域的著名从业者，譬如说历史学家、戏剧家或者诗人担任讲席。而在一九二六至一九二七学年，这项荣誉头一次落到一位小说家头上；这位小说家就是当时广受赞誉的小说《印度之行》的作者。

福斯特很高兴受到邀请，却对是否接受踌躇不决；一九二六年三月十七日他在写给印度朋友赛伊德·罗斯·马苏德⑥的信中道：

> 刚收到剑桥三一学院克拉克讲座的讲席邀请，还是挺兴奋的——今秋或是明春就英国文学做八次讲座，有两百镑丰厚报酬。要是能鼓起勇气我就接受邀请。⑦

一方面是报酬的丰厚，是略为不安地明知自己并没有在

① 并非如今的剑桥人文剧院，为当时一同名大学讲堂。——编者

② 斯蒂芬(Sir Leslie Stephen, 1832—1904)，英国文人，评论家，《英国传记词典》的第一任主编。著名作家弗吉妮娅·伍尔夫之父。——译者

③ 格斯(Sir Edmund Gosse, 1849—1928)，英国翻译家，文学史家和评论家。——译者

④ 燕卜荪(Sir William Empson, 1906—1984)，英国诗人，评论家，曾任教北京大学和西南联大。诗作有《诗歌》，论著有《晦涩的七种类型》等。——译者

⑤ 瑞恰慈(I. A. Richards, 1893—1979)，英国文学评论家，诗人，新批评派主要代表人物，著有《文学批评原理》、《实用批评》等。——译者

⑥ 马苏德(Sir Ross Masood, 1889—1937)，印度著名教育家、政治家赛伊德·艾哈迈德·汗爵士(Sir Syed Ahmed Khan, 1817—1898)之孙，印度次大陆文艺复兴之父。在备考牛津大学时，E·M·福斯特曾受聘做过他拉丁文的私人导师，之后与福斯特成为莫逆之交。福斯特将《印度之行》题献给他。——译者

⑦ 摘自 P. N. Furbank 先生拥有的打字副本。——编者

写另一部小说或是任何实质性作品，而且首要的或许还是声望的诱惑——尤其是紧随 T·S·艾略特其后主持讲座，福斯特对他的诗是怀有一种虽说略有戒备却是相当强烈敬意的。（对 A·E·豪斯曼①，他却认为徒有虚名；不过也许在不久后他才得知豪斯曼在艾略特之前即已受邀担任讲席，而且他不但得到允许一见豪斯曼那封措词优雅的谢绝信，而且还抄录了一份。）②而另一方面，则是能否鼓足"勇气"的问题：其中主要的自然还不是要面向一大群主要是专业的听众侃侃而谈的考验，而是害怕这样一来，就小说这只"无害的母鸡"而言——因为不管那邀请是怎么来的，他既受到了邀请，自然知道人家对他的期望是什么——他将极易招致，尤其是来自小说家同侪，针对他前后不一的指责。福斯特在一生中的大部分时间内都意识到"评论与创造性状态之间的鸿沟"③；而在克拉克讲座二十年后，当福斯特应邀前往另一个剑桥④就"批评之 Raison d'Être⑤"发表演讲时，他仍以

---

① 豪斯曼（A. E. Housman, 1859—1936），英国诗人，拉丁文学者，长期在剑桥大学任拉丁文教授，作品风格独特，情调悲观，主要诗作有组诗《什罗普郡那少年》和诗集《最后的诗》等。——译者

② 豪斯曼在这封信上彬彬有礼地谢绝从"我自认胜任并乐在其中的那些琐碎而又陈腐的研究"中抽出"整整一年时间（至少要这么长时间）"。福斯特在他的备忘录中完整抄录了此信（在本书附录 A 摘录的条目之后）。另见《A·E·豪斯曼书信集》，Henry Maas 编辑（伦敦，Hart-Davis, 1971）。——编者

③ 见《为民主再次欢呼》（Abinger 版，第十一卷）118 页。——编者

④ 所谓"另一个剑桥"，是指美国的"剑桥"（一般音译为"坎布里奇"），哈佛大学所在地。——译者

⑤ 法语：存在的理由。——译者

很不情愿地承认"反对批评的现状强大得令人担心"始，以断言批评在人文学科中没有"第一等 Raison d'Être"做结①。既持有这样的观点，他仍然还会写的批评著作也就难怪全都规模很小，方式任性了，他宁肯通过迅速、敏锐的领悟一把抓住特点，而不愿进行详细的分析或自始至终地应用任何一种批评理论，或者希望通过八次有关"乔叟以降英国文学的某一或某几个阶段"的讲座来对文学进行剖析②。他当真想跟克莱顿·汉密尔顿先生一较高下吗？数年前他曾拿他的《小说的取材与方法》大大地取笑过一番③；或者跟E·A·贝克教授分庭抗礼？不久后他还相当不敬地对贝克教授皇皇巨著《英国小说史》中的一卷说三道四，引发作者愤怒的抗议，他也不得不因此而有所保留地道歉④。

答案或许根本没这么复杂：他当时的富足用美国的秤盘一掂可能都打不住定盘星了（《印度之行》在美国的销量

① Op. cit., pp. 105, 118.——编者
② 福斯特的表述（见本书正文第 3 页）跟一八八三年三月六日《剑桥大学报道》宣布的关于讲座使用的术语并不完全吻合。不过这些术语事实上也在不断变化：这一讲座最初一次就历时三年，总共至少得进行六十次讲座，每年得到三百镑报酬。此前福斯特自然也就文学做过讲座；不过他曾为大学扩展教育做过的讲座是关于意大利历史的，他在工人大学（"Working Men's College"是一八五四年由基督教社会主义者创办，英国最早向"所有人"提供基本教育的成人大学。F·D·莫里斯是主要发起人和第一任校长，E·M·福斯特是后来最著名的志愿者之一。——译者）的讲稿又须另当别论。——编者
③ 见"附录 B"收录的评论，同时也是"无害的母鸡"这个说法的由来。——编者
④ 见《旁观者》一九三〇年六月二十八日，1055 页，及一九三〇年七月十二日，54 页。——编者

远远盖过了英国），他不是豪斯曼，没什么"研究"要打断，不管它是不是陈腐，哪怕他真要婉拒，作为最后一招，他也需要扎实得多的理由，或是为虚荣心蒙上朴素和深思熟虑的外衣。不过，福斯特虽说终究接受了邀请，毕竟还是颇有些顾虑，这在他于七月十一日写给亚历山大的朋友 G·H·卢道夫的信中有所表露：

> 我想我之所以活着的首要责任——至少是唯一的公共责任——就是写出好书，对此我还不能说我正在尽职尽责。我把时间都花在阅读别人写的小说上了，而这是为了明年在剑桥的几个讲座做准备……我……正在硬啃《克拉丽莎·哈洛威》①。刚刚草草对付完笛福和斯特恩，这两位读来都让我大为开心。这一切干起来都挺愉快的，而且讲座的报酬颇丰。可这跟创作没有丝毫关系。我自觉就像个木偶，真实的生命已然被抽空，而且我还一直在琢磨——恐怕以后还会一直这么琢磨下去——大部分人年过四十后难免都会变成这副德性：过得挺开心挺愉快，对什么都挺享受，占住一个空缺（占住了就再也不挪窝）；可是他们私心要保留的那点尊重却完全被放错了地方。

福斯特可能从四月份就开始从《项狄传》和《摩尔·弗

---

① 《克拉丽莎·哈洛威》（*Clarissa Harlowe*）是英国十八世纪小说家塞缪尔·理查逊的代表作之一。——译者

兰德斯》入手"草草对付"十八世纪的小说，他备忘录中的系列条目就是从这两本小说开端的。他竟然在五月十七日写信给弗吉妮娅·伍尔夫，坦白承认他是头一次读《项狄》和《摩尔》，而且天真地求她开列一份"最好小说的清单"。[①]不过，就算是他没全读过这些小说，我想他对这些小说可能具有的真实面貌也该有个比较清楚的概念，不会像他装得这么无知。不管怎么说，既然他当时就将弗吉妮娅·伍尔夫正式发表的一种观点斥之为"乏味无聊的布卢姆斯伯里式结论"[②]，可见他也并未深受伍尔夫个人推荐意见的左右，如果她果真给他开过什么书单的话。

如果说福斯特事先就因他的讲座那"颇令人坐立难安的荣誉"而"大惊小怪"，那么事实的结果是第一次讲座就"好过我的预期"，到第二次他觉得听众"兴味盎然"了，而到了第三次，讲座已在"剑桥博雅君子中大受欢迎"，到第七讲则是"风靡一时"，到最后获得了"最了不起的成功"，结果"日胜一日的盛名都使我无暇"写信了[③]。福斯特

---

① 我只见过这封信的抄件。——编者

② 见本书 208 页。——编者

③ 见写给以下诸位朋友的信：一九二六年十一月十九日致弗吉尼亚·伍尔夫；一九二七年一月十九日致Ｃ·Ｐ·卡瓦菲斯（希腊著名诗人。——译者）；一九二七年一月二十五日致多拉·卡灵顿；一九二七年二月二日致爱德华·阿诺德；一九二七年二月七日致Ｔ·Ｅ·劳伦斯（即"阿拉伯的劳伦斯"。——译者）；一九二七年三月十日致Ｅ·Ｖ·汤普森；一九二七年三月十八日再致Ｔ·Ｅ·劳伦斯。其中某些引文再次深受Ｐ·Ｎ·弗班克先生所做的摘录之惠。——编者（一方面号称"无暇写信"，实际上颇写了不少。挺耐人寻味的。——译者）

的系列讲座深受大部分听众的欢迎看来殊无疑义——不过我的两位通信者却是以相当不同的措词来描述这些讲座的，他们好意将自己的回忆录送给了我[①]。乔治·瑞兰兹先生聆听过几次讲座，回忆起福斯特"羞怯的微笑是如何突然变为上气不接下气、几乎孩子气的大笑"的，并补充道：

> 摩根从不妄下断语；他从不空谈教条；从不屈尊俯就或是盛气凌人。最重要的是，他讲话虽说从不提高声调，却也从不含含糊糊。他的讲座，正如他在后来印行的书中所言，是"随兴的，确确实实如话家常的"……继他之后那些最好的克拉克讲座也都是因为同样的原因获得成功的。他们是在跟你对话，正如摩根后来做的那些最让人难忘的电台节目……他们是在面向"普通读者"娓娓道来。

不过，这位剑桥研究员的"证词"恐怕会被我的另一位通信者 F·R·利维斯[②]博士给逐出法庭，利维斯博士从头到尾聆听了全部八次讲座，他记得自己一直被"讲座智识上的虚妄所震惊"。对他而言，福斯特之所以受到大量听众——"自然只是他的听众"——"显然意气相投的欢迎"和"骇

---

① 瑞恰慈教授当时恰巧离开剑桥，进行他的"环球蜜月漫游"去了。——编者
② 利维斯（Frank Raymond Leavis, 1895—1978），英国文学评论家，长期在剑桥大学教授英国文学，主要论著有《英国诗歌的新方向》、《伟大的传统》等。——译者

人听闻"的成功，只不过因为这些观众大多不过都是"剑桥那些愚蠢教师的妻子及她们的朋友"组成的（这就是福斯特所谓的"博雅君子"？），虽说也有"不少男性教师到场，包括本人年迈的导师（身在国王学院）——难怪人家都说国王学院的人总是愚忠了"。利维斯博士将所有这一切均看作"启蒙那强有力的正统"的明证，他继续道：

> 继而出版的那本书也马上成了桩公害：全英国女子学校的那些英语女教师全都抓住所谓扁平人物和圆形人物的区别不放——毕竟，这区别也并不比书中认真做出的任何结论更糟糕。我是作为哥顿和纽纳姆①"英语"教育的前主要负责人说这番话的。

有人也许会顺带提出反例，因为利维斯博士在别处也曾认为《小说面面观》②在文学评论上并非全无建树，至少福斯特这本对梅瑞狄斯"必要的拆台之作"省得这位《伟大的传统》③的作者在这上面大费周章。不过，对《面面观》持严厉态度的并非只有利维斯博士一人，也确实到了对《小说面面观》被指责的缺陷认真讨论一番的时候了。

---

① 哥顿（Girton）和纽纳姆（Newnham）是剑桥分别于一八六九和一八七二年最早专为女性设立的两个学院。——译者
② 福斯特的讲座以此书名于一九二七年十月二十日分别由爱德华·阿诺德和哈尔科特、布拉斯在伦敦和纽约同时出版。——编者
③ 伦敦，Chatto & Windus，1948；见企鹅版 33 页。——编者

我上文已经提到，福斯特在某种程度上处在一种违心的位置：他受雇成为一位评论家却又对文学批评的价值持严重怀疑态度。进退维谷中，他试图通过提供一种他觉得最为温和"无害"的批评以求摆脱困境，有时对"全部这一套"表示质疑，而且一开始就以全部火力针对他反讽地自称亦属其中一员的"伪学者"开炮。他的立场暧昧可疑吗？J·D·贝尔斯福德认为确实可疑：他在针对这本书的书评①中说，福斯特给人的印象是

　　　　他真巴不得把方帽和长袍整个儿全丢到爪哇国去，并且宣布在所有的文学批评经典中没有一个原则值得上两便士……可是在一个大学讲堂是不能公开鼓吹无政府主义的，而且福斯特先生也得尊重已故威廉·乔治·克拉克的遗愿。慎重是必不可少的，它是衡量是否庄重的一个标尺……

　　如果说在贝尔斯福德看来，据我推断，令人遗憾的特征在于不够庄重，那么在福特·马多克斯·福特②看来则是无政府主义，以及由此带来的不敬。他的书评标题"剑桥评全

<hr />

① 《新两兄弟》(*New Adelphi*，期刊名典出古罗马剧作家泰伦提乌斯所著之社会喜剧 *Adelphi*。——译者)一九二八年六月，pp.366-367。——编者
② 福特(Ford Madox Ford, 1873—1939)，英国小说家、编辑、批评家，二十世纪文学界具有国际影响的人物，主要作品有《好兵》、《行进的目的》四部曲等。——译者

部这一套"①就表达出他对福斯特戏谑地应用这个词儿的愤怒。他将福斯特对"给予他荣誉和名望的艺术和技巧"的态度等同于《笨拙》杂志对"人生那些严肃问题"的态度，并继续道：

> 福斯特先生的表现是，他非但是位小说家，还是位牧师，在这部作品中，他仿佛一只手举着"圣体"，另一只手同时在写有关这圣饼是如何烤出来的卖弄学问的俏皮话。

这个智识虚妄的福斯特，这个懦弱卑怯的无政府主义者，这个亵渎神灵的牧师：这就是这位小说家从创作转向批评时对他劈头盖脸的指责——而且他仍然一如既往地"拒绝伟大"，通常②这被视作亲切友好，表现在他的小说中就更加令人赏心悦目了。不过，用福斯特并无意创作或仿效的那些皇皇大著的标准来挑剔他这本薄薄的小书，怎么说也有点小题大做吧？也许，更加中肯的批评倒是出自萨默塞特·毛姆《寻欢作乐》的叙述者之口：

---

① 《星期六文学评论》一九二七年十二月十七日，449—450 页。——编者
这篇书评的英文标题为"Cambridge on the Caboodle"，福特不满的那个词儿就是"caboodle"。——译者
② 虽说发明这种说法（见《E·M·福斯特》，伦敦，Hogarth Press，1944，10，155 页）的利奥奈尔·特里林并不这么认为。——编者
特里林（Lionel Trilling，1905—1975），美国文学评论家，哥伦比亚大学教授。——译者

我读了珀西·卢伯克的《小说的技巧》，从中我学习到写小说的唯一途径就是要像亨利·詹姆斯那么写；后来我又读了E·M·福斯特的《小说面面观》，从中我学习到写小说的唯一途径就是要像E·M·福斯特那样写……

我觉得对于卢伯克的著作而言这绝对是一语中的；而且，虽说我觉得对福斯特而言稍有不公，它至少以其有趣的夸张方式暗示出《小说面面观》是本什么样的书：它是一系列经观察后做出的点评，在编排上有些随心所欲（一直到附录A中那些笔记临近结束时才第一次出现了一点迹象：福斯特那"摇摇欲坠的教程"竟然也是有其结构和框架可言的），而这些点评首先是由一位小说家，其次是由一位稍有些不太普通的读者，再次是由一位朋友，最后才是由一位进行分析和理论化的批评家做出的。再次是朋友，最后才是批评家。因为必须承认，福斯特是从来不吝于为了友谊牺牲批评的，在《小说面面观》中就有三个清楚的例证：毫无必要地吹捧（这既非第一次也非最后一次）狄金森①的《魔笛》；对珀西·卢伯克的两本书他私下里颇不以为然，公开场合却尽是溢美之辞②，对一位国王学院的同学他也同样"表里不

---

① 狄金森（Goldsworthy Lowell Dickinson, 1862—1932），剑桥古典学者，福斯特的朋友。——译者

② 见85—86，167—168，202页。而且一直到一九四四年，福斯特还向他的印度听众推荐《小说的技巧》；见那次令人失望、了无新意的播音"小说的艺术"，本书附录D全文收录。——编者

一"，自然也是出于对这位仁兄的忠诚和感激，后者一九一八年在红十字协会做他上司时，曾在一次有关组织管理的争论中坚决支持过他；再有就是他"出于一个小小的个人理由决定不送给伍尔夫太太未经更正的校样；其中有一个对她自己作品的批评，我已经在改样上修正过了！！"①对此我们有权不以为然——福斯特不是明确表示过宁肯叛国也不肯叛友吗——却没理由感到意外：人先于艺术是福斯特终生服膺并时常念叨的信条之一。

即便如此，《小说面面观》有时仍具有令人激愤的力量——福斯特本人就很有数："我希望在有关司各特的问题上激怒某些人！"他论道。司各特的追随者自然是轻易上了钩②，司各特之外，他对别的很多作家的批评也引来众多辩护之声，亨利·詹姆斯的追随者更是针对福斯特的攻击在一切问题上捍卫他们的大师，他们为此花费的篇幅至少是福斯特的八倍③。如果一本批评著作引不起任何怨言，肯定沉闷无比；以下是我认为几个值得商榷之处。就从詹姆斯

---

① 致布里安·费根（爱德华·阿诺德出版公司福斯特作品的编辑）的信，一九二七年九月二日。——编者

② 特别是本书的几位书评作者，以他们对福斯特的友善程度排列：L·P·哈特利（《星期六评论》，一九二七年十二月十七日），弗吉尼亚·伍尔夫（《国民与雅典娜神庙》，一九二七年十一月十二日）及 E·F·本森（《观察家》，一九二七年十月二十九日）。这三篇评论均可见于那本珍贵的汇编《E·M·福斯特：批评之遗产》，菲利普·加德纳编（伦敦，Routledge & Kegan Paul，1973）。——编者

③ 比如，可以参见杰弗瑞·提洛特森的《批评与十九世纪》（伦敦，Athlone Press，1951，pp.244-269）。——编者

入手吧，他，而非别人，当真不具备真正的强有力的罪恶感吗（见156—157页），哪怕他（可能）从未实际使用过这个词儿？用《亚当·贝德》来代表乔治·爱略特，用马洛[①]来代表康拉德，单单提一句盖斯凯尔夫人的《克兰福德》，当真公道吗？（部分的辩解：福斯特引用《亚当·贝德》是出于别的目的而非"公道"。而且，当他故意使《小说的取材与方法》这本书显得加倍愚蠢时才是真不公道[②]。）如果说我这个问题问得就不公道，那么我为什么要浪费宝贵的时间来读《弗莱克的魔法》？一本异想天开的平庸之作，连福斯特表示赞赏的撮要表现出来的那种干净的一致性都不具备，而且它（似乎）甚至不是出自他某位朋友之手。

一部引发了强烈争论的生动活泼、激动人心的批评之作，跟一部博得温吞赞同的乏味之作比起来，自然既更令人愉快也更加有益：即便那人尽皆知的扁平人物与圆形人物的区别，虽说本身相当可疑而且引证的事例更加可疑，也正因此而激发出某些有用的新鲜思考，特别是埃德温·缪尔[③]的著作。不过，若是由此认为《面面观》提供的乐趣主

---

① 康拉德小说《吉姆爷》、《青春》和《黑暗的心脏》中的主要角色。——译者
② 试比较福斯特对这本书的论述方式（11—12，227—230页）与附录C中的摘录。——编者
③ 《小说的结构》（伦敦，Hogarth Press，1928）——编者
　缪尔（Edwin Muir，1887—1959），英国文学批评家，翻译家，著名苏格兰诗人。——译者

要就在于由之而引发的异议，那可就本末倒置了。大多数读者真正珍视的是那些数不胜数的具体的评判，与其说是理性的，不如说是直觉的，似乎轻巧地一击，却一针见血，而且经常机智诙谐；是那些出人意表的并置，尤其是将斯特恩与弗吉妮娅·伍尔夫，《亚当·贝德》与《卡拉马佐夫兄弟》"相提并论"（不过理查逊与亨利·詹姆斯的并置在我看来却纯属不伦不类①）；是一系列挑战，促你深思某些并未完全展开的观点；还有，虽说福斯特只字未提自己的小说，对于我们如何认识他本人小说创作的目标和成就亦经常会有所启示②。所有这些都使《小说面面观》迄今仍是有关小说批评的出色入门书，是更权威更系统的批评著作的有效补充。

本书的文本采用的是一九七四年爱德华·阿诺德出版的阿宾格版，这个版本经过与早期各版以及剑桥国王学院所藏手稿片断逐字逐句的校勘。经过校勘，最大的发现就是，原

---

① 威尔弗瑞德·斯通曾暗示（《洞穴与高山：E·M·福斯特研究》，斯坦福与伦敦，斯坦福大学出版社与牛津大学出版社，1966，119 页）福斯特与詹姆斯之间长期的不睦或许源自两人早年一次不愉快的会面。福斯特在詹姆斯和理查逊之间进行的牵强的对比，是否不过是为了戏仿詹姆斯的风格并指责他为人势利呢？——编者

② 最出人意表的是对"节奏"的分析，他的观念反过来又被富有成效地应用于分析福斯特自己的小说，特别值得一提的是 E·K·布朗（《小说中的节奏》，多伦多大学出版社，1950）和詹姆斯·迈克康基（《E·M·福斯特的小说》，伊萨卡，康奈尔大学出版社，1957）。——编者

来英国的初版（及以后各版）与美国的初版存在众多细小的差别。一九二七年三月份，福斯特交给伦敦的阿诺德和纽约的哈尔科特、布拉斯各一份打字稿；可以肯定的是，他后来又在交给阿诺德的那份打字稿或后来的校样或者两者上都做了修正，可这些修正并没有传到大西洋对岸，或者传到时已经太迟了。同样可以肯定的是，一九二七年的阿诺德版（以及此后的各个英国版）也并非无可挑剔；共有二十多处经过校订，有些校订或是受美国版，或是受后来的英、美诸版（有一处明显是经福斯特改定的），或是受到手稿启发或确认的。此外，福斯特对其他作家的征引也一一进行了查核，在必要之处做了订正；引用的精确性原则还贯彻到被引用的作家、标题和出版日期。脚注大部分是福斯特自己加的；编者的补充特以方括号标明①。其他体例和文本方面的事项请参见阿宾格版的详细说明。

在阿宾格版中我曾表达过，在此还想再简短地就剑桥国王学院的众多朋友对我的慷慨帮助表达我的感激之情（尤其是以下诸位），特别要感谢：帕特丽西娅·布拉德福德太太，佩内洛普·布洛克太太，劳丽·彻伯尼耶小姐，P·N·弗班克先生，F·R·利维斯博士，唐纳德·卢克斯先生，

----

① 中译本又酌情加了些注释，特在每条注释后分别以"作者"、"编者"（不再单以方括号区别）和"译者"标明，以示区别。——译者

T·S·马修斯先生，西蒙·诺维尔-史密斯先生，I·A·瑞恰慈教授，乔治·瑞兰兹先生，贝丝·施奈德曼太太，以及我的妻子贡沃尔·斯塔利布拉斯太太。

奥利佛·斯塔利布拉斯

作者附言

本书是几个讲座（克拉克讲座）的汇编，一九二七年春由剑桥三一学院主办。讲座时用的语气是随性的，确确实实如话家常的，汇编成书后想来也该保持原来的语气更安全些，怕的是语气一去也就什么都不剩了。诸如"我"，"你"，"某人"，"我们"，"很是好奇"，"可谓"，"不妨想象一下"以及"当然"等词儿，每页都会不断出现，难免会使敏感的读者感觉不快；不过我想吁请这样的读者不要忘记，如果把这些不登大雅之堂的词儿统统去掉，别的，或许更高雅更重要的东西恐怕也会顺着它们留下来的漏洞给漏走了，而且，既然小说本身经常就是"话本"，面对庄严宏伟的批评洪流它也许会私藏下些自身的秘密，而宁肯托付给水洼和浅滩呢。

一　导言

我们这个讲座是跟三一学院研究员威廉·乔治·克拉克的名字联系在一起的。正是由于他，我们今天才会在这儿聚首，我们演讲的话题呢，也要从他这里起个头。

据我所知，克拉克是约克郡人氏。他生于一八二一年，读的是塞德伯和什鲁斯伯里学校[①]，一八四〇年进三一学院深造，四年后成为该院研究员，并以院为家近三十年，直至健康恶化，临死前才离开学院。他以莎学研究著称，不过却出版过两本与莎学无关的闲书，值得在此一提。年轻时他曾到西班牙游历，写了本生动的游记，名唤《甘孜帕稠》，读来赏心悦目。"甘孜帕稠"是他在安达卢西亚跟农民一起尝过的一种冷汤，他显然很是喜欢；事实上那儿的一切他显然都很喜欢。八年后，他去希腊度假，作为度假的成果出版了第二本书：《伯罗奔尼撒》。这本书要严肃得多，也沉闷得多。当时的希腊本就是更严肃的地方，比西班牙严肃，而且，当时的克拉克不但已经接受圣职，还担任了学院的发言人，而最重要的，他是跟时任学院院长的汤普森博士结伴同游的，院长阁下可全然不是那种可以欣赏冷汤的人物。对骡子和跳蚤的戏谑自然也就见不大着了，我们看到的古文物的遗迹和古战场的旧址则越来越多。这本书除了学识之外，我们唯一还能感受到的就是作者对希腊乡村的热爱。此外，克拉克还游历过意大利和波兰。

言归正传，回到他的学术本行。他策划了那套了不起的"剑桥莎士比亚"，合作者先是格洛弗，后来换了阿尔迪斯·赖特（两位都是三一学院的图书馆员），而且他得阿尔迪斯·赖特的襄助，出版了那套脍炙人口的"环球莎士比亚"。他为阿里斯托芬的一种新版收集了大量资料。他还出版了几本布道集，可是在一八六九年放弃圣职——这顺便也豁免了我们过于正经八百的义务。他之放弃圣职，是因为像他的朋友兼传记家莱斯利·斯蒂芬，像亨利·西奇威克[2]和其他同辈人一样，他发现没有必要再待在教会里了，而且他还写了本取名《英国教会现阶段之危机》的小册子，细细解释了还俗的缘由。结果他也自然辞去了学院发言人一职，不过留任学院的导师。他终年五十七岁，被所有认识他的人公推为可亲的学者、至诚之君子。诸位应该已然认识到，他是

---

[1] 这两所学校都始建于十六世纪，皆属英格兰最古老、最著名的学校。——译者

[2] 西奇威克（Henry Sidgwick, 1838—1900），英国作家、哲学家。——译者

个真正能代表剑桥的人物。他代表不了这个广大的世界，甚至牛津，却最能体现剑桥诸学院的精神特质，这些特质或许也只在座步他后尘的诸位能够真正欣赏，即正直诚笃。遵照他的遗嘱，他的学院特将他的遗赠用于举办一个系列讲座，每年一届，讨论"乔叟以降英国文学的某一或某几个阶段"，并冠以他的大名以志纪念。

祈求神灵赐福已经不时兴了，不过出于两个原因，我仍想做这个小小的祈祷。首先，诚愿克拉克的少许正直诚笃在此次讲座中与我们同在；其次，愿他赐我们稍做通融变更之便！因为我并没有完全紧扣讲座的命题。"英国文学的某一或某几个阶段"。这个限定虽说听来相当自由，精神上也够开明，却碰巧不太扣得上我们的话题，这开篇第一讲也将用来解释其中的缘由。我要提出的论点也许显得很琐碎，不过它们将引我们来到一个有利的出发点，便于我们集中火力打中靶心。

我们需要一个有利的出发点，因为所谓小说，数量既庞大到令人望而生畏，而且又乱七八糟到无一定之规——其中没有可以攀爬的高山，没有帕纳塞斯或赫利孔①，甚至没有

---

① 两山均为希腊名山，传说为太阳神和文艺女神居住之灵山。——译者

毗斯迦①。能够确定的唯有，它是文学国土中的一片潮湿区域——受到一百条溪流灌溉，而且偶尔还会退化为沼泽。我丝毫不奇怪诗人会鄙视它，虽说他们有时也会误入其中。如果换了历史家，发现它竟然也会偶尔厕身于他们之间，并因此大发雷霆，我会深表同情。或许一开始我们就该给小说下个定义。这应该费不了吹灰之力。M·阿贝尔·舍瓦莱在他那本出色的小册子②里提供了一个定义，而且，设若一位法国批评家都没办法界定英国小说，那谁还能有这个本事？他说，所谓小说者，"具有一定长度之散文体虚构作品"（Une fiction en prose d'une certaine étendue）也。对我们来说这定义已经不错了，我们也许可以再进一步，这"一定长度"应该不少于五万字。任何五万字以上的虚构散文作品对于本讲座而言均被视为小说。如果您觉得这个定义不够精当，那您能另想个万全的定义，能把《天路历程》、《享乐主义者马里乌斯》③、《幼子历险记》④、《魔笛》、《大疫年日记》⑤、《朱

① 毗斯迦山位于约旦河东，传说摩西从此山上眺望上帝赐给亚伯拉罕的迦南地。——译者
② 《当代英国小说》（Le Roman Anglais de Notre Temps），阿贝尔·舍瓦莱著（Milford，伦敦）。——作者
③ 《享乐主义者马里乌斯》（Marius the Epicurean）是英国唯美主义批评家、随笔家和人文学者沃尔特·佩特（Walter Pater，1839—1894）宣扬其美学哲学主张的著名哲理小说。——译者
④ 《幼子历险记》（The Adventures of a Younger Son）是英国作家和探险家 E. J. Trelawny（1792—1881）的自传体小说。——译者
⑤ 《大疫年日记》（A Journal of the Plague Year）是英国大作家笛福（1660—1731）的代表作之一，是对伦敦一六六四至一六六五年大瘟疫的记述。——译者

莱卡·多布森》①、《拉塞勒斯》②、《尤利西斯》和《绿厦》③全部包罗无遗吗？如若不然，能说明某某不是小说的原因吗？我们这块海绵一般的小说地块中，有的部分虚构性强些，有的则弱些，这是事实：靠近中间位置，一个绿草茵茵的小丘上站着奥斯丁小姐，她塑造的爱玛随旁侍立，还有萨克雷扶持着他的艾斯芒德④。可据我所知，还没有一个聪明的定论能把这整个地块讲个清楚。我们只能说，其两面环抱着两列并不陡峻的山脉——一列是诗，一列是历史，相反相成——第三面则傍依海洋——我们如果去拜访《白鲸》就定然会邂逅的海洋。

首先，让我们来探讨一下到底什么是"英国文学"。我们自然解读为是用英语写成的作品，而不是理解为一定得在特威德⑤以南或大西洋以东，或是赤道以北的出版物：我们并不需要纠缠到地理差异中去，这是政治家操心的事儿。然

---

① 《朱莱卡·多布森》(*Zuleika Dobson*) 是英国漫画家、作家比尔博姆(Sir Max Beerbohm, 1872—1956)的唯一小说作品，是对牛津生活的夸张和讽刺。——译者
② 《拉塞勒斯》，全名《阿比西尼亚王子拉塞勒斯的历史》(*The History of Rasselas, Prince of Abissinia*)，是约翰生博士(1709—1784)的哲理小说。——译者
③ 《绿厦》(*Green Mansions*)是英国作家和博物学家哈德森(W. H. Hudson, 1841—1922)最著名的描写异国情调罗曼司的小说。——译者
④ 萨克雷著名的历史小说《亨利·艾斯芒德的历史》(*The History of Henry Esmond*)的主人公。——译者
⑤ 特威德河(Tweed)为苏格兰东南部的一条河，形成苏格兰与英格兰边界的一部分。特威德河以南在地理上属英格兰，英格兰在地理上同样属于"大西洋以东"以及"赤道以北"。——译者

而，即便有了这样的解读，我们就能如愿以偿自由驰骋了吗？我们能在讨论英国小说的时候，对用其他语言写成的小说视而不见吗，尤其是法国和俄国小说？就影响而言，我们可以对其视而不见，因为我们的作家从未受到欧陆太大的影响。不过，我在我的讲座中将尽可能少谈影响，理由稍后再做解释。我的论题是用英语写成的某种特别种类的书籍，以及这些书籍的方方面面。我们能对欧陆这类书籍的相关方面视而不见吗？不尽然。我们须面对一个并不愉快而且有伤爱国热忱的事实。英国没有一个小说家像托尔斯泰那么伟大——也就是说，没有一个英国小说家曾如此全面地展现出人生的画面，不管是日常还是英雄的方面。没有一个英国小说家在探索人类灵魂方面达到了陀思妥耶夫斯基的深度。而且没有任何一个小说家在分析现代意识方面做得像马塞尔·普鲁斯特那么成功。在这些丰功伟绩面前我们必须稍做沉吟。英国诗自可以睥睨当世——不论是质量还是数量。可英国小说就没这么风光了：最好的小说并不出在英国，如果我们拒不承认这个事实，那可就真是小家子气十足了。

身为作家，却并不忌讳所谓小家子气，没准儿这还能成为他的力量之源：只有假道学或真傻子才会指责笛福伦敦腔或托马斯·哈代乡土气。可是小家子气在批评领域却是个严重缺陷。身为批评家，最忌眼光狭小，虽说这经常是一位创造性艺术家的特权。批评家必须眼界开阔，否则会一事无成。小说是一种创造性艺术，批评却无缘分享这一特权，而且出于批评家的谫陋，英国小说领域中有太多小屋被错认作了大厦。我们可以信手举四部小说为例：《克兰福德》[①]、《中洛辛郡的心脏》[②]、《简·爱》和《理查德·费沃里尔的考验》[③]，我们可能出于各种各样个人或乡土的理由热爱这四本书。《克兰福德》散发出英格兰内陆城市感十足的幽默，《中洛辛郡》活现出一个具体而微的爱丁堡，《简·爱》是一位杰出却尚未成熟之女性的激情梦想，《理查德·费沃里尔》则洋溢着乡村的诗情画意并闪烁着时髦的才智光彩。可这四部小说无一例外都不过是小小的华屋，并非宏伟的大厦，一旦将其树立在《战争与和平》的柱廊或是《卡拉马佐夫兄弟》的拱顶之中，我们立刻就能看出并尊重它们的真面目。

我并不打算在我的讲座中经常提及外国小说，我更不会摆出一副外国小说专家的架势，仿佛只因为规定所限才不得不忍痛割爱。不过在正式开讲英国小说之前我的确想强调一下外国小说的伟大；恕我直言，这是为了能为我们的主题投

---

① 《克兰福德》（Cranford）是盖斯凯尔夫人(1810—1865)描写一八三〇年代英国乡村生活的长篇小说，出版于一八五三年。——译者
② 《中洛辛郡的心脏》（The Heart of Midlothian）是司各特(1771—1832)描写苏格兰历史的著名长篇小说，出版于一八一八年。——译者
③ 《理查德·费沃里尔的考验》（The Ordeal of Richard Feverel）是乔治·梅瑞狄斯(1828—1909)以乡村为背景，以父子关系、阶级差别为主题的著名长篇小说，出版于一八五九年。——译者

下这么个起始的阴影，如此，当我们最后回顾时，方能在真实的光线下更加清楚地认清英国小说的真相。

关于"英国"的限定就说这些。现在我们来说说更重要的一点，关于"某一或某几个阶段"的限定。这种以时间来衡量一个阶段或某种发展的观念，以及由此必然产生的对影响和流派的强调，碰巧正是我希望在我们这次简要的概观中着意避免的，而且我相信《甘孜帕稠》的作者对此也会宽大为怀。时间的概念自始至终都将是我们的敌人。我们呈现和观照英国小说家的方式并非将他们置于时间的大川任他们随波逐流，稍有不慎就会被吞没，而是请他们团团围坐在一个圆形房间里，就像大英博物馆的阅览室——同时写他们的小说。他们坐在那儿的时候不会这样想："我生活在维多利亚女王治下，我在安女王时期，我继承的是特罗洛普的衣钵，我在反奥尔德斯·赫胥黎其道而行。"他们只知道自己的笔握在自己手中。他们正处在半迷狂状态，他们的痛苦与欢欣正通过墨水倾泻而出，他们可以说在进行创造性活动，而当奥利佛·埃尔顿教授断言"一八四七年后，小说的激情就再也难以为继"时，他们谁都不会明白他到底什么意思。我们就将以这种方式来观照他们——这方式远非完美，不过我们却是量力而行，可以使我们免于陷入伪学术的重大危险。

真正的学识当属人类可能成就的最高成就之一。一个人若能选择一个有价值的学科并洞悉其所有的真相并精通其周边学科的主要真相，还有什么比这个更加令人欢欣鼓舞？到那时他就能随心所欲而不逾矩了。如果他的学科是小说，他就可以兴之所至以编年顺序而论之，因为他已经遍览了过去四个世纪所有重要的外带众多并不重要的小说作品，而且对于任何与英国小说间接相关的知识也有充分了解。已故沃尔特·罗利爵士[①]（他曾主持过这一讲坛）就是这样一位学者。罗利博闻广识，故能放论影响，他对英国小说的专论采用的就是分期论述法，可力有不逮的后继者却应该知难而退。学者自然也可以像哲学家，面对时间的河流沉思默想。纵不能将其整体一览无余，也尽可以看到具体的事实、多样的个性从他身旁流过，并估价其间的关系，如果他得出的结论对我们而言就像对他本人一样宝贵，那他老早就教化世人、惠及全人类了。他自然是失败了。真正的学识是不可言传的，真正的学者更是凤毛麟角。在今天的听众中或有几位学者在，不论是确实的学者还是具有此种潜质的，不过也只限于寥寥几位，而讲台上肯定是没有的。我们大多数都是伪学者，我也想以同情和尊敬之情来对待我们的特性，因为我们这个阶层规模既庞大，又广有影响，在教会和国家两方面均位居显要，我们掌控着帝国的教育，报界奉我们的好恶为标杆，宴会尊我们为贵宾。

---

① 罗利（Sir Walter Alexander Raleigh, 1861—1922），英国批评家、随笔作家。——译者

伪学术往好了说，是无知对学识的致敬。它还有经济上的意义，对此我们不必过于苛责。我们大多数人在三十之前都须得寻个工作自立，否则就得求亲靠友过日子，而很多工作只有经过考试方能觅得。伪学者在考试方面往往表现突出（真学者在考场上却并不怎么擅长），即便失利，他仍会仰慕考场天生的权威。它们是通往工作职位的大门，它们握有生杀予夺的大权。一篇论《李尔王》的论文可能大有用场，成为通往地方政府的进阶，在实用性方面远胜过那出他指望不上的同名戏剧。他自然不会向自己坦承："这就是知识的用场，它能使你飞黄腾达。"他感觉到的经济压力更多是潜意识的，他去应试不过是觉得，写一篇《李尔王》的论文虽说是桩狂乱、痛苦的经历，其结果却很是拿得稳靠得住。不管这么做是出于玩世不恭还是天真无知，他都无可厚非。既然"知识能改变命运"，既然"功名"必须"考得"，对考试体系就由不得我们掉以轻心了。如果求职的阶梯另辟出一条蹊径，我们如今所谓的教育大部分都会土崩瓦解，而谁都丝毫不会因此变得更蠢。

不过若是此人跑去进行什么文学批评——就像我们现在做的工作——他可就成了害群之马，因为他要干的是真学者的事业，却压根儿没有真学者的本事。书还没读或还没读懂就忙着给它们分门别类了；此其首要罪状。有的按时代分门别类。一八四七年前的，一八四七年后的，一八四七年以前或以后的作品。安女王时代的小说，前小说[1]，原始小说[2]，未来小说。有的按题材分类——加倍愚蠢。"法庭文学"始自《汤姆·琼斯》；"妇女运动文学"始自《谢利》[3]；从《鲁滨孙》到《蓝色珊瑚岛》[4]则皆属"荒岛文学"；最令人生厌的当属所谓的"流浪汉小说"，虽说"公路小说"也八九不离十了；还有"苏塞克斯文学"（伦敦周围诸郡里，苏塞克斯或许称得上最文学的一郡了）；不登大雅之堂的作品——实质是一种令人不快却又很严肃的调查研究，唯有年高德劭的伪学者才能从事的事业；甚至还可以根据小说与工业主义、航空科技、鸡眼治疗，甚至天气的关系进行分类。我特意提到的天气并非我的向壁虚构，而是源自一本堪称我多年来读到过的最神道的小说专论。这本奇书来自大西洋彼岸，我真是永志不忘。这本文学指南名为《小说的取材与方法》。作者的名字自当隐去。是位伪学者，而且是位优秀的伪学者。他按照小说的写作日期、长度、地区、性别、观点，直至你能想到的一切标准对其进行分类。而且他袖中还另有乾坤，那就是天气，他祭出的这一法宝还项生九

---

[1] 指十八世纪小说家塞缪尔·理查逊(1689—1761)之前的小说。理查逊的《帕美拉》被称为英国第一部小说。——译者
[2] 指小说未成型前已经流传的传说、故事、史诗等民间或口头叙事作品。——译者
[3] 《简·爱》的作者夏洛蒂·勃朗特(1816—1855)以约克郡纺织工业为背景的重要作品。——译者
[4] 为英国小说家 Henry De Vere Stacpoole(1863—1951)出版于一九〇八年的浪漫小说。——译者

头。这九头底下各有实例支撑，因为此公纵有千般不是，却是异常勤勉，就让我们看看他这九头宝物的详情吧。首先，天气可以只起到"装饰"之用，如比埃尔·洛蒂[①]；然后是"切实相关"的，如在《弗洛斯河上的磨坊》[②]中（没有弗洛斯河就没有磨坊，没了磨坊也就不会有塔利弗这家人家）；天气可以是"阐释性的"，如《利己主义者》[③]；也可以"意在预先确定和谐的气氛"，如菲奥娜·麦克利奥德[④]的作品；天气可以用作"情绪的对比"，如在《白兰垂小爵爷》[⑤]中；亦可以成为"行动的决定性因素"，如吉卜林的一个短篇小说，沙尘暴造就了一对怨偶；天气可以成为"一种支配性的影响"，如《理查德·费沃里尔》；甚至"本身即是主角"，像《庞贝城的末日》[⑥]中的维苏威火山喷发；最后，它也可以"压根儿不存在"，就像在儿童故事里。我真喜欢他一头扎进"不存在"里头。这使一切都这么科学，这么井井有条。可他本人却犹嫌未足，在完成他的分类之后还补充

---

① 洛蒂(Pierre Loti, 1850—1923)，法国小说家、海军军官，到过中东和远东，作品充满异国情调，作品主要有《冰岛渔夫》、《菊子夫人》等。——译者
② 《弗洛斯河上的磨坊》(*The Mill on the Floss*)是乔治·爱略特(1819—1880)前期重要作品，老塔利弗和小塔利弗兄妹是小说中的主要人物。——译者
③ 《利己主义者》(*The Egoist*)是乔治·梅瑞狄斯最著名的作品之一，发表于一八七九年。——译者
④ Fiona Macleod 是苏格兰作家 William Sharp(1855—1905)的笔名，作品充满神秘主义色彩，惯以苏格兰民间传说为题材。——译者
⑤ 《白兰垂小爵爷》(*The Master of Ballantrae*)是斯蒂文森(1850—1894)的代表作，出版于一八八九年。——译者
⑥ 《庞贝城的末日》(*The Last Days of Pompeii*)是英国作家、政治家鲍沃尔-李敦(Edward Bulwer-Lytton, 1803—1873)的著名历史小说。——译者

道，没错，自然还需要强调一点，那就是天才；一个小说家单知道有九类天气仍然无济于事，除非他也拥有天才。受到这一深思熟虑的鼓舞，他又按照小说的"语气"分了一下类。"语气"却仅有两种，主观的和客观的，每类各举了实例后，他再次显得忧心忡忡，又补充道："没错，可你同样需要有天才，否则哪种语气都是白搭。"

这种总把"天才"挂在嘴皮子上的做法又是伪学者的一个惯用伎俩。他狂喜欢提到天才，因为这个音调铿锵的词本身就可以豁免他深究其意的义务。文学是天才的创造。小说家都是天才。既是天才，我们只需给他们分分类就得了。他也正是这么做的。他说的一切或许都准确无误，可是全无用处，因为他是在绕着书本转悠，而没有参透这些书本，他要么就根本没读，要么根本就是在曲解。书是一定要读的（很不幸，因为读起来要花很多工夫）；唯其如此，方能搞明白它们到底有些什么东西。有些野蛮部落时兴吃书，不过对西方世界来说，阅读是消化它们的唯一途径。读者必须一个人坐下来跟作者较劲儿，而伪学者却不肯下这个苦功。他宁肯将一本书跟它产生的历史时期，跟其作者的生平事件或是它描写的那些事件，最重要的是跟某种"潮流"联系起来。一旦他能用上"潮流"这个词儿，他的精神头就来了，才不管他的读者会不会意兴阑珊呢，逢到这种时候他们经常拿出铅笔来做个注，相信"潮流"这玩意儿可真是万金油，包治百病。

正是为此，面对我们面前这本就摇摇欲坠的讲座，我们没法儿考虑按时序来讲述小说，我们绝不能面对时间之流沉思默想。另一种意象更切合我们的能力：所有小说家均在同时写他们的小说。他们分属不同的时代和阶层，他们具有迥异的性情和目标，不过他们手里都握着笔，都在进行创作。让我们从他们肩膀头上张望一下，看看他们都在写些什么。这或许能祛除年代学这个鬼魅，它眼下是我们的大敌，（下周我们将揭示）这个鬼魅有时亦是这帮作家的大敌。"哦，时代与人子之间的世仇，真是无止无休！"赫尔曼·麦尔维尔曾做如是之叹，而且这一世仇非但在生命与死亡间纠缠，即便在文学创作与批评这样的羊肠小道上亦不绝如缕。我们何不避其危害，想象所有小说家都一道在一个圆形房间里创作呢？除非先听到他们的话语，我不会提及他们的大名，因为只要一提某人的大名，跟它联系在一起的时代、闲话以及所有我们避之唯恐不及的杂碎就会跟我们撞个正着。

他们照指示两人一组。第一对是这样写的：

　　一、我不知道该怎么做，不知道！——上帝宽恕我，可我真是烦透了！我希望——可我都不知道该希望什么，才不会犯下罪孽！——然而我希望能让上帝高兴，希望上帝能赐我以恩惠！——在这儿我谁都碰不到——这是个什么样的世界! ——活着有什么趣儿？我们所企慕的善，如此暧昧模糊，又有谁知道到底该企慕些什么！人类分成了两半，其中的一半在折磨另一半，又在折磨他人中折磨着自己！

二、我恨的就是自己——当我想到一个人为了幸福，必须攫取那么多，从他人的生命中攫取，即便如此他也不会感到幸福。他这么做不过是为了自欺为了堵自己的嘴——可那只能，最多只能维持一小会儿。那个悲惨的自我总在那儿徘徊，总是给我们创造些新鲜的焦虑。结果证明，"攫取"不是，远不会是一种幸福。唯一安全的是"给予"。它至少不会欺蒙于你。

显而易见，在座的这两位小说家看待生活的角度如出一辙，不过第一位是塞缪尔·理查逊，而第二位你可能已经认出来了，是亨利·詹姆斯。他们两人非但是热情的，简直都是忧心忡忡的心理学家。两人都痛苦都异常敏感而且都崇尚自我牺牲；两人都缺乏悲剧感，虽说都已经非常接近了。他们都禀赋一种怯生生的高贵性——这正是支配他们的精神品质——而且，哦，他们写得多么出色！——他们丰赡繁复的语流中没有一个字不熨帖精当。他们中间隔着一百五十年的距离，可除此之外他们在其他方面岂非惺惺相惜？他们这种亲近不是正可以发人深省？自然，如果亨利·詹姆斯听我这么说，他肯定很不乐意——不，倒还不是乐不乐意的问题，他肯定会惊诧莫名——不，甚至不是什么诧异，而是这种亲近在假定意义上，他肯定会强调一下，是在假定意义上，将他和一位店铺掌柜扯到了一起①。我也听到理查逊同样谨慎地表示疑义，英格兰之外是否还能降生正派有德的作家。不过这些都只是表面的差异，而且这些差异又确实构成进一步的联系。我们就让他俩和睦地坐在一起吧，现在转向我们下一对作家。

一、在约翰逊太太老练的操持下，葬礼的准备工作进行得很是顺畅愉快。在悲伤的葬礼前夜，她把已经准备好的黑色棉缎、轻便梯子还有一盒大头钉都取出来，还用黑色花环和蝴蝶结将家里装饰起来，趣味力求高雅。她用黑色绉纱将门环裹扎起来，并在加里波第②一幅钢版肖像边上挂了个巨大的蝴蝶结，死者生前所有的那尊格莱斯顿先生③的胸像她也不忘用黑布裹了个严实。她把那两个绘有意大利提沃利和那不勒斯海湾景致的花瓶给转了下位置，这样那些明媚的风景就藏到了后面，只露出一抹朴素的蓝色珐琅，她还真是深谋远虑，

① 理查逊十岁时随父母从德比郡迁居伦敦，先是做印刷作坊的学徒，后来接手了一个印刷商的作坊，自立门户成了个印刷作坊主。——译者
② 加里波第(Giuseppe Garibaldi, 1807—1882)，意大利民族解放运动领袖。——译者
③ 格莱斯顿(W. E. Gladstone, 1809—1898)，英国政治家，曾作为自由党领袖四次出任首相。——译者

早就买好了一块桌布，用在前厅，用紫罗兰色的桌布替下了一直用到现在、已然陈旧褪色的玫瑰花绒。总之，为了给这个小小的家增添一点高贵的庄严感，但凡一颗满怀情意又考虑周全的心灵能够做到的，她全都做到了。①

　　二、客厅里荡漾着一阵淡淡的甜食的气味，我举目四望，想找出那张放糕点的桌子；好容易等眼睛习惯惯了屋内的阴暗光线，才看见有张桌子上放着一个切开的葡萄干蛋糕，还有几个切开的橙子，一盘三明治，一盘饼干，此外还有两个大酒瓶子，我很明白这两个酒瓶一向是用来装点门面的，从不曾见使用过，而这一回却是一个瓶里盛着葡萄酒，一个装了雪利酒。我走到这张桌子旁站定了，才看见那位卑躬屈节的潘波趣，穿一身黑外套，帽子上缀一根长达数码的帽带，一边糕点酒水地往嘴里塞，一边做出种种谄媚举动，引我的注意。一看见他自己这种举动有了效验，便立即走到我跟前（满嘴的酒气和糕饼味儿），压低声音说："可以吗，亲爱的先生？"说着就和我握起手来。②

这两个葬礼可不是同一天举行的。其一是波利先生父亲的（1910），后面一个是葛吉瑞太太的葬礼（1861）。可威尔斯

---

① 此为威尔斯（H. G. Wells, 1866—1946）发表于一九一○年的喜剧性小说《波利先生的历史》（*The History of Mr. Polly*）的选段。——译者
② 采用王科一先生的译本，略作调整。见《远大前程》337—338 页（上海译文出版社，1998 年 8 月版）。——译者

和狄更斯却有相同的视角，甚至用上了同样的风格技巧（试比较那两个花瓶和两个酒瓶）。两人均是诙谐的幽默家兼冷眼的观察家，都通过不厌其烦地罗列细节并最终一锤子定音达到一种效果。他们都心胸慷慨；他们都憎恶虚伪并时时享受拿虚伪小人开涮的乐趣；他们都是难能可贵的社会改革家；他们都从未想过将他们的作品仅仅局限于图书馆的书架子上。有时，他们欢快活泼的散文表层会像廉价的留声机唱片一样出现刮擦，会出现一定程度的质量下滑，作家的面孔凑得离读者的面孔未免太近了些。换句话说，这二位的品味都不高：美的世界可以说基本上对狄更斯关闭，完全跟威尔斯绝缘。他们俩还有其他相似之处——譬如他们描画人物的方法。或许他们之间主要的不同仅在于这两位天才贫寒少年所面临的机遇之不同：一位生活在一百年前，另一位在四十年前。机遇的不同显然对威尔斯有利。他比他的前辈受过更好的教育；尤其是科学的训练强化了他的心志，缓和了他的歇斯底里。他记录下了社会的进步——专科学校已然取代了"多行不义堂"①——可在小说艺术方面，他却丝毫不比他的前辈高明。

---

① Dotheboys Hall（意为"坑人子弟学堂"，现音义结合译作"多行不义堂"）是狄更斯名著《尼古拉斯·尼克尔贝》中塑造的一所校方坑蒙拐骗、作威作福，使学童如置身地狱的寄宿男童学堂的典型。威尔斯就读的是伦敦科学师范学校，狄更斯幼年则有因父亲被投入负债人监狱而失学的痛苦经历。——译者

那下一对又当如何呢?

一、 至于说那个斑点,我可有些拿不准;我绝不相信它是钉子钉下的;它太大、太圆,不可能。我倒是可以起来,不过哪怕我站起来瞅一眼,十有八九我还是说不准,因为一旦一件事情结束了,那就谁都弄不清它是如何发生的了。哦,天哪,多么神秘的生活;多么毛糙的思想! 多么无知的人性! 为了证明我们对自己的物品如何缺乏控制——尽管有了我们的文明,生活还是多么偶然——只需数出我们一生中丢失的几样东西,就先从三个浅蓝色盛钉书钉的小罐儿开始吧,因为这似乎总是几件失物中最神秘的——哪只猫愿咬,又有哪只耗子想啃呢? 然后还有鸟笼,铁环,冰鞋,安女王时代的煤斗子,弹子球板,手摇风琴——统统不见了,不见的还有珠宝。蛋白石和祖母绿,就扔在萝卜根旁边。可以肯定的是,它们都一点一滴积少成多地失去了! 此刻我身上竟然还有衣穿,周围竟然还有结结实实的家具,也真算得上是奇迹一桩了。哎,要是想为人生找个譬喻,那就只能将其比作以五十英里的时速从地铁中冲过……①

二、 至少有十年了,我父亲天天都下决心把它修理修

---

① 此为弗吉尼亚·伍尔夫短篇小说《墙上的斑点》的选段,译文参照蒲隆先生的译本,略作调整。见《雅各的房间;闹鬼的屋子及其他》第 32 页(人民文学出版社,2003 年 4 月版)。——译者

理——可至今还没有修理；——除了我们家，别的人家一个钟头都忍不下去——最令人惊奇的是，世上没有一个话题能使我父亲像对门合叶这般滔滔雄辩。——可与此同时，在合叶问题上，我想他肯定是有史以来最大的痴心妄想狂，他的巧于言和吝于行总是永远并行不悖。客厅的门只要一开——他的哲学也好，原则也罢，统统都成了合叶的牺牲品；——其实只需一根鸡毛三滴油，一把锤头敲一敲，他的面子也就一劳永逸得到了保全。

——人是多么地自相矛盾啊！明明可以医治，却甘受创伤的折磨！——他的整个一生和他的知识正相矛盾！——他的理智，上帝赐与他的珍贵礼物——（非但没降下油来）反而只用来加剧了他的善感禀赋——使他的痛苦倍增，使他因为他的善感而更加忧郁更加不安！——可怜的不幸的人啊，他竟然如此行事！——难道说他生命中必须承受的苦难还嫌不够，偏要再主动增添一些自己的烦恼？——跟不可避免的种种邪恶做斗争，却向那些可以避免的低头，而后者给他带来的麻烦十之八九都无法从他的心头彻底祛除。

凭一切美好善良起誓，若能在项狄府方圆十英里内找到三滴油和一把锤头——客厅的门合叶就有望在本朝内修好。①

---

① 此为斯特恩《项狄传》第三卷第二十一章。中译亦可参照蒲隆的译本 206—207 页（译林出版社，2006 年 4 月版）。——译者

后面引的一段自然出自《项狄传》。另一段则出自弗吉妮娅·伍尔夫。她和斯特恩都是梦想家。他们从小事物开头，尽情发挥后又以这个小事物做终。他们对生命的混乱既表示幽默的欣赏，又深切地感受其中之美。甚至他们的声音都一个调调——一种蓄意的困惑，对所有人宣称他们不知道该何去何从。不消说，他们的价值观自然各有千秋。斯特恩是位感伤主义大师，弗吉妮娅·伍尔夫则绝对超然物外，冷静脱俗(或许她的近作《到灯塔去》另当别论)。他们的成就自然也不可同日而语。可他们的方式手段却是类似的，由此达到的出人意表的效果亦复如此，客厅的门扇永远都甭想修好，墙上的斑点原来是只蜗牛，生命竟是如此混乱，哦天哪，意志是如此脆弱，感情是如此捉摸不定……哲学……上帝……哦天哪，看看那个斑点……听听吱嘎作响的那道门扇——存在……真是太……我们到底在说什么呢？

六位正在工作的小说家的形象展现过后，小说的年代次序是不是已不再显得那么重要了？如果说小说的确是在发展，它是不是也跟英国宪法，甚或妇女运动的发展风马牛不相及？我之所以说"甚或妇女运动"，是因为英国小说在十九世纪碰巧跟这一运动具有密切关系——这关系如此密切，以至于已经误导了某些批评家，将之误认作了有机关系。他们断言，妇女地位的改善必然导致小说越写越好。大谬不然。一面镜子并不会因为一次具有历史意义的庆典从它面前经过，自身变得更加光亮。它唯有在新镀上一层水银后才会更加光亮——换句话说，它只有在获得了全新的敏感度之后才会更加光亮；同理，小说的成功端赖于它自身的敏感度，而不在于它选材的成功。帝国土崩瓦解，妇女获得了投票权，可是对于那些在圆形房间里写作的人而言，最至关重要的是笔握在他们手里的感觉。他们或许会决定就法国或俄国革命写本小说，可是种种回忆、联想、激情却自然涌上心头，遮蔽了他们的客观性，所以等小说写完，他们重读一遍时，小说竟仿佛是另有他人握着他们的笔写的，他们原本确定的主题已经只成为背景了。那个"另有他人"自然就是他们自己，但却绝非活跃在时空中、生活在乔治四世或五世治下的那个自己。有史以来，但凡作家，写作时多多少少都有类似的感受。他们已然进入一种共通的状态，便宜行事，可以称之为"灵感"[①]，既然提到了灵感，我们可以这么说：历史不断发展，艺术则恒定不变。

"历史不断发展，艺术恒定不变"只是句粗陋的格言，而且确实几乎是句口号，虽说我们不得不采用它，但也一定得承认其粗陋。它只包含部分真理。

首先，它拒不考虑人类的思想是否代有不同；举个例

---

① 我在一篇叫《隐匿不名》（*Anonymity*）的短文（Hogarth 出版社版）中曾略论过这一灵感理论。——作者

子，那位在伊丽莎白女王治下将店铺和小酒馆写成幽默故事的托马斯·德龙尼[①]，是否跟他当代的代表——论才具，应该是尼尔·利昂斯或佩特·里奇——具有本质的不同？事实上，我认为并没什么不同；作为个人自然不同，但本质上并无多大不同，并不因为他生活在四百年前就有什么不同。四千年，一万四千年，我们或许该掂量掂量，可区区四百年在我们人类的生活中实在算不得什么，来不及产生任何稍稍可观的改变。所以我们的口号用在这里没什么不当。我们尽可理直气壮地高歌猛进。

如果谈到传统的发展，看看因为我们拒不考虑这一点会有什么样的损失，那情况可就严重起来了。英国小说中除去流派、影响和时尚，还有技巧问题，这技巧倒确实是代有不同的。就以小说家对小说人物的嘲弄为例吧：嬉笑怒骂的把戏可非止一端；伊丽莎白朝代的幽默家挑拣笔下牺牲品的方式与现代可是大相径庭，他们引你大笑的窍门儿自有千秋。再说幻想的技巧：弗吉妮娅·伍尔夫虽说在目标和整体效果上跟斯特恩甚是相似，可在实际操练上却很是不同；她属于这同一传统不假，却代表了后期的发展。再比如对话的技巧：在以上成对的实例中并未举出一对对话，虽说我很想这么做，原因在于在"他说"和"她说"的用法上各朝各代变

---

① 德龙尼（Thomas Deloney，约1543—1600），歌谣、小册子作家，他的散文体故事是英国最早的流行小说样式。——译者

化尤著，正足以显示其时代特色，而且，即便讲话的人物出诸相似的构思，在一段节录里也无法显示出这种类同。好吧，我们可不能如此这般地深究下去了，虽说我们能毫不惋惜地将题材和人性的发展弃置不顾，可必须承认那是因为我们力有不逮。文学的传统是文学和历史之间的边界地段，装备精良的批评家会在此处花费大量时间，从而进一步强化自身的判断力。我们可不敢擅越雷池半步，因为书读得实在不够。我们必须假意将其认作历史的一部分，从而跟它一刀两断。我们必须跟文学的年代和分期彻底划清界限。

为了稍感心安，我愿意引用这一讲座的前任主讲 T·S·艾略特先生的一段话。艾略特先生在《圣林》①的导言中如此列举批评家的职责：

> 传承传统是批评家的职责——前提是有优良的传统值得传承。秉持一以贯之和整体关照的态度方法来审视文学亦是他的职责；这就意味着绝不能将文学视作时间留下来的古董，而应该超越时间关注它自身……

职责之一我们无力奉行，职责之二我们则须努力践行。我们既无力检验亦无力传承传统。我们却可以将所有小说家

---

① 《圣林》（*The Sacred Wood*）是 T·S·艾略特一九二○年出版的批评文集，集中最著名的文章有《传统及个人才能》、《哈姆雷特及其问题》等。——译者

呈现为济济一堂，并正因为我们的无知，迫使他们脱离时空的限制。窃以为这值得一试，否则我也就不敢站在这里妄谈什么文学了。

那么，我们该如何对付小说这块潮湿区域，这些所谓具有一定长度、因而篇幅如此不确定的散文体虚构作品呢？其实没有任何精确的装备可用。原则和体系或许适用于其他艺术形式，可绝不适用于此——就算用上了，由此得出的结论也必须经过重新检验。谁来充当这个检验者？恐怕只有人类的心灵堪当此任，恐怕只有这种一对一的检验才得保公正，虽说你尽可质疑其形式的原始。对一本小说的最终检验将是我们对它的感情，就像对友谊或别的任何我们无法精确描述之物的检验一样。你的主观情感——对某些人来说，这是比按年代分门别类更坏的恶魔——会蛰伏在背后悄声说，"哦，可我就喜欢这个调调"，"哦，这对我可没什么吸引力"，我所能担保的是这种主观情感的声音不会过于响亮或仓促。小说中浓烈到令人窒息的人性特质是在所难免的；小说就浸淫在人性中；不管你喜不喜欢你都得面对，文学批评自然也就无可回避。我们可以痛恨人性，可如果将其祛除甚至涤净，那小说也就枯萎了，剩下的就只有一堆字码儿了。

我之所以选"面面观"做我的标题，正因为它不那么科学，不那么明确，因为它为我们留下了最大的自由空间，因为它不但意味着我们可以不同的方式看待一部小说，还意味着小说家也可以不同的方式看待自己的作品。为此，我们选择了七个侧面来观照小说：故事；人物；情节；幻想和预言；模式与节奏。

二　故事

　　想必我们都会同意，小说的基本层面就是讲故事的层面，不过我们表示同意的语气又会各不相同，而采取什么样的语气将直接决定我们随后得出什么样的结论。

　　让我们来听听以下三种语气。如果你问某一类人："小说是什么？"他会心平气和地回答："这个嘛——我不知道——这问题问得有点滑稽嘛——我觉得或许可以这么说，小说就是讲一个故事。"他脾气温和，语焉不详，或许同时还在开着公共汽车，对文学并无过多的关心。另一个人，假设正在高尔夫球场上吧，则野心勃勃，讲话干脆。他会这么说："什么是小说？什么话，自然就是讲个故事喽，如若不然我还要它干吗？我喜欢故事。你尽可拿走你的艺术，你的文学，你的音乐，但一定要给我个好故事。我喜欢故事就是故事，请注意，我老婆也一样。"而第三个人回答时却带了种没精打采没可奈何的样子："是呀——哦天哪，不错——小说是要讲个故事。"我尊重而且喜欢第一位。我憎恶并害怕第二位。第三位就是不才在下。是呀——哦天哪——小说是要讲个故事。这是其基本的层面，没了这一层小说也就不存在了。对所有小说而言这都是至高无上的要素，我倒宁肯希望并非如此，我宁肯标举节奏或是对真理的领悟，而不是这种低级、返祖的形式。

因为，我们越是深究故事（故事就是故事，请注意），越是将故事与在其基础上发展出来的那些更加优美的层面剥离开，我们就越是觉得它实在不值得称道。它就像是人的脊椎——或者我想说像是条绦虫，因为它总是头尾莫辨。它实在是太老了——可以追溯到新石器时代，甚至可能是旧石器时代。从尼安德特人①的头骨形状判断，他们就该有故事听了。原始人可是些头发蓬乱的听众，围坐在营火旁打哈欠，因为跟猛犸象和遍体生毛的犀牛较劲儿疲累不堪，只有悬念才能使他们不至于睡过去。接着会发生什么？那位小说家嘟嘟囔囔地往下讲，而观众们一旦猜到了接着会发生的事儿，他们要么就会睡过去，要么干脆杀了他。这个职业的危险性，只需想想稍后山鲁佐德②的职业生涯也就可以估计个差不离了。山鲁佐德能避免砍头的厄运，端赖她懂得如何能用悬念的武器吊住暴君的胃口——对于野蛮人和暴君来说，这

---

① 旧石器时代生活于欧洲、北非、西亚和中亚的原始人。——译者
② 《一千零一夜》中苏丹新娘的名字，以夜复一夜给苏丹讲述有趣的故事而免于一死。——译者

可是唯一管用的文学武器。她真是位伟大的小说家——描写细腻精微，价值观毫不狭隘，插叙独特巧妙，寓意清新脱俗，描绘人物栩栩如生，对东方三大都会的知识了如指掌——可是若她那个暴君丈夫想取她的性命，以上所有这些才能都救不得命。它们都不过是细枝末节。她能活下来，唯一指望的就是设法让国王对接着要发生的事儿产生好奇。每次她看到旭日东升，她就把说了半截子的话生生打住，让他打哈欠去。"此时，山鲁佐德看到白昼降临，就乖巧地把话头打住。"这个无甚趣味的小句子就是《一千零一夜》的脊柱和绦虫，这条小虫儿将这一千零一个夜晚连成一片，而且救了一位才情盖世的王妃的性命。

我们都跟山鲁佐德的丈夫一样，都想知道接下来会发生什么。这是放之四海而皆准的规律，也正因此，小说的脊柱就不得不是个故事。我们当中有些人除了故事一概不要——我们除了最原始的好奇什么都不剩了，那我们其余的文学判断自然也全都荒唐不稽了。现如今故事也有了个定义：它就是对依时序安排的一系列事件的叙述。——正餐在早餐后面，星期一完了才是星期二，死了之后再腐坏，如此等等。作为故事，它只能具有唯一的优点：让读者想知道接下来会发生什么。反过来，它也只能有一个缺点：搞得读者并不想知道接下来会发生什么。如果故事不过是个故事，那么加诸其上的也就只能有这两种评判了。它是最低级最简单的文学机体。然而对于所有那些被称作小说的异常复杂的机体来说，它又是至高无上的要素。

如果我们照此将故事跟故事的发展所需要的那些高贵的侧面剥离开来，用镊子单把它夹出来——那就是一条蜿蜒扭动、无始无终的赤条条的时间之虫——看起来真是既不可爱又无趣味。可我们仍然可以从它身上学到很多东西。我们就先从它跟日常生活的关系这一面开始吧。

日常生活同样充满了时间感。我们会觉得事件一发生在事件二之前或之后，这种想法经常在我们脑子里转悠，而且我们大部分的言语和行为都是在这一假定中进行的。是大部分的言语和行为，并非全部；生命中还有些东西处在时间外面，图方便我们可以称其为"价值"，价值不用几分几小时计算，而是用强度来衡量，正因如此，当我们回顾往昔时，我们看到的才并非一马平川的回头路，而是有几座醒目的高峰巍然耸立，当我们瞻望未来时，未来才有时像是一堵墙，有时乌云笼罩，有时阳光灿烂，可绝不会是张编年图表。记忆和期望都对时间之父毫无兴趣，而且所有的梦想家、艺术家和情人也都能部分地逃离他暴政的统治；他可以杀了他们，可就是没办法争得他们的注意，而且就在毁灭降临之际，在塔楼上的大钟积攒起全副精力拼命敲响的当口，他们兴许还在瞅着别的地方。所以说，不论日常生活到底是什么样子的，实际上都是由两种生活组成的——时间中的生活和由价值衡量的生活——而且我们的行为也反映出这种双重标准。"我只见过她五分钟，可已经值了。"这一句话里就包含了双重的标准。故事所能做的是叙述时间中的生活。而小说能做的——如果是好小说——就要把由价值衡量的生活也包括进去；靠什么办法容后讨论。小说，同样也奉行双重标准。不过在小说中，对时间的效忠是强制性的：没了它也就写不成小说了。而在日常生活中却未必：我们并不确切地知道，不过某些特别的神秘主义经验却暗示出这种未必，暗示出我们假定星期一后面肯定是星期二或者死了以后必定腐坏其实大谬不然。在日常生活中的你我，总有否定时间存在并照此行事的可能，哪怕我们因此在同胞眼里成了怪物，并被人家送进他们称之为疯人院的所在。可一位小说家在他的小说结构中却绝无可能否认时间的存在：他必须附着于他的故事线索之上，不管附着得多么轻微，他必须触及那条无始无终的绦虫，否则他就成了怪物，无人能懂，在这种情况下，他就是铸成了大错。

我竭力避免将时间哲理化，因为（专家们警告我们）这对门外汉来说可是最危险的爱好，比谈论空间要致命得多；就连很多杰出的玄学家都因为对时间持论不当而栽了跟头。我只想解释一下，就在我演讲的此刻，我可能听到时钟的滴答走动也可能听不到，我可能保有亦可能失去了时间感；可在一部小说中却总有一个时钟在滴答走动。尽管作者可能很不喜欢这玩意儿。艾米莉·勃朗特在《呼啸山庄》中力图把她的时钟藏起来。斯特恩在《项狄传》中把他的时钟倒了个儿。马塞尔·普鲁斯特则更有创造性，他不断把指针调来调去，这么一来，他的主人公在同一段时间内就既能招待情妇用餐又可以跟保姆在公园里玩球儿了。所有这些策略全都合法，可没有一种跟我们的论点相抵牾：小说的基础就是个故事，而故事就是对依时序安排的一系列事件的叙述。（顺便说一句，故事可不能等同于情节。故事可以构成情节的基础，可情节属于更高一级的有机体，这个容后详述。）

谁能给我们讲故事呢?

当然是沃尔特·司各特爵士。

对司各特这位小说家的态度可说是泾渭分明。就我个人而言，我并不喜欢他，而且很难理解他为何能享誉如此持久。至于他生前得享盛名——这不难理解。当时有重要的历史原因，如果我们的讲座是依年代进行的话倒是该详细讨论一下。可是在我们把他从时间之流中钓出来，把他安置在那个圆形房间里跟其他小说家一起写作之后，他也就没那么突出了。相形之下，他心胸凡庸、文体重浊。他不会构思。他既缺乏艺术的客观又了无激情，而一个全无这两种禀赋的作家又如何能创造出能深深打动我们的人物? 艺术的客观——这要求容或有点苛求古人。可激情——这要求绝不算过分吧，想想看，司各特所有那些勤勉堆起来的崇山、辛苦挖出来的深谷以及小心翼翼荒废了的修道院都在呼唤着激情，激情，可结果就是没有激情！如果他有激情的话，他会成为一位伟大的作家——那时候不管他的文体有多么笨拙或是有欠自然，都尽可以忽略不计了。可他只有温吞的内心、绅士的情感，还有对乡村深思熟虑的爱好；这种基础可创造不出伟大的小说。而他的磊落——比没有更糟，因为那纯属一种道德和商业上的磊落。有了这个他也就别无他求了，他做梦都想不到世上可能还存在别一种忠诚。

他得享盛名有两个原因。首先，许多老一辈的人在年轻时就听人大声朗读他的作品；他于是跟幸福的感伤回忆纠缠在了一起，与苏格兰的假日或居留密不可分了。他们热爱他，就跟我曾经热爱并至今未能忘情于《瑞士的鲁滨孙一家》①的原因完全一样。即便眼下，我也能就《瑞士的鲁滨孙一家》发表一次热情洋溢的讲座，因为孩提时代我真是太喜欢它了。当我的大脑已经完全衰朽，我也就不会再为了什么伟大的文学操心受累了。我将重返那个罗曼蒂克的海角，在那里"我们的船被骇人的风浪所毁"，从中走出四个具有传奇色彩的小英雄，跟他们的父亲、他们的母亲一道，还有

---

① 《瑞士的鲁滨孙一家》（*The Swiss Family Robinson*）原是瑞士民俗学家、作家、编辑魏斯（Johann Rudolf Wyss, 1782—1830）的父亲 Johann Davie 草成；由他续写、整理并于一八一四年译为英语及众多其他语言，风靡一时。小说写一对传教士夫妇和四个儿子因船只失事漂流至一东印度群岛的小岛上，一家人白手起家，在岛上重建起幸福生活的故事。——译者

一块坐垫，里面装载了足够在热带生活十年所需的一切用具。那是我永恒的夏日，那就是《瑞士的鲁滨孙一家》对我具有的意义，这是否也是沃尔特·司各特爵士对于诸位当中的某些人来说所具有的全部意义？他的意义当真不止在于童年快乐的记忆吗？除非我们的大脑真的衰朽了，当我们试图理解什么是好书时，难道不该先把所有这类玩意儿撂在一边吗？

司各特得享盛名的第二个原因才建立在一个货真价实的基础之上。他会讲故事。他具有那种一直吊足读者的胃口、不断刺激他的好奇心的原始能力。让我们来讲讲《古董商》吧——并非分析它，分析是种错误的方法，我们来重新讲一遍这个故事。然后我们就能看明白这个故事是如何逐层展开的，也就能研究一下它采用的简单技巧了。

《古董商》

第一章

十八世纪临近末了，一个晴朗夏日的早晨，有位举止优雅的年轻人，正朝苏格兰东北行进，他买了张往来穿梭于爱丁堡和女王渡口的公共驿车票，从地名上就看得出来，在女王渡口可以搭渡船越过福斯湾，我所有的北部读者对此想必都非常熟悉。

这是开篇第一句——谈不上激动人心，可已经交代了时间、地点和一个年轻人，还搭起了说书人的场子。我们对那位年轻人下一步会干吗略有些好奇。他名叫洛威尔，他身上有个谜团。他就是男主角，否则司各特就不会说他举止优雅了，他肯定会给女主角带来幸福。他路遇那位古董商，乔纳森·欧德巴克。他们上了马车，成了相识，速度并没有太快，然后洛威尔就去欧德巴克府上拜访。在欧德巴克家附近，他们遇上了一个新人物，艾迪·奥基尔特里。司各特是个介绍人物登场的高手。他能非常自然地引他们登场，而且个个都像明日之星。艾迪·奥基尔特里更是前程远大。他是个乞丐——并非一般的乞丐，而是个既罗曼蒂克又值得信赖的流浪汉，他难道不会助我们一臂之力，揭开我们在洛威尔身上刚看出点苗头的那个谜团吗？另外的登场人物还有：亚瑟·沃德尔爵士（家族古老，管理不善）；他女儿伊莎贝拉（傲慢不逊），男主角爱上了她却终无回报；欧德巴克的姐姐格丽泽尔小姐。格丽泽尔登场的架势也带着前途未可限量的派头。实际上她不过是喜剧性的插曲——她不会把你带到任何地方，我们的这位说书人对这种插曲拿手得很。他没必要从头至尾都苦心孤诣地安排因果关系、前后照应。哪怕他讲些跟故事的发展没有关联的题外话，他也仍不会偏离他那简单的艺术疆界。读者虽会认为这些人物也会进一步发展，可读者不过是些头发蓬乱的野蛮人，而且又疲惫又健忘。讲故事的说书人跟编织情节的布局者不同，那些边角碎料只会丰富他的故事。格丽泽尔小姐就是一小块边角碎料；如果想要个大型的边角碎料，我觉得可以在那部自称简洁的悲剧的《兰默摩尔的新娘》中找到。司各特在这本书里以极为高调的方式介绍掌玺大臣登场，而且不断地暗示他的性格缺陷将导向一场悲剧，可事实上呢，哪怕这位国之栋梁压根儿不存在，悲剧也会以差不多完全相同的形式发生——埃德加、露西、阿什顿夫人和巴克洛才是造就悲剧的必要成分。闲话少叙，继续说我们的《古董商》：然后有一场晚宴，欧德巴克和亚瑟爵士口角起来，亚瑟爵士一怒之下带着女儿拂袖而去，父女俩要穿过沙滩步行回家。可潮水上来了。亚瑟爵士和伊莎贝拉被困其中，偏又遭遇艾迪·奥基尔特里。这是故事里头一个危急关头，我们且看真正的说书人如何来处理：

　　他们讲这番话的当口，已暂时在能够爬到的岩石最高处停下脚步；看来，再继续跨前一步，就只有死路一条了。即便如此，他们也不过是干等着狂暴的命运慢慢将他们吞噬，他们仿佛置身早期基督教会殉教者的处境，被异教的暴君扔给野兽，还须得眼睁睁地看着被搅得激动和狂怒难耐的野兽，但等一声令下，兽栏开放，野兽朝他们直扑过来。

　　可即使在如此骇人的停滞中，伊莎贝拉竟仍能唤起她本性中的坚强与勇气，在危急关头重整旗鼓。"我们决不能不经过奋斗就向命运低头！"她说，"难道就再也没有出路了？不管多么凶险，我们能不能爬上危崖，哪怕至少爬到高出潮水的高度呢？这样我们就能坚持到早晨或是救兵来到。他们一定已经意识到我们的处境，会发动全村人马来救我们。"

女主角就这么发了番能让读者直起鸡皮疙瘩的高论。可我们仍然想知道接下来会发生什么。那些岩石都是纸板做的，就跟我亲爱的《瑞士一家人》①里的一样，吹弹可破；那暴风雨是司各特只手召唤而来，而他的另一只手还在胡涂乱抹什么早期基督徒；这整桩事件一点儿都不诚实，也没有真正的危险感；全无激情，马马虎虎，可我们却真的想知道接下来会发生什么。

又能怎么样——无非洛威尔救了他们。真是的；我们早该想得到；可，然后呢？

又是一块边角碎料。洛威尔被古董商带到一间闹鬼的房间里过夜，他梦见或是看见了这家人家的祖先显灵，跟他说："Kunst macht Gunst。"他当时不明白什么意思，因为不懂德语，后来他才明白这话的意思是"芳心须智取"：他得想方设法，才能赢得伊莎贝拉的芳心。也就是说，神神道道鼓捣了半夜，对故事竟毫无贡献。织锦与风暴齐飞的结果却最多相当于一本习字簿，可真是杀鸡用了牛刀。可读者不知

① 即上文的《瑞士的鲁滨孙一家》。——译者

道啊。当他听到"Kunst macht Gunst"时，多激动人心哪……然后他的注意力又分散到别的东西上去了，时间的序列继续向前推进。

圣鲁斯废墟上的野餐。介绍杜斯特斯维维尔，一个邪恶的外国人，跟亚瑟爵士的掘宝计划有牵连，而且他的迷信观念受到嘲笑，因为不属于真正的苏格兰边区类型。古董商的外甥赫克托·麦克印泰尔登场，他怀疑洛威尔是个冒充的。两人来了场决斗；洛威尔以为把对手给杀了，就跟艾迪·奥基尔特里远走高飞，这位艾迪惯会在关键时刻现身。他们躲到了圣鲁斯废墟，正好目睹杜斯特斯维维尔骗亚瑟爵士寻宝。洛威尔登上一条船远走高飞——我们暂时既不会看到他也不会想到他了；我们不会为他瞎操心，等他再次登场时再操心不迟。在圣鲁斯废墟的第二次寻宝。亚瑟爵士寻到一窖白银。第三次寻宝。杜斯特斯维维尔被一顿臭揍，苏醒过来时看到老格伦纳兰伯爵夫人的葬礼，葬礼特意选在午夜秘密举行，竟被他撞个正着，原来格伦纳兰家族属罗马天主教徒。

于是乎格伦纳兰家族在故事里一下子举足轻重了起来，可他们的登场方式多么草率！他们跟杜斯特斯维维尔搭上干系的方式实在是拙劣已极。他那双眼睛正好在手边，司各特就顺手牵过来派作窥视之用。经过这么多意外事件的连番轰炸，读者至此实在已然是温顺到了极点，忍不住要像原始的洞穴人一样打哈欠了。现在轮到对格伦纳兰的兴趣起作用了，圣鲁斯废墟就此出局，我们一步跨入了也许可称之为"前故事"的领域，横插进两个人来，我们于是洗耳恭听他们野蛮而又神秘地大谈一桩罪恶滔天的往事。这两位一位是埃尔斯佩斯·马克尔班科特：一位能预知未来的渔妇，另一位就是已故伯爵夫人的公子格伦纳兰勋爵。他们的密谈又不断被别的事件打断——艾迪·奥基尔特里的被捕、受审和开释，另一个新登场人物的溺亡，还有赫克托·麦克印泰尔在舅父家中逐渐康复的令人捧腹的趣事。不过精要部分还是格伦纳兰勋爵多年前违背慈训迎娶了一位叫作伊芙里娜·内维尔的小姐，然后误听人言，以为妻子竟是自己的异母妹妹。他恐惧之中发了狂，撇下未及生产的妻子一走了之。埃尔斯佩斯原是他母亲的女仆，如今才跟他解释，伊芙里娜其实跟他没有任何血缘关系，后来难产而死——埃尔斯佩斯当时就跟另一个女仆从旁伺候——而产下的孩子又不翼而飞。格伦纳兰勋爵接着就去找古董商计议，因为古董商还身兼治安法官，颇知道些陈年往事，而且本人也曾爱上过伊芙里娜。后来呢？后来亚瑟·沃德尔的家产变卖一空，因为杜斯特斯维维尔把他给毁了。再后来呢？再后来据报法军即将登陆。再后来呢？再后来洛威尔就胯下骏马飞驰前来领导英军作战。他已经管自己叫内维尔少校了。可就算内维尔少校也并非他的真名儿，原来他并非别人，正是格伦纳兰勋爵那个失踪的儿子，不折不扣的法定爵位继承人。部分通过埃尔斯佩斯·马克尔班科特，部分通过他在海外偶遇、已做了修女的另一位接生婆，部分通过一位已经过世的长辈，部分通过艾迪·奥基尔特里，真相终于大白于天下。这个结局确实自有众多理由，可司各特的兴趣根本不在什么理由上；他把它们统统垛成一堆，懒得解释清楚；确保一件事发生了之后另一件立马跟上是他唯一严肃的目标。然后呢？伊莎贝拉·沃德尔就被主人公感动以身相许了。然后呢？这就是故事的大结局了。我们真不该问这么多"然后呢"。时间的序列若是被赶得过了头，哪怕只超过一秒，我们就会被带入一个截然不同的国度了。

《古董商》这本书中的时间生活被小说家展现得非常随意，这必然导致情感的松弛和见识的谫陋，采用大团圆的婚礼结局尤其白痴。时间其实也可以展现得非常经心，我们可以在一本非常不同的小说、一本值得注意的书中找到这样的例子，那就是阿诺德·本涅特的《婆婆经》[①]。时间是《婆婆经》真正的主人公。时间俨然成为创造之主——只有克里奇娄先生逃了他的掌控，而这种异乎寻常的例外反更加突出了他的威力。索菲亚和康斯坦丝是时间的孩子，这在我们

[①] 本涅特（Arnold Bennett, 1867—1931），英国小说家、批评家，《婆婆经》（*The Old Wives' Tale*，又译《老妇人故事》）是其代表作之一。其最著名的作品即是以家乡五座工业城镇为背景的几部小说，主要作品还有《五镇的安娜》、《克莱汉格》等。——译者

眼见她们俩戏穿母亲衣裙的那一刹那就已确定无疑；她们注定要以一种完满的形式慢慢衰朽，这在文学当中殊为罕见。她们先是小姑娘，然后索菲亚离家出走，嫁人，母亲去世，康斯坦丝嫁人，她丈夫去世，索菲亚的丈夫去世，索菲亚去世，康斯坦丝去世，她们那只患了风湿病的老狗哆哆嗦嗦地爬起来去看看碟子里还有没有什么剩下。我们的日常生活就这么回事儿，无非渐渐老去，直到堵塞了索菲亚和康斯坦丝的血管。这是个真正称得上故事的故事，态度如此健全，没有一句胡言乱语，它得出的结论是人最终除了坟墓别无选择。我们理所当然都会老去。可一本伟大小说的基础不能只不过"理所当然"，而应该超越于它。《婆婆经》虽说强劲，真诚，令人感伤，可是跟伟大擦肩而过。

那么《战争与和平》又当如何呢？它当然是伟大的，它同样强调了时间的作用和整整一代人的兴衰。托尔斯泰跟本涅特同样不惮于向我们直陈人总会衰老的事实——尼古拉和娜塔莎的部分衰朽却比康斯坦丝和索菲亚的完全衰朽更加触目惊心：我们自己的青春似乎有更大一部分也随之而枯萎了。那《战争与和平》又为什么一点都不觉压抑呢？或许是因为这部巨著不但在时间中展开，同样也在空间中伸展，而空间感，只要不至于威胁到我们，总是令人振奋的，而且可以如同音乐般余音袅袅，荡气回肠。你只要打开《战争与和平》，读上一小段，宏伟的和音即已奏响，我们又说不清楚到底是什么拨响了琴弦。绝非从故事中升起，虽说托尔斯泰跟司各特一样关心接下来会发生什么，又跟本涅特一样真诚。也不是源自他笔下的事件和人物。它们来自那广阔无垠的俄罗斯大地，事件和人物不过点缀于其间，来自俄罗斯大地上那所有的桥梁和冰冻的河流，森林，道路，花园和田地的总和，它以其庄严伟大震惊着我们的眼睛，以其宏伟响亮震动着我们的耳鼓。很多小说家对地域都有强烈的感受——"五镇"也好，"老雾都"①也罢，不一而足。可极少作家具有空间感，这种空间感正是托尔斯泰那超凡资质中的上品。《战争与和平》中的上帝是空间，而非时间。

如果用一句话为故事盖棺定论，可以说故事就是声音的仓库。正是由于这一点，小说家的作品才要求大声朗读出来，它不像大部分散文作品那样要吸引眼球，它要吸引的是耳朵；在这一点上它的确跟演说有众多相通之处。它并不提供韵律和节奏。对于韵律和节奏，虽看似有些奇怪，事实上只要有眼球就足够了；眼球因为有长于转化的心智做后盾，轻易就能抓住一个具有美学价值的段落或对话的音调，成为我们的赏心乐事——没错，它甚至能够将其浓缩，使我们比听人诵读更快地将其融会贯通，正如有人看乐谱的速度要快

---

① "Auld Reekie"，盖尔语，相当于"Old Smoky"，是苏格兰首府爱丁堡的绰号，爱丁堡多烟囱，旧时烧煤，烟雾弥漫，故有此称。最有爱丁堡情结的小说家自然非司各特莫属。——译者

过用钢琴将其一一敲打出来。可是眼睛却无法同样快地抓住一种语气。《古董商》那开篇第一句并无任何音韵之美，可如果不是大声将它朗读出来，我们就会错失掉某种东西。我们的心智可以跟司各特的心智无声地沟通，可结果却只不过差强人意。故事，除却一件接一件地交代事件之外，还因为它跟某种语气的密不可分而附加额外的意义。

附加的意义不会很多。我们不会由此体会到类似作家的个性这样重要的层面。作家的个性——如果他有——是借由其他更加高贵的中介传递出来的，如小说的人物或情节或作家对生活的评论。故事以其特殊功能确实能够做到，而且唯一能够做到的就是使我们由读者转化为听者，"某种"声音正是针对这个听者侃侃而谈的，这个声音就是原始部落的说书人，蹲在洞穴中央，一件接一件地讲述，直到听众在残骨剩肉间沉沉睡去。故事是最原始的，它一直追溯到文学的源头，那时候阅读还没发明呢，而且故事吸引的也是我们身上最原始的本能。也正因此，我们才对自己喜欢的故事如此毫无道理地欲罢不能，而且随时准备跳起来对别有所好的人极尽攻讦之能事。比如，当有人嘲笑我竟然这么热爱《瑞士的鲁滨孙一家》时我就不由得火冒三丈，我希望我对司各特的评说同样惹得在座的某些人心头火起！诸位当明白我的意思。故事会创造各不相容的气氛。故事既无关道德，也无助于理解小说其他的层面。如果我们想对其他层面有所理解，我们必须先从洞穴里出来。

不过，我们先不忙出来，先观察一下另外的生活——以价值来衡量的生活——已然怎样从四面八方挤压着小说，它如何准备充实进去而且确实改变了小说的面貌，为之带来人物、情节、想象、宇宙观，可以说是除了不断追问"接下来呢……接下来呢"之外其他所有的方面，这是我们迄今的探求取得的唯一成果。以时间来衡量的生活既然明显处在这么低级粗陋的层次，我们自然会问了：小说家能不能干脆把它从作品中彻底根除，何况神秘主义者已经宣称将其从自己的经验中排除了，只表现那光辉夺目的价值生活呢？

说起来，已经有一位小说家这么尝试过了，她的失败正可视作前车之鉴，她就是格特鲁德·斯坦因①。她远远超越了艾米莉·勃朗特、斯特恩或是普鲁斯特的尝试，她干脆将她的时钟打成碎片而且磨成粉末，像播撒俄塞里斯②般遍撒世界，而且她这么做可不是出于淘气，动机很是崇高：她一直希望将小说从时间的暴政中解救出来，在其中只表现价值生活。但她失败了，因为小说一旦完全脱离了时间，它就什

---

① 斯坦因（Gertrude Stein, 1874—1946），美国女作家。一九〇三年起移居巴黎，提倡先锋派艺术，运用重复及片断化、简单化手法写作，主要作品有小说《三个女人的一生》、《艾丽斯·B·托克拉斯自传》等。——译者
② 俄塞里斯（Osiris），古埃及主神之一，统治已故之人，并使万物自阴间复生。约自公元前两千年始，人们认为人不分尊卑，死后都要跟俄塞里斯汇为一体，与其汇为一体就是获得永生，这种永生延续到未来的世界并体现为子孙后代。——译者

么都表现不了了，在她的后期作品中，我们可以清楚地看到她顺着滑下去的那个斜坡。她一心想把整个故事的这一面、这种编年史的顺序完全根除，我是真心钦佩的。要做到这一点除非完全根除句子间的顺序。而要根除句子的顺序又须根除字词之间的顺序，这反过来又要求根除字母或字音的顺序。她走的根本就是绝路。可是在这样的实验中没有丝毫可笑的成分。像这样地玩一回可比再写一整套威弗利小说①意义重大得多。可这个实验注定要失败。时间的顺序一旦毁坏，势必将所有理应取而代之的一切连带毁灭；旨在表现价值的小说只会变作不可理喻的谜团，因此成为毫无价值的废物。

正是为此，我才必须请求诸位跟我一起用绝对正确的语调来重复一遍本讲开头的那段话。不要像个公共汽车司机说得那么含混和不置可否；你没这个权利。也别像那个打高尔夫球的说得那么干脆和盛气凌人；你懂得更多。说的时候略带些伤感，这就对了。是呀——哦天哪，不错——小说是要讲个故事。

---

① "威弗利小说"（Waverley Novels）是司各特历史小说的总称。司各特于一八一四年匿名发表的历史小说《威弗利》大受欢迎，以后的作品即署名"威弗利作者"，直到一八二七年才公开其作者身份。——译者

三 人物(上)

讨论完了故事——小说最简单最基础的一面——我们就可以转向一个更加有趣的话题：角色了。我们不必再问接下来会发生什么，而是发生在什么人身上了；小说家将要努力吸引我们的才智和想象，而非仅仅是我们的好奇心了。他的语气中有了新的着重点：强调价值。

既然故事里的角色通常都是由人扮的，我们不妨出于方便将小说的这一面称之为人物。别的动物也曾粉墨登场，却极少有叫好的，因为我们对它们的心理知之太少。这种情况将来也有可能发生改变，就像小说家对野蛮人的表现在过去已经有所改变一样。吉卜林笔下的狼族与两百年后可能出现在小说中的同类间的差异，应该可以比之于横亘在"礼拜五"[①]与巴图阿拉[②]之间的鸿沟，到那时我们看到的动物角色，才有可能不再只起到象征意义或只是小矮人的伪装，不再只是像会移动的四角桌子或是会飞的着色风筝。这是科学的发展也可能拓展小说领域的一个途径：为小说提供新鲜的主题。不过眼下我们还没得到这种帮助，在此之前，我们可以说一个故事里的角色就是，或者说假定就是人物。

既然小说家本人也是人，他跟他的主题之间也就具有了一种亲和力，而在其他众多艺术形式中这种亲和力却付之阙如。历史家跟人这个主题也分不开，不过我们看到，绝没有小说家来得这么密切。画家和雕塑家不必一定跟这个主题打交道：也就是说，除非他们愿意，他们完全可以不去表现人物，诗人也不再有这种需要了，而音乐家则哪怕有这种愿望也没办法表现人物，除非借助节目单上的说明。小说家却不像其他艺术门类的众多同侪，他们的工作就是凭空造出一个个的文字堆，用以粗略地描述他自己（精微的描述只能寄希望于后来者了），给他们命名，划分性别，派给他们看似合理的表情动作，强迫他们使用引号开口说话，或许还费心要他们前后言行保持一致。这些文字堆就是他的各号人物。他们可不是这么冷冰冰地出现在他头脑中的，他们或许是他在狂热的兴奋中创造出来的，不过，他们的本性仍旧是他通过推己及人臆想出来的，是融入了他本人血肉的，并且受制于他的作品的其他各个方面。最后这一点，即人物与小说其他方

---

① "礼拜五"是笛福《鲁滨孙漂流记》中鲁滨孙救下的一个土著野蛮人，后成为他的仆人，之所以叫这个名字是因为他在礼拜五得救的。《鲁滨孙漂流记》出版于一七一九年。——译者

② 第一位获龚古尔奖的法国黑人诗人、作家 René Maran(1887—1960)的小说《巴图阿拉》写的是非洲一个名叫巴图阿拉的村落的故事，获一九二一年度龚古尔奖。——译者

面的关系问题我们留待将来探讨。眼下我们关注的是他们与现实生活的关系问题。小说中的人物与现实之人，比如小说家本人或者你我，或者维多利亚女王，到底有何不同？

肯定有所不同。如果小说中的某个人物跟维多利亚女王一般无二——不仅是想象，而是一模一样——那她就是维多利亚女王本人了，那整本小说，或者说跟这个人物有关的一切也就变作了回忆录。回忆录属于历史范畴，是以事实为基础。小说的基础却是事实加上或是减去一个未知数，这个未知数总会改变事实的效果，甚至将其整个儿改头换面。

历史家处理的是人的行为，至于人物，他至多只能通过其行为推知其人。他跟小说家一样关注人物的性格，可他只有在他关注的性格浮出表面时才能确知它的存在。如果维多利亚女王未曾说过"我不开心"，她的邻桌就无从得知她不开心，她的厌烦也就永远不会为大众所知。她也许皱过眉头，邻桌们通过这个也可以推知她的心情——表情和姿态也可以用作历史的证据。可假如她不动声色呢？别的人又怎能知道她的心态？内心的生活自然隐匿不显，内心生活只有表现于外在迹象时才能为人所知，而这时已经进入行为的领域了。小说家的职能就是从其根源上揭示隐匿的生活：告诉我们一个我们原本不知道的维多利亚女王，由此创造一个并非历史上的维多利亚女王的小说人物。

关于这一点，法国一位既有趣又敏感的批评家，笔名叫作阿兰①的，曾有过几句虽稍显异想天开却确实大有裨益的评论。他走得太远了些，水有点没顶了，不过我觉得淹得还没有我深，也许我们俩相互帮衬着可以游上岸。阿兰依他的次序逐一考察诸美学活动，轮到小说（le roman）时，他断言每个人都有两面，分别契合历史和小说。一个人身上所有能观察到的东西——亦即他的行为以及通过行为能够推知的精神状况——属于历史的范畴。不过他幻想的或罗曼蒂克的一面（sa partie romanesque ou romantique），包括"那些纯粹的激情，亦即梦想、欢愉、哀伤以及不便或羞于启齿的内省"；表现这一面的人性就是小说的主要功能之一。

> 小说要虚构的与其说是故事，毋宁说是将思想发展为行为的方法，这方法在日常生活中绝对找不到……历史因为强调的是外在原因，是由宿命观主导的，而小说中却没有宿命；小说中的一切都以人性为基础，主导的情感是这样的一种存在：一切都是有意图的，哪怕是激情与犯罪，哪怕是惨痛。②

这也许不过是把每个英国男生都知道的事儿兜圈子说了出来：历史家记录，而小说家必须创造。不过，兜这么

---

① 阿兰（Alain）是法国哲学家夏蒂埃（Emile-Auguste Chartier, 1868—1951）的笔名，其作品对几代读者都深具影响，一九五一年成为首届法国国家文学奖得主。——译者
② 意译自《美术的体系》（Système des Beaux Arts）320—321 页。感谢安德烈·莫洛亚推荐我阅读这篇激动人心的随笔。——作者

个圈子还是大有益处的，因为它道出了日常生活中的人和书中人物的根本不同。日常生活中，我们从来都没办法相互了解，从来都不会有完全的洞悉或是完全的忏悔。我们只不过大略地相互认识，途径只有外在的迹象，而这对于人际交往甚至建立亲密关系也已经足够了。可小说中的人物却能完完全全地为读者所了解，如果小说家想这么做的话；他们的内在生活就像外在生活一样可以完全呈现出来。正是为此，他们才经常显得比历史中的人物，甚至我们的朋友更加清晰可见；他们的里里外外，凡是能够展现的我们已经全盘了解；哪怕他们不够完美或者不够真实，他们也已经没有丝毫秘密了，而我们的朋友却的确而且必须有他的小秘密，相互之间保留隐私一直是生活在这个世界上的必备前提之一。

现在，让我们再以更加直白的方式把这个问题重述一遍。你我皆凡人。我们难道不该粗略检视一下我们自己生活中的主要事实？所谓的主要事实不是指我们个人的事业，而是构成我们人之为人的那些重要方面。然后，我们的讨论才有一个明确的出发点。

人类生活中有五大事实：生、吃、睡、爱和死。你自然可以再增加几项——比如可以加上喘气——不过这五项可以说是最为明显的。让我们先简单问一下自己，这五项在我们的生活中都扮演了什么角色，在小说中又当如何。小说家是倾向于精确如实地重现它们呢，还是倾向于夸大、贬抑、忽视它们？由此，虽说小说里的人物也同样有名有姓，他们呈现在小说家笔下的生活经历是否跟你我的实际生活过程并不相同？

就先来说说最出奇的吧，那就是生和死；之所以说它们出奇是因为它们同时既是人生经验却又无法实际经验到。我们对它们的了解只能通过传闻和记录。我们都经历过生，可我们都记不得出生时的情景了。死来得跟生一样频繁，可我们同样不知道它到底是何尊容。我们最后的经验就像我们最初的经验一样，全凭臆测得来。我们是在两片黑暗之间忙活。也有人自称可以告诉我们生和死到底什么样：比如说，母亲对于孩子的出生就有她的看法；医生、僧尼对生和死都有自己的观点。可这些全都是二手的，而真正能启迪我们的那两种实体：婴儿跟尸体，又没办法告诉我们，因为他们用以传达经验的器官没办法合上我们接受经验的器官。

所以，我们只能说，人的生命从一种他已经忘却的经验开始，又以一种他虽亲自参与却无法理解的经验终结。小说家意欲当作人物介绍到书里去的就是这样的造物；或者说看似这样的造物。小说家如果认为合适，有权记得一切、理解一切。他知道所有隐藏在人物内心的生活。他会在人物出生多久后把他们捡起来，又会在他们距离坟墓多近的时候把他们撇下？对这两种诡异的经验，他又会说些什么，或者引导我们感受些什么？

再说饮食，这种不断吞咽的过程，维系个体的生命之火常燃不熄的过程，在出生前就由母亲开启，生出来后继续由母亲供给，终于由他本人接替，然后就日复一日不断将各种东西填进脸上的一个洞里，而且丝毫不觉得惊异或厌烦：饮食是已知与遗忘之间的连接线；跟我们谁都不记得的出生紧密相连，一直延续到今天早上的早餐。就像睡眠——在很多方面都很像——饮食不单单能恢复我们的体力，它还有审美的一面，它有是否美味的区别。对于这一具有两面性的生活必需品，书中又将如何表现？

第四，睡眠。平均而言，我们有大约三分之一的时间并非在社会或文明中，甚至不是在通常所谓的孤独中度过的。我们进入了一个我们知之甚少的世界，而一旦离开这个世界，在我们看来，它一部分就已经完全忘却，一部分是现实世界的扭曲模仿，还有部分简直像是启示录。"我什么也没梦到"，或"我梦见了一架梯子"，抑或"我梦见了天堂"，醒来之后我们会这么说。我并不想讨论睡眠和做梦的本质——只想指出一点：它们占据了大量时间，而所谓的"历史"只在忙着记录三分之二的人类周期，并以此推演出一套套的理论。小说也持类似的态度吗？

最后说说爱。我是在最宽泛最单调的意义上使用这个著名字眼儿的。就让我们首先来非常客观和简略地说一下性。

一个人出生若干年后，他身上就会产生一些特别的变化，其他动物也是一样，这些变化通常导向与另一个人的结合，从而创造出更多的人类。我们的种族就是如此得以延续的。性在青春期之前就已开始萌动，会一直持续到不能生育之后；真称得上跟我们的生命共始终了，不过在婚配年龄它对社会的影响尤为明显罢了。除了性之外，还有其他情感，同样促我们走向成熟：各种不同种类的精神提升，诸如爱慕、友情、爱国心、神秘主义等等——而一旦我们试图厘清性与其他这些情感的关系，我们自然就会像面对沃尔特·司各特一样争论不休，或许激烈的程度还有过之而无不及。我们就暂且罗列一下不同的观点吧。有人说性爱是所有其他之爱——爱朋友、爱上帝、爱国的基础和本源。有人说性爱跟其他之爱都有关联，不过仅此而已，并非后者的根源。还有人说两者根本井水不犯河水。我能提出的看法不过是，我们把所有这些情感统称为爱，并将它们认作人类必须经历的第五大经验。当人类产生了爱时，他们会努力想获取点什么，同时他们也会努力想给予点什么，这种双重目的使爱比吃饭睡眠更加复杂了。它同时既是自私的又是利他的，两方面并行不悖。那么爱要占用多长时间呢？这问题虽听来唐突，却跟我们目下的探究息息相关。睡眠在二十四小时里占去了大约八小时，吃饭大约占了两个多小时。我们是否也为爱留出两小时呢？这已经够慷慨了。爱可以穿插在其他活动中进行——瞌睡和饥饿也能。爱可以引发各种各样的附带活动：比如，一个人因为爱家可能导致他把大把时间花在证券交易所里，爱上帝则自然泡在教堂里。可要说他会跟无论什么挚爱的对象一天进行两个多小时的情感交流，这话无论如何值得怀疑，而正是这种情感交流，这种施与跟占有的欲望，这种慷慨与期望的混合，使爱跟所有其他四种经验都有所不同。

这就是人之为人的天性——或者说天性的一部分。小说家也是人，他也是带着这些天性提笔在手，进入那种可以方便地称为"灵感"的反常状态中，试图创造人物的。他小说中的人物也许不得不迎头撞上这五种之外的其他经验；这保不齐也经常发生（亨利·詹姆斯的书就是一个极端的例子，另当别论），既如此，那些人物自然也就得依此调整他们天性的构成了。不过，我们目下考虑的只是小说家的通常状况，他们的主要激情都是人类共通的，为了便于表现这些激情他们宁肯付出巨大的牺牲，牺牲故事、情节、形式以及意外穿插之美。

那么，小说的国度又是在何种意义上跟尘世的国度大异其趣的呢？这根本没办法几句话说清，因为在科学的意义上两者之间没有丝毫的共性；比如，他们并不需要什么腺体，而现实中的人却谁都少不了。不过，虽说不适合进行严格的限定，他们还是倾向于沿着相同的路线活动。

首先，他们来到这个世界的方式跟真人相比，更像是一件包裹。当一个婴儿出现在一部小说中，它通常带有被邮寄过来的意思。它被"投寄到户"了；由某位年长的人物走上前去，将它捡起来并展示给读者看，一俟展示完毕，它通常就被冷藏起来，得一直冷藏到他会说话了或是以其他方式能在情节中起码起到点辅助作用了为止。之所以这么做，原因好坏参半，其实所有其他背离实际惯例的做法也是同理，这些容后再详谈。不过请一定要留心一下，小说世界中添丁增口的方式是多么敷衍马虎。在斯特恩和詹姆斯·乔伊斯之间，几乎没有一位作家试图要么援用真人出生的事实，要么发明出一套新的事实，而且没有一位作家，除非是以婆婆妈妈的滥情方式，曾试图认真地追溯那个婴儿的心理，充分利用其间肯定蕴藏的丰富文学财富。也许这根本做不到。我们暂且按下不表。

再说死。相比而言，对死亡的处理则非但重视得多，而且方式也五花八门，足见小说家们觉得死大有文章可做。之所以如此，是因为死亡能很干脆巧妙地结束一部小说，还有一个不那么显见的原因，就是小说家在处理时间问题时会发现，从已知写到未知的黑暗要比从出生的黑暗写到已知更容易掌控。到他的人物死的时候，他对他们已经了解得很透彻了，他既可以按部就班地正确对待他们，也可以突发奇想，给我们个意外——这种两面都能讨好的法子何乐而不为呢。就以一个小小的死亡——《巴塞特郡的最后纪事》[①]中普鲁迪太太的死为例吧。一切都顺理成章，可效果非常可怕，因为特罗洛普已经让普鲁迪太太沿着教区的一条小道来回溜达了无数次了，展示她的每一个步伐，又让她突然加快脚步，我们太熟悉她了，简直熟悉到了厌烦的程度，熟悉她的性格和小伎俩，熟悉她的"主教，请关注一下众生的灵魂吧"，然后，她在自己的床边发了次心脏病，她溜达得已经够远的了——这就是普鲁迪太太的结局。"日常死亡"所具备的一切，小说家几乎无一不可以借用到小说中去；只要对他有利，他几乎无一不可以发明创造。黑暗的大门就朝他大开着，他甚至能跟着他的人物走进这扇大门，只要他有足够的想象力，而且并不想跟我们神神道道唠叨些有关"彼岸"的降神会信息。

那么食物，我们罗列的第三大事实又当如何？小说中的饮食大都是社交性的。它把各个人物聚在一起，可他们几乎从不是出于生理原因才需要它，也几乎从不会吃得津津有味，而且除非特意的要求，从不会进行消化活动。他们相互渴求，这点跟我们一样，可是我们对于早餐和午饭同样不变

[①] 《巴塞特郡的最后纪事》(*The Last Chronicle of Barset*)的作者是英国曾红极一时的小说家特罗洛普(Anthony Trollope, 1815—1882)。特罗洛普最著名的系列作品即以虚构的巴塞特郡为背景的系列小说。——译者

的向往却丝毫没有得到反映。就连诗歌都比小说关注得更多——至少是其美学的一面。弥尔顿和济慈都比乔治·梅瑞狄斯更能欣赏饕餮之乐。

再说睡眠。同样敷衍马虎。根本就没尝试过探索睡眠中那被遗忘的部分或是实际的梦境。梦是由过去和未来那些坚实的碎片构成的要么符合逻辑，要么随意拼贴的图景。引入小说中的梦都另有目的，此目的并非用于展现人物整个的一生，而只为了他醒时的那部分生活。他从未被当作一个其三分之一的时间在黑暗中度过的人来构思。这正是历史家那种只局限于白昼的有限视野，在别的方面小说家倒都是避免采用的。他为什么就不该去理解或是重现睡眠呢？别忘了，他是有权发明创造的呀，而且我们能感觉到他是否真的在创造，因为他的激情能使我们对异想天开的一切信以为真。可他既没拷贝睡眠，也没有创造睡眠。它不过是一团混沌。

爱。诸位都知道，爱在小说中的描写是何等举足轻重，想必也能同意我这个说法，那就是泛滥成灾的爱情描写也已经对小说造成了损害，弄得它们单调无味。为什么单单这种经验，尤其是其性爱的形式受到这么慷慨的青睐？如果让你大约摸地回想一本小说，你想到的大概就是个爱情故事——一男一女，郎情妾意，也许还当真成就了好事。但如果让你大约摸想想你自己或是一群人的人生，那印象可就截然不同而且复杂得多了。

为什么哪怕是在好小说里爱的地位也如此突出？我想原因大概有二。

首先，当小说家不再是设计而是开始创造他的人物时，不论从哪方面说，"爱"在他心目中就重要了起来，不用他存心设计，他笔下的人物自然就对爱过分敏感了起来——我说"过分"，是因为日常生活中他们可不会这么费心劳力。小说中人物间持续不断地察言观色、相互揣摩，即便由像菲尔丁这般雄浑大气的作家写来，也着实不同寻常，这种情形日常生活中哪里找去，或许只有那班富贵闲人才有这番细密心思吧。激情啊——没错，我们时不时地是会激情燃烧那么一把，可受不了这么持续烧下去呀，架不住这么没完没了地相互纠缠，没日没夜地饥渴难耐呀。我相信这都是小说家在创作时本人精神状态的反映，爱在小说中占据这么重要的地位部分原因也正在于此。

再说原因二；照逻辑关系这本该属于我们另一部分的考察范围，不过还是先在此提上一提。爱跟死一样这么受小说家青睐是因为它同样能很方便地终结一本书。他可以把它写成永恒的爱，因为有关爱的幻觉之一就是它能恒久不变。事实上从来就没有这样的事——将来也不会有。所有的历史，我们所有的经验都教育我们，没有一种人际关系是恒久不变的，它就跟构成它的人本身一样善变，要想使其稳定下来，人须得像玩杂耍的那样保持平衡才行；而一旦它稳定了下来，它也就不再是一种人际关系，而成为一种社会习惯了，其中的重点已经从爱转化成了婚姻。这些我们都清楚，可我们还是不忍心拿我们苦涩的认识来框定未来；未来应该有无限的可能；我们准定能碰到完美的良人，要么我们已经认识的人也有可能变得完美起来。未来将不再有任何变故，不再有警觉的必要了。我们要么就永远幸福，或者也许就永远不幸下去。任何强烈的情感都会带来恒久不变的幻觉，小说家抓住的就是这一点。他们经常以百年好合结束他们的书，我们并不反对，因为这梦想原本就是我们借给他们的。

在此我们必须就真实之人和虚构之人的比较做个归结了。这是两个具有亲缘关系的物种，虚构的人比其表亲更难捉摸。他是由成百上千各不相同的小说家的头脑孕育的，这些小说家构思的方法各有千秋甚至相互抵牾，所以我们没办法归纳概括。不过，讲几点他的特征我们还是能够做到的。他通常来也有自，去也有处，他几乎可以不吃不睡，他不知疲倦不屈不挠地孜孜于各种人际关系。而且最重要的是，我们对他的了解要远胜于对我们任何一位同胞的了解，因为他的创造者和讲述者是同一个人。夸张一点说："如果上帝能给我们讲讲宇宙的故事，那宇宙也就变成了一部小说了。"因为其中的原理毫无二致。

经过这番艰苦的深思后，让我们取个简单的人物略做点分析。摩尔·弗兰德斯就很合适①。在以她的芳名命名的这本书中，她无处不在，或者也可以说整本书就立起了她一个人，就像公园里的一棵大树，从每个角度我们都能看到她，不为其他植物干扰。笛福是在讲一个故事，这一点跟司各特一样，我们也会发现他跟司各特一样预留了很多伏线，后文却没了照应，比如摩尔早年的那群孩子。不过司各特跟笛福的共通仅此而已。笛福真正感兴趣的是女主角，整本书的形式是由她的性格自然生发而成的。早年她被哥俩中的弟弟诱惑并嫁给了哥哥，于是在她早期比较光明的生涯中就以嫁人为务了；她并非存心为娼，相反，她因为心地正派热情，避之唯恐不及。她和笛福笔下的大多数底层人物一样，相互关爱，为了朋友肯两肋插刀的。他们固有的善良总是能冲破作者理性的评判展露无遗，其中的原因显然与作者本人在新门监狱中的不凡经历有关②。我们不知道那到底是什么，恐怕连他本人事后都不甚了了，因为他一直是个忙碌而又漫不经心的报刊撰稿人，又是位热心的政治家。不管怎么说，他缧绁狱中时肯定有什么事发生在他身上，正是它带来的模糊而

①　在 Abbey Classics (Simpkin, Marshall & Co.)丛书中可方便地觅得《摩尔·弗兰德斯》和《罗克珊娜》（均为笛福的小说。——译者）的重印本。——作者〔在1975年，这两部小说均可在牛津英语小说丛书中觅得；《摩尔·弗兰德斯》还分别收入 Signet Books (New American Library)和 Everyman's Library (Dent)两套丛书。——编者〕
②　笛福早年经商破产，后又因政治罪名入狱，甚至戴枷示众，经历坎坷至极。——译者

又强大的情感冲击，才催生了摩尔和罗克珊娜这两个女主角。她是个能给你肉体实感的人物，结实实圆滚滚的四肢不论是床上功夫还是扒窃本事都甚是了得。她并不依仗她的外貌，可是我们竟恍然能看到她的身高和体重，她像是活生生地在喘气和大嚼，惊世骇俗地干出无数一般小说根本不会涉及的大事小情。她早年以嫁人为业：就算没嫁过四任，至少也嫁过三任丈夫，而且其中的一位后来才知道竟是她的亲哥哥。她跟所有这几任丈夫都过得挺开心，他们对她都很不错，她对他们也一样上心。听听下面她那位布料商丈夫带她进行的这次快活的远足吧：

"我亲爱的，"一天他对我说，"我们去乡下住上一个礼拜散散心好吗？""好，我亲爱的，"我说，"我们到哪儿去呢？""到哪儿都成，"他说，"不过我想在那一星期里要扮成贵族的样子。我们到牛津去吧。""可我们怎么去呢？"我说，"我又不会骑马，坐马车去，路又太远了。""太远！"他说，"坐着六匹马的高车，去哪儿都不会太远。我要带你出去，你就能像个公爵夫人一样阔气地旅行。""哈哈，"我说，"我亲爱的，这真是恶作剧；不过，只要你愿意，我是不在乎的。"于是定了一个日子，我们雇了辆华贵的马车，六匹骏马，一个马夫，一个左马驭者，两个穿着顶讲究的制服的仆人；一个骑在马背上的跟班，还有一个帽子上插着鸟羽，骑在另一匹马上的侍童。仆人们都叫他爵爷，旅馆的掌柜自然也是这般称呼，我就成了伯爵夫人了。这样子我们旅行到牛津去，的确逛得很高兴。说句公道话，世界上任何一个乞丐都不会比我丈夫更懂得怎样摆出爵爷的架子。我们看遍了牛津所有的古迹珍玩，同两三位大学老师谈天，说有个侄子如今是归爵爷照应，想把他送到牛津来念书，打算请他们做他的导师。我们还和另几个穷学者开玩笑，答应将来起码叫他们当爵爷家里的牧师，让他们戴上正式的教士披巾；在牛津住了几天，在花费方面真像个贵族，我们又到北安普敦去逛，总之遨游了十二天回到家里，一共差不多用了九十四镑。[①]

跟这一场景相映成趣的是她跟她深爱的那个兰开夏郡丈夫的一幕好戏。她这位丈夫是个截道的强梁，公母俩却都冒充大款，以此引对方上钩，结果真做成了一对夫妻。婚礼已毕，公母俩也就都现了原形。笛福若是机械地写来，非得让贼公贼婆撕破脸皮大打出手才行，就像狄更斯《我们共同的朋友》里面的兰木尔夫妻俩一样。可笛福并没这么干，他把自己融到了女主角身上，她有的是幽默感，懂得轻重是非。

"真的，"我对他说道，"我看出你会很快地把我说服；现

---

① 译文参照梁遇春译本，略作调整。见人民文学出版社 1958 年 9 月版，52—53 页。——译者

在使我伤心的是我的处境不能让我轻易原谅你，不能忘却你对我所施的一切诡计，来酬报你这样的好性儿。但是，我亲爱的，"我说，"咱们现在怎么办呢？咱俩全都完蛋了，既然咱们没什么可以维持生活，咱们相互谅解又有什么用？"

　　我们想了许多办法，但是一样也办不到，因为我们俩都是穷光蛋。他最后求我别再谈这事儿了，因为，他说这真让他心碎；于是我们就谈了点别的事儿，等他最后像个丈夫似的跟我道了晚安，我们就睡觉去了。①

　　跟狄更斯的描写相比，这个自然更逼真，读来也愉快得多。这公母俩面对的是现实问题，而非作者的道德观，两个都是知轻重、好性儿的泼皮破落户，明知白费力气，又怎么会闹个沸反盈天？她后半段生涯由找丈夫改行了做扒手；她也自觉这是在走下坡路，后面自然也就罩上了一层阴云。不过她倒是一如既往地坚定和逗乐儿。一次她偷了个从舞蹈班下课回家的小姑娘的金项链，她的内心活动是何等地贴切自然！这桩买卖是在通往史密斯菲尔德圣巴塞洛缪教堂的一条小巷子里得手的（诸位今天仍可前往参观这个地方——伦敦到处都是笛福的影子），她当时一时起意本想把这孩子杀了算了。她没这么做，那不过是一闪念而已，可她却意识到了

_____

① 译文参照梁遇春译本，略作调整。见人民文学出版社 1958 年 9 月版，136 页。——译者

这孩子冒的险，竟转而愤愤于这孩子父母的玩忽职守："竟让这么个小羊羔儿独自回家，这可以给他们个教训，下回可要多用点心照顾这小羊羔儿了。"换了个现代的心理学家，要想把这点心思表达出来，不定要花多少力气，何等地矫揉造作呢！它就这么自然而然地从笛福的笔底流淌出来，另有一段也是如此，摩尔骗了个男人，事后又快快活活地明白告诉他上了自己的当，结果是她一再受他的好意感动，不忍再骗他了。她的所作所为都能给我们些许震动——并非对她的厌恶产生的震惊，而是因一个鲜活的人物感到的激动。我们笑她，可既不尖酸又全无优越感。因为她既非伪君子又一点都不蠢。

临近结尾时，她在一家布料店里被柜台后头的两个年轻女士逮了个正着。她的反应是："我原想赞她们几句，可根本容不得我多嘴：两条喷火的孽龙都及不上这两位女丈夫的凶猛。"两位女丈夫叫了警察，她由此被捕并判了死刑，后来又改判流放新大陆的弗吉尼亚。不幸的乌云起得可真叫一个快。不过流放的旅途倒是颇为愉快，全仗了起头教她偷盗的老太婆师傅的好心照应。而且更妙的是，她那位兰开夏的夫君碰巧也一同流放了过来。他们在弗吉尼亚靠岸，美中不足的是她发现她那个亲哥哥丈夫已经先一步在那儿落了户。她把这桩烦心事瞒得紧紧的，后来她哥哥去世；那位兰开夏的夫君不过埋怨她不该把这事儿瞒着他，再没别的抱怨，因为这公母俩仍然相亲相爱。整本小说就这么高高兴兴地落下大幕，女主角沉稳坚定的声音像开篇第一句一样再次响起："……我们决定就此度过我们的余生，诚恳地忏悔我们以前所过的罪恶生涯。"

她的悔过是诚恳的，只有只重表面文章的法官才会指责她是伪君子。依她的性情，很容易将做了错事跟被逮个正着混同起来——有几回她把这两者分辨清楚了，可架不住日久天长，实在因为这两者太容易混淆。也正因为这个，她看起来才十足一个伦敦佬，才那么朴素自然，她的处身哲学是"人生就这么回事"，她的地狱就是新门监狱。我们要是强逼着她或是她的创造者笛福追问："来，说实话，你相信永生吗？"他们会说（照他们如今子孙的说法）："我自然相信永生——你把我当什么了？"——这种信仰的供认可比任何的否认更加彻底地关闭了通往永生的大门。

一个人物如何在小说中无处不在，给予最自由的展现，《摩尔·弗兰德斯》正是个活生生的例证。笛福原本试图展现一个以那位亲哥哥丈夫为中心的情节，可他写得实在有些敷衍马虎，而她那位合法的丈夫（就是那位带她去牛津远足的哥们儿）就这么不知所终了。除了女主角，什么都无所谓；她就像棵屹立在空旷处的大树，而且我们前文已经说过，不论从哪个角度衡量她都显得栩栩如生，我们甚至得扪心自问，假若我们在日常生活中碰到她是否能一眼认出她来。因为我们仍旧在琢磨这个问题：真实生活和小说中的人到底有何不同。奇怪的是，哪怕像摩尔这样一个让我们觉得如此自然和非概念化的人物，按说应当方方面面都跟日常生活若合符节的，我们却仍无法想象能在日常生活中找到这么个活人。假设我突然放下讲座的口吻，用日常说话的语气对诸位说："注意了——我在观众中发现摩尔了——当心了，某先生"——叫出在座某位仁兄的尊姓大名——"她可就在您身旁，当心您的怀表"。——诸位马上就会知道我在胡说八道，我错在不但违背了或然率，这倒没什么要紧，更重要的是混淆了日常生活跟小说的界限。如果我说"注意了，在座的有位摩尔一样的人物"，诸位虽说也可能不相信我，却不会怪我竟然这么低能，缺乏起码的品位：我的错也就仅在于违背了或然率。认为摩尔今天下午会出现在剑桥或英格兰的无论什么地方，甚或曾经出现在英格兰的无论什么所在，都是愚不可及的。可到底为什么呢？

等下周，我们讨论更加复杂的小说——小说中的人物必须跟小说的其他各个方面契合无间的小说时，这个特别的问题就会很容易回答了。到时候我们就能给出一个符合惯例的答案，我们在所有论述文学的小册子中都能找到、考试中也总是被考到的那么一个从美学意义出发的答案，大意是小说是一种艺术作品，有其自身的创作规律，跟日常生活中的规则是两码事儿，小说中的人物写得是否真实取决于它是否符合这些创作规律。我们可以引申一下：爱米丽娅或是爱玛绝不可能出现在这次讲座中，因为她们只存在于同名的小说中，只生活于菲尔丁或简·奥斯丁的世界里。艺术的界限在她们和我们之间画出了一道鸿沟。她们是否真实并不取决于她们是否跟我们相似（虽说她们也可能很像我们），而是取决于她们是否令人信服。

这回答妙得很，还可以由此导出某些合情合理的结论。然而对于《摩尔·弗兰德斯》这样一本小说而言，这回答却并不让人满意，因为这个人物就是一切，她爱干吗就能干吗。我们想要个不这么美学化，更接近心理学的答案。她为什么就不能出现在这里？是什么将她与我们分隔开来？我们的答案其实已然隐含在我们引证阿兰的那段话中：她不可能出现在这里是因为她属于一个内心的隐秘生活清晰可见的世界，属于一个不属于也不可能属于我们的世界，属于一个叙述者和创造者实为一人的世界。这样我们就能就某部小说中的某个人物是否真实下个定义了：当小说家对这个人物的一切无不了如指掌时，这个人物就是真实的。他或许故意不把他知道的一切都讲给我们听——很多事实，甚至我们称之为理所当然的事实，都可以隐而不谈。但是他能给我们一种感觉：虽说这个人物没有得到解释说明，它却是立得住、讲得通的，我们由此得到的是一种绝不可能在日常生活中获得的真实。

说到人际交往，一旦我们把它单独择出来，而非作为一种社会附属物考察，总觉得挺恐怖的。我们总无法相互理解，至多不过似是而非或是一厢情愿；我们总无法充分展示自己，哪怕我们心甘情愿；我们所谓的亲密无间无非只是将就凑合；完全的了解只不过幻梦一场。可是在小说中，我们却能完整无缺地了解他人，而且，撇开阅读的一般乐趣不论，我们还能为现实生活中的晦暗缺憾寻得补偿。在这个意义上，小说要比历史更加真实，因为它超越了简单的事实，我们每个人凭自己的经验都明白，毕竟还有比事实更重要的东西，而且，就算小说家并没能如愿地把握这一点，至少他朝这个方向尝试过了。他尽可以从襁褓中就开始写他的人物，他尽可以让他们不吃不睡照样活蹦乱跳，他尽可以让他们尽情地恋爱，只管恋爱，除了恋爱什么都不干，因为他看来对他们的一切都了如指掌，因为他们是他的造物。这就是为什么摩尔·弗兰德斯不可能来到这里，这就是为什么爱米丽娅和爱玛不可能来到这里的原因之一。他们的私密生活是看得见的或有可能看得见的；而我们的私密生活却是看不见的。

这也正是小说，哪怕是写恶人的小说都能安慰我们的原因所在：它们表现的是一个更易于理解因此也就更易于驾驭的人种，他们使我们自我感觉既聪明睿智又富有力量。

四　人物（下）

我们现在要从"移民"转到"定居"了。我们已经讨论过能否从生活中截取人物放入小说中，还有反过来，人物能否从小说中走出来坐在这个房间里。结果看来是不行。而且引出了一个更加严重的问题：在日常生活中我们能否相互理解？我们今天要讨论的问题相对而言就偏于学术了。我们要考察的是小说中的人物与小说其他各个方面的关系：人物跟情节、跟道德、跟其他人物以及跟整体气氛的关系等等。它们必须适应其创造者的其他各项要求。

我们进行这些讨论的前提是：我们已经不再期望小说中的人物跟现实中的真人完全契合无间，他们只要能够相互对应就够了。当我们说起简·奥斯丁笔下的某个人物，比如贝茨小姐，"栩栩如生"时，我们的意思是她的一点一滴都能跟现实生活一一对应起来，可她作为一个整体至多也不过跟我们在茶会上碰到的某个唠叨的老处女"很像"而已。贝茨小姐跟海伯里这个小地方有千丝万缕的联系。我们要想把她从那儿搬出来，除非把她母亲，还有简·菲尔费克斯、弗兰克·邱吉尔，甚至整个包克斯山[1]也一道搬来才行；而我们却能把摩尔·弗兰德斯给搬出来，起码作为试验是行得通的。简·奥斯丁的小说远比笛福的复杂，因为她的人物是相互关联的，还要再加上情节的复杂性。情节在《爱玛》并非首要因素，而且贝茨小姐对情节的发展起的作用也微不足道。不过情节的作用确实存在，她跟主要人物息息相关，这样得到的结果就是一块紧针密线的织物，一针一线都没办法单独抽离出来。贝茨小姐和爱玛本人都好比灌木丛中的两株灌木——绝非摩尔那样孤立的大树——尝试给灌木丛做过间苗的人都知道，要是单把几株灌木移植到别的地方，它们看起来该有多可怜，残余的灌木丛又何尝不是同样难看。大部分小说里的人物都没有自我发展的本事，他们必须相辅相成才行。

我们应该开始明白，小说家真是有一大堆异常混杂不清的配料需要调配处理的。有故事的问题，它要遵循一种"接下来如何如何"的时间顺序；有讲什么故事和怎么讲得呱呱叫的问题，故事的题材看似千差万别，可他就是喜欢讲关于人的故事；讲关于人的故事时又要兼顾价值生活和时间生活。他创造出需要的人物，引他们上场，可这些人物又充满

---

① 这里提到的人、地名均出自《爱玛》。——译者

反抗精神。因为他们跟我们这样的真人有无数相关相似之处，他们也会努力想过自己的生活，于是就经常导致跟小说的主要框架产生冲突。他们会"跑掉"，他们会"无法掌控"；他们是一种总的创造之下的多种次一级创造，经常跟这个总的创造产生抵牾；倘若给他们全副自由，他们就会把整部小说踢成碎片，而倘若约束得过于严格，他们又会作为报复死给你看，使整部小说因为内伤不治而彻底毁掉。

剧作家也得经受这些考验，他另有一套配料要对付——男女演员们——他们有时看来挺适合要扮演的角色，有时又似乎挺契合整个的剧本，可更经常的情况是成了角色和剧本两方面的死敌。他们带来的影响简直无可估量，经过他们这么一番折腾，我真搞不懂有哪部艺术作品竟然还能幸存下来。幸好我们讨论的是低一等的艺术形式，不必操这个心——不过，我还是忍不住想问一句：你凭什么说剧本在舞台上演出来，效果就比在书房里阅读更好，凭什么说那帮既野心勃勃又神经兮兮的男女演员，就能加深我们对莎士比亚和契诃夫的理解？

算了，小说家的麻烦已经够受的了，今天我们将考察一下他解决麻烦的两种策略——自然是出诸本能的策略，他的工作方式跟我们考察他工作时采用的方式可是绝少类同的。第一种策略是采用不同类型的人物。第二种则与叙事角度有关。

（一）

我们可以将小说中的人物分为扁平人物和圆形人物两种。

扁平人物也就是十七世纪所谓的"气质类型"①，有时也称为类型人物，有时也叫漫画人物。其最纯粹的形式是基于某种单一的观念或品质塑造而成的；当其中包含的要素超过一种时，我们得到的就是一条趋向圆形的弧线了。真正的扁平人物可以用一句话来概括，比如："我永远不会抛弃密考伯先生。"说这话的是密考伯太太——她说她绝不会抛弃密考伯先生②；她说到做到，这就是她。或者："我必须隐瞒我主人家的贫困，哪怕是欺瞒也在所不惜。"这位就是《兰默摩尔的新娘》③中的凯莱布·巴尔德斯通。他并没实际上采用这样的措词，不过这一句话就把他说尽了；除此之外他的存在再无任何意义，再无任何快乐，再无任何私欲和痛苦扰乱这位最忠心耿耿的仆从的单纯性。不论他做什么，去哪里，不论他说了什么谎，打破了什么样的盘子，一切的目的都在于隐瞒他主人家的贫困。这并非他的 idée fixe④，因为

---

① 按照中世纪和文艺复兴时期的生理学理论，所谓的 humours 是人体中的四种主要"体液"：血液、黏液、黄胆汁和黑胆汁，这四种体液对人的健康和性情至关重要，哪一种体液占据主导也就相应决定了人的气质类型，分别对应为：多血质、黏液质、胆汁质和抑郁质。——译者

② 密考伯夫妇是狄更斯小说《大卫·科波菲尔》中的两个重要的喜剧性配角。——译者

③ 司各特的历史小说，发表于一八一九年。——译者

④ 法语：固定观念，执念。——译者

他身上根本没有可以固定这个观念的地方。他本身就是这个观念，当小说中其他的因素跟他发生碰撞时，他所拥有的这种人生就会从边缘、从因碰撞产生的火花中发射出道道光芒。再如普鲁斯特。普鲁斯特笔下有无数扁平人物，比如帕尔玛公爵夫人，或是勒格朗丹①。两人都能以一句话概括出来，公爵夫人那句就是："我必须特别小心待人友善。"她除了特别小心之外什么都不做，而其他那些比她复杂些的人物轻易就能看穿她的友善，既然这友善不过是小心翼翼的副产品。

扁平人物最大的优势之一就是不论他们何时登场，都极易辨识——被读者的情感之眼认出，视觉的眼睛只不过注意到一个特定名字的再次出现。俄罗斯小说中虽极少有扁平人物，可一旦出现却有极大帮助。当作者想集中全部力量于一击时他们最是便当，扁平人物对他会非常有用，因为他们从不需浪费笔墨再做介绍，他们从不会跑掉，不必被大家关注着做进一步的发展，而且一出场就能带出他们特有的气氛——他们是些事先定制的发光的小圆盘，在虚空中或在群星间像筹码般被推来推去；随便放在哪儿都成，绝对令人满意。

第二大优势是，他们事后很容易被读者记牢。他们能一成不变地留在读者的记忆中，因为他们绝不会因环境的不同

---

① 帕尔玛公爵夫人是出现在《追忆逝水年华》第三部《盖尔芒特家那边》中的一个次要角色，勒格朗丹主要出现在第一部《在斯万家那边》和第三部中，是个势利小人。——译者

而更易，这使他们在回顾中具有了一种令人舒心的特质，甚至使他们在创造他们的小说已然湮没无闻后仍被人牢记不忘。《伊万·哈灵顿》[①]中的伯爵夫人就是个很好的小例证。我们不妨拿我们对她的记忆跟对蓓基·夏泼[②]的记忆作一下比较。我们已经不记得伯爵夫人具体都做过什么，有过什么样的经历了。我们只记得她的外形以及围绕着这个形象的那个公式，那就是："我们虽然都以亲爱的爸爸为荣，可必须得隐瞒对他的怀念。"她所有丰富的诙谐事迹均由此而来。她是个典型的扁平人物。蓓基却是圆的。她同样利欲熏心，可她没办法用一句话就概括出来，我们记得的她是跟她经历过的重大场面息息相关的，而且她也因这些经历而被不断塑造改变着——也就是说，我们没办法轻易就记住她，因为她不断盈缺，而且像个真人一样有不同的侧面。但凡是人，哪怕久经世故，都渴望恒久不变的东西，对那些未经世故的人而言，恒久不变正是他们对一件艺术作品的主要诉求。我们都希望书本能经久长存，成为我们的庇护所，希望书中的居民经久不变，而扁平人物正是因此取得了他们的合法性。

不过，眼睛一直严厉地盯着日常生活的批评家们——我们上周正是如此——对于这种表现生活的方式却很不耐烦。

---

① 乔治·梅瑞狄斯比较不太重要的喜剧性小说，发表于一八六〇年，以家族制农业和他自己的亲戚作为小说的主题。——译者
② 萨克雷的名著《名利场》的女主角，文学史上最著名的女野心家的典型。——译者

他们认为，如果维多利亚女王没办法概括在一句话里，那密考伯太太凭什么就可以这么做？我们最重要的作家之一诺曼·道格拉斯[1]先生就是这样一位批评家。下面一段文字就以非常有说服力的方式来反对扁平人物。这段话出现在致 D·H·劳伦斯的一封公开信中，彼时两人笔战正酣，激烈的程度令我们外人简直无从置喙，像躲在亭子里的一群淑女，只有旁观的份儿。他指责劳伦斯在写他们俩一位共同朋友的传记时，使用"小说家笔法"歪曲了传主的真相，接着他就给什么叫"小说家笔法"下了个定义：

> 应该说，它的产生应归咎于未能充分认识到普通人性所具有的深度和复杂性；出于文学上的目的，它只拣选一个男人或女人身上两三个侧面，通常就是他们的性格中那几样最引人注目、因此也就最"有用"的因素，其他的全盘抛弃。但凡跟这几样经过特别选定的特征相龃龉的全被淘汰；必须被淘汰，否则其描述就站不住脚了。这些和那些属于选定的材料；但凡有跟这些材料不相容的必须丢弃。也正因此，"小说家笔法"立论的前提自然也就经常难免偏颇；它的选材只依据其自身的好恶。它们拣选的事实或许不虚，可是失之太少；作者的所言或许是实，但绝非全部的真相。这就是所谓的"小说家

---

[1] 道格拉斯（Norman Douglas, 1868—1952），英国小说家、散文家，曾周游印度、意大利和北非，代表作为长篇小说《南风》。——译者

笔法"。它歪曲了生活真相。

好吧，按这样的定义，小说家笔法在传记中自然是要不得，因为任何一个人都非简单的几面。可是在小说中它却自有其地位：一部复杂的小说经常既需要圆形人物，也缺不得扁平人物，这两者相互磨合的结果会比道格拉斯先生的逆料更加接近真实的人生。狄更斯的人物几乎全都扁平（匹普[①]和大卫·科波菲尔试图圆起来，可圆得实在缺乏自信，结果只像个气泡，没有坚实的质地）。每个人物几乎都能用一句话来概括，可结果却给人一种深度人性的绝妙感觉。也许是因为狄更斯将其自身浩瀚的活力注入到了人物体内，所以他们借着他的生命显得像是在过自己的生活。这过程简直就像变戏法儿；不论什么时候我们都可以从侧面来看看匹克威克先生，结果就会发现他竟然绝不比一张唱片更加厚实。可我们从来都不会从侧面看他。匹克威克先生实在是太老于世故、训练有素了。他总让我们觉得他在掂量某件事儿的轻重，当他被塞进女子学校的衣橱时，他的分量似乎跟待在温莎洗衣筐里的福斯塔夫一样沉重[②]。狄更斯天才的一部分正表现在他对类型和漫画式人物的使用上，这些人物再次登场时我们

---

① 狄更斯名著《远大前程》的主人公。——译者
② 匹克威克先生被塞进衣橱的故事见《匹克威克外传》第十七章；福斯塔夫被装进洗衣筐里的故事见莎士比亚《温莎的风流娘儿们》第三幕第三场。照福斯特的标准衡量，福斯塔夫自然是圆形人物。——译者

一眼就能认得出，而创造的效果却并不机械生硬，对于人性的展现也并不粗疏谫陋。不喜欢狄更斯的人士确有明显的口实。照理他真应该糟糕透顶。可事实上他是我们最伟大的作家之一，他在使用类型人物上获得的巨大成功足以令我们深思：扁平人物身上蕴涵的内容或许远远超过了那些更加苛酷的批评家乐于承认的那一点儿。

再来看看H·G·威尔斯的情况。除了吉普斯和《托诺-邦盖》中的婶婶①之外，威尔斯所有的人物可能都扁平得不啻一张照片。可是这些照片被作者以过人的活力搅动起来，我们竟然忘了它们的复杂性只存在于表面，一旦刮破或是卷起来它就不复存在了。一个威尔斯的人物确实没办法用一言半语来概括；他更多地依赖观察而非想象塑造人物，他创造的并非类型。不过他的人物仍然极少能靠自己的力量鲜活起来。把他们晃动起来并哄着读者产生某种深度感觉的，完全是其创造者那双灵巧而又有力的手。像威尔斯和狄更斯这样优秀却算不得完美的小说家，都非常善于将自己的力量转移到人物身上。他们小说中那些鲜活的部分会带动那些没有活力的部分，能使其中的人物跃然纸上，言行令人信服。他们

---

① 吉普斯是威尔斯出版于一九〇四年的同名小说的男主角，自小失怙，青年时期成为学徒，谁料竟意外发现自己是一位富有绅士的孙子和继承人，人生由此发生天翻地覆的变化。《托诺-邦盖》是威尔斯社会小说的代表作，出版于一九〇八年，"托诺-邦盖"是一种假药，叙述者乔治和他叔叔竟靠推销这种假药成为巨富，作者试图借以展现当时社会的全景图。——译者

跟那些直接全盘掌控其所有材料的完美小说家相当不同，后者似乎能用他们创造性的指尖触及每一句话，激活每一个字。理查逊，笛福，简·奥斯丁在这一点上简直无可挑剔地完美；他们的作品也许算不上伟大，可他们的手一时一刻都不曾离开他们的小说；他们的人物始终在他们直接的掌控之下，哪怕如伸手去按铃和铃响之间这么短暂的失控都不会有。

我们必须承认，扁平人物在自身成就上是无法与圆形人物匹敌的，而且喜剧性的扁平人物最能讨巧。严肃或者悲剧性的扁平人物往往惹人厌烦。如若他每次上场都高喊"复仇！"或者"我的心在为人性的堕落而滴血！"这类口号，我们难免意兴阑珊。当代某位颇受欢迎的作家写了本传奇小说，讲的是一位苏塞克斯农民的壮举，这位农民兄弟总是信誓旦旦："我一定要犁开那块荆豆田。"确实有这么个农民兄弟，确实也有这么块荆豆田；他誓要犁开那块荆豆田，他也说到做到了，可这怎么能跟"我永远不会抛弃密考伯先生"比呢，他的锲而不舍固然可嘉，却也同样可厌，结果我们根本不会关心他到底有没有犁开那块荆豆田了。如果他的这句套话经过分析，跟其他的七情六欲扯上了干系，我们就不会这么不耐烦了，那个人也就不会被这么一句套话一网打尽，只不过代表了这个人的一种执著罢了；也就是说，他由此已经由一个扁平的农民变成了一个丰满的圆形人物。也只有圆形人物堪当悲剧性表演的重任，不论表演的时间是长是短；

扁平人物诉诸的是我们的幽默感和适度心，圆形人物激发的则是我们拥有的所有其他情感。

好吧，我们这就把这些二维人物暂且抛下，转到圆形人物身上来吧，我们就先去一趟《曼斯菲尔德庄园》，看一看跟巴儿狗一道坐在沙发上的伯特伦夫人。跟小说中大部分动物形象一样，夫人的巴儿狗自然是扁平的。它曾一度意外闯进了一处玫瑰花床，效果并不比纸板的剪影更加生动，这也就是它的所有作为了，而且小说中的大部分场景中，它的女主人也像是用同样简单的材料剪出来的。伯特伦夫人的套话是"我脾气虽好，可是绝对经不得劳累"，而且对这一原则一直坚守不渝。可一场祸事在结尾处不期而至。她两个女儿都处境堪虞——在奥斯丁小姐的世界中这已经是最可怕的祸事了，比拿破仑的战争不知要恐怖多少倍呢。朱丽亚私奔了；玛利亚因为婚姻不幸福也跟着情人跑了。伯特伦夫人该如何自处？书中的描述意味深长：

伯特伦夫人没有深刻的思想，但是在托马斯爵士的引导下，对一切重要的方面都形成了正确的看法，因此她明白这件事的严重程度，既不要求芬妮劝解，也不想自欺欺人，掩饰它的罪愆和耻辱。①

----

① 采用项星耀译本，见《曼斯菲尔德庄园》472 页，上海译文出版社 1998 年 10 月版。——译者

这几句话可真是够斩截的，我曾一度很是担心，怕是简·奥斯丁的道德感一时失控。她本人或许可以藐视罪愆和耻辱，事实上她自然也确是这么做的，她也适时地在爱德蒙和芬妮的心中引起巨大的焦虑，可她有权贸然搅乱伯特伦夫人一贯平静安闲的心境吗？这岂不是像给那条巴儿狗安上三个脑袋，派它去把守地狱的大门①一样造次吗？这位贵妇人难道不该继续歪在沙发上不断唠叨，"朱丽亚、玛利亚的事儿真可悲真可怕，简直弄得我筋疲力尽，可芬妮哪儿去了？哎，我又漏了一针"吗？

我一度就是这么想的，因为我误解了简·奥斯丁的创作手法——正如司各特恭维她像在方寸象牙上精描细画一样是出于误解。她诚然是位工笔画家，可她从来都不是在平面上涂抹。她所有的人物都是圆的，或至少有圆起来的可能。连贝茨小姐都有自己的头脑，连伊丽莎白·艾略特②都有自己的心肠，我们在认识到这一点后，伯特伦夫人突发的道德热情也就不会让我们觉得困惑了；那个小圆盘突然间膨胀起来，变成个小球儿了。小说大幕落下时，伯特伦夫人又回复了扁平的原形，她留给我们的主导印象可以用一句套话来概括，这都是事实；可简·奥斯丁构思的这个人物并不这么简单，而她重新登场时给我们的新鲜感也端赖于此。简·奥斯

---

① 据希腊、罗马神话，冥府入口是由三头猛犬刻耳柏洛斯把守的。——译者
② 奥斯丁小说《劝导》的女主角安妮·艾略特的姐姐。——译者

丁的人物每次出场都能给我们带来一点新鲜的乐趣，而狄更斯的人物给我们的乐趣却只在于它的一再重复，原因到底安在？她的人物在一次对话中竟能交融得天衣无缝，看似浑不费力、自然天成地就相互把对方引上了舞台，到底又是为何？这个问题可以从不同的角度来回答：例如她跟狄更斯不同，是个货真价实的艺术家，例如她从不肯迁就漫画式人物，等等。其实，真正的原因在于，她的人物虽说比狄更斯的要小，却是高度有机的。他们全都极有弹性，哪怕她的情节对他们提出更高的要求，他们仍然能够胜任。我们不妨假设路易莎·穆斯格罗夫在科布码头上摔断了脖子。对路易莎之死的描写想来必定软绵绵的毫无力道——暴力事件本来就非奥斯丁小姐所长——不过一俟尸首被清理出去，那些幸存人物的举止反应必定会恰如其分，他们将会展现出各自性格中新鲜的侧面，如此，虽说《劝导》作为一部小说被毁于一旦，可是对于温特沃斯上校和安妮我们肯定会有更进一步的了解[1]。所有简·奥斯丁的人物都随时准备好走进更加广阔的生活，虽说她小说的主题极少给他们提供实际的机会，正是为此，他们的实际生活才过得如此令人信服。让我们再次

---

[1] 路易莎在《劝导》中不过在码头上略受了点伤，正因为她的受伤跟男主角温特沃斯有点牵连，导致他心生内疚，幸好路易莎很快就痊愈而且喜欢上了他的一个同僚，否则温特沃斯跟女主角安妮的重修旧好恐怕就要付诸东流了。假如路易莎真的摔死了，那么后面所有的情节都要重写，所有的人物自然也会展现出不同于现在的全新侧面。——译者

回到伯特伦夫人和那句至关紧要的话上来，看看她从她的套话进入那句套话起不了作用的领域时，那种转换是何等微妙。"伯特伦夫人没有深刻的思想"，一点没错，这正是她的一贯作为。"但是在托马斯爵士的引导下，（她）对一切重要的方面都形成了正确的看法。"托马斯爵士的指导本来就是那句套话暗含的一部分，仍然保留下来，可结果却推动着这位贵妇人获得了独立和并非出自本愿的道德感。"因此她明白这件事的严重程度。"这正是道德的最强音——非常斩截，同时又经过小心翼翼的引导，水到渠成。后来又跟上一个最是巧妙无比的渐弱音，通过否定的形式出现。她"既不要求芬妮劝解，也不想自欺欺人，掩饰它的罪愆和耻辱"。那句套话再次显形，因为她一直以来确实照她一贯的原则尽量对麻烦视而不见，也确实要求芬妮劝解她该如何自处；十年以来芬妮的全部职责也就全副在此了。作者的措词虽以否定的形式出之，却提醒我们想到肯定的方面，她惯常的精神状态亦由此再次历历在目，单凭一个简单的句子，她就先是被吹成一个圆形人物，然后又打回扁平的原形。简·奥斯丁的笔法何等神妙！寥寥数语，她就大大拓展了伯特伦夫人的形象，而且一石二鸟，玛利亚和朱丽亚私奔的可信性也随之得到提升。我之所以提到"可信性"，是因为私奔属于暴力行动范畴，正如上文所言，简·奥斯丁一涉及这个领域，她的文笔就会软绵绵毫无力道。除了她早年的习作，她从来不会把暴力冲突的场面摆到前台。所有暴力事件必须发生在后台——路易莎的意外受伤和玛丽安·达什伍德①的咽喉发炎已经算得上最接近这类事件的例外了——而且随之而起的所有针对私奔的议论必须既真心实意又令人信服，否则我们就会怀疑它是否当真发生过了。伯特伦夫人帮助我们相信她那两个女儿确实都跑了，而且必须得跑，否则芬妮也就没机会超凡入圣了。就这么一个再小不过的点，就这么短短的一句话，却明白无疑地让我们看到一位伟大的小说家能够怎样微妙地将一个人物发展成为立体的圆形。

她的作品中遍及这样的人物，乍一看简单扁平得可笑，从来不需要重新介绍，然而又从来都不会举止失措、引喻失义——亨利·蒂尔尼，伍德豪斯先生，夏绿蒂·卢卡斯②，等等。尽管她给自己的人物贴上"理智"，"傲慢"，"情感"，"偏见"的标签，可他们绝不局限于这些品性限定的范围。

至于真正圆形人物的定义，经过上文的讨论已经不言自明，无须再多费口舌。我需要做的不过给出几个在我看来典型的圆形人物的实例，以使其定义更形显豁：

① 玛丽安是《理智与情感》两姐妹中代表"情感"的妹妹。——译者
② 亨利·蒂尔尼是《诺桑觉寺》中女主角凯瑟琳心仪的对象，两人历经波折终成眷属；伍德豪斯先生是《爱玛》中女主角爱玛的父亲，老好人一个；夏绿蒂·卢卡斯是《傲慢与偏见》中女主角伊丽莎白的好友，很是务实，嫁给了向伊丽莎白求婚遭拒的粗俗的柯林斯牧师。——译者

《战争与和平》中的所有主要人物，所有陀思妥耶夫斯基的人物，普鲁斯特的某些人物，如家里的那个老用人，盖尔芒特公爵夫人，夏吕斯先生和圣-卢；包法利夫人——她就像摩尔·弗兰德斯一样拥有一本专门讲她的小说，其形象可以得到进一步拓展，可以无拘无束地爱干吗干吗；萨克雷的某些人物——比如说蓓基·夏泼和碧爱崔丽克斯[1]；菲尔丁的某些人物——亚当斯牧师[2]，汤姆·琼斯；还有夏洛蒂·勃朗特的某些人物，最突出的当属露西·斯诺[3]。（还有很多——我就不再罗列下去了。）检验一个人物是否圆形的标准，是看它能否令人信服的方式让我们感到意外。如果它从不让我们感到意外，它就是扁的。假使它让我们感到了意外却并不令人信服，它就是扁的想冒充圆的。圆形人物的生活宽广无限，变化多端——自然是限定在书页中的生活。小说家有时单独利用它们，更经常的则是结合以其他种类的人物，来成就其活现真实生活的抱负，并使作品中的人类与作品的其他方面和谐共处。

(二)

现在来看第二种策略：讲故事可以采用的视角。

---

[1] 碧爱崔丽克斯是萨克雷另一部名著《亨利·艾斯芒德的历史》的女主角。——译者
[2] 菲尔丁小说《约瑟夫·安德鲁斯》的主要人物之一。——译者
[3] 夏洛蒂·勃朗特另一部名著《维莱特》的女主角。——译者

对某些批评家而言这是最基本的策略。

说到小说的技巧，最关键最复杂的方法问题（珀西·卢伯克先生道），我认为就是视角的问题——也就是叙述者决定跟故事采取什么样的关系的问题。

在他的大著《小说的技巧》中他以其天才和洞见逐一检讨了各种叙事角度。他说，小说家可以从外部描述人物，作为不偏不倚或是有所偏袒的旁观者；小说家也可以自认全知全能从内部描写他们；或者他还可以采用某一人物的视角，假装对其他人物的动机毫不知情；再或者他还可以采取介于这些视角之间的某种态度。

卢伯克先生的追随者将为小说美学建立一个坚实的基础——这个基础恕我绝对难以苟同。他的检讨未免失之草率，在我看来，最关键最复杂的方法问题并不能归结为几个公式，而在于作家能有多大本事迫使读者对他讲的故事信以为真——这本事卢伯克先生也承认并表示赞赏，不过却只视之为枝节而非关键所在。我却认为这是关节点中的关节点。我们不妨来看看狄更斯在《荒凉山庄》中是如何"糊弄"我们的。《荒凉山庄》的第一章是全知视角。狄更斯把我们带入大法官的法庭，而且飞快地介绍我们认识法庭里面所有的人物。到第二章他换成部分全知视角。我们仍旧用他的眼睛去看，可不知道出于什么原因，他的视力变得模糊了：他可以介绍我们认识累斯特·德洛克爵士，认识德洛克夫人的一部分却并非全部，而对于图金霍恩先生却什么都没说①。到了第三章，他竟然变本加厉，干脆采用戏剧性手法，把视角交给了一位年轻的女士：埃斯特·萨默森②。"我开始写这一部分篇章时感到困难重重，因为我知道自己并不聪明，"埃斯特就这么接过了话头，而且只要还是她在讲述，她就以同样的口气始终如一地讲下去。创造她的作者随时可以把话头抢过来，四处逛逛、挑自己喜欢的发发议论，埃斯特就被随便抛在鬼知道的什么地方待着，去忙活什么我们并不关心的琐事。从逻辑上讲，《荒凉山庄》可算得上支离破碎了，可狄更斯照样能哄得我们五迷三道，我们也就不会去介意什么视角的频频转换了。

批评家总是比读者更爱挑剔。他们急于为小说确立显赫的高位，未免就过于热心地为小说寻找只为其独有的难题，以使其区别于戏剧；他们觉得，小说若想被公认为一种独立的艺术，须得先有其专属的技术难题；又因为视角问题自然专属小说所有，于是就过分强调了其重要性。我本人倒觉得它还不及人物之间的适当混搭来得重要——人物的问题同样

---

① 德洛克爵士是切斯尼山庄的主人、从男爵，图金霍恩是德洛克爵士的法律顾问。——译者
② 埃斯特是德洛克夫人的私生女，荒凉山庄的管家。——译者

也是剧作家所面临的。小说家必须哄得过我们，这才是当务之急。

让我们再看看另两个视角转换的例子。

杰出的法国作家安德烈·纪德出版过一本叫作《伪币制造者》(*Les Faux-Monnayeurs*)[①]的小说，这本小说我们下周还有更多的话要说，眼下先说一点：这本小说虽极具现代性，却有一点跟《荒凉山庄》类同：从逻辑上讲支离破碎。作者有时候是全知全能的：他站在幕后，向我们解释一切，"il juge ses personnages"[②]；有时他只是部分的全知全能；摇身一变他又采用戏剧性手法，通过一个人物的日记来讲述故事。同样是缺乏统一的视角，原因却并不相同，狄更斯是出于本能，纪德则是经过深思熟虑后的刻意安排；他在视角的转换过程中太过啰嗦。一个小说家如果太刻意于自己的创作手法，作品也自然会显得太过刻意，徒有趣味而已；他已然放弃了对于人物的创造，一心要我们帮他分析自己的思想，读者情感温度计上的水银柱自然也会随之而急剧下降。《伪币制造者》在最近的作品中诚属趣味十足，可是还算不上一时之选；我们现在虽不得不对其结构大加褒奖，但对整部小说的赞美仍需有所保留。

[①] 由多萝西·布希(Dorothy Bussy)英译为 *The Counterfeiters*（Knopf 版）。——作者（"企鹅现代经典"版的本书还在印行。——编者）

[②] 法语：臧否人物。——译者

说到第二个例子，我们必须再次审视《战争与和平》。我们会发现这才称得上是巨著：我们被裹挟着在俄罗斯大地上纵横往来——全知视角，半全知视角，在需要的时刻不时来一段戏剧性手法——最后我们已经全盘照收。卢伯克先生自然不会：虽说他也觉得这是部伟大的小说，可假如它自始至终只采用一种视角的话，他就会觉得它更加伟大了；他觉得托尔斯泰还没有把全副才华完全发挥出来。我觉得写作这桩游戏的规则可不是这么回事。只要效果好，小说家尽可随时转换他的视角，狄更斯和托尔斯泰转换视角的做法都很成功。我倒认为这种扩展和缩小认知范围的能力（视角的转换正是扩展或缩小的征兆），这种可以自由决定彰显什么、隐藏什么的权利，正是小说这种艺术形式的最大优势之一，这也正好跟我们在日常生活中的认知对应起来。我们有时候比别人愚钝；我们偶尔能窥破他人的思想，但并非总能做到，因为我们自己的头脑也会疲累；这种时隐时显的状态终究使我们接受到的经验变得多姿多彩。很多小说家，尤其是英国小说家，对于他们书中的人物就是如此行事的：对他们的表现时紧时松，我看不出这有什么值得诟病的。

当然，他们如果在转换视角时让我们感觉出了他们的刻意性，是该遭到诟病的。这又带出另一个值得考虑的问题：作者是否该对读者推心置腹、妄充知己，将人物的一切向他和盘托出？其实我们上文已经有所暗示：最好不要。这实在很危险，通常都会导致读者的热情降低，导致读者心智和情感两方面的松弛，更糟的甚至会显得滑稽可笑，这等于出于友好邀请读者来到人物背后，看清楚他们是怎么被挂起来的。"甲看上去不错吧——她一直就是我的最爱。""让我们琢磨琢磨乙为什么要这么做——也许他有些东西还深藏不露呢——果然，你瞧——他真是有颗金子般的心哪——给你看了这么多了，我该把它放回去了——他应该还没留意到呢。""还有丙——他历来就神秘兮兮的。"这么一来，读者的亲近感是赢到了，却牺牲了作品能够带来的幻觉和崇高感。这就仿佛拉人家去喝酒，好让人家同意你的意见一样。恕我直言，菲尔丁和萨克雷在这上面就犯了大忌，就像是在酒吧里空谈闲扯，过去的小说中这是为害最烈的一点。不过，对读者推心置腹，带他去认识你小说中创造的那个世界则另当别论。像哈代和康拉德那样，跟自己的人物拉开一定距离，却把他所认为的一定环境下的人生真相概括出来，这没什么危险。真正有害的是将某个特定的人物兜底儿亮给读者看，这会诱使读者将注意力从人物身上转向对小说家思想的考察。其实在这样的情境下面你也从来考察不出什么有价值的东西，因为此时的作者根本就不在创作状态上：单单一句"来，咱们好好聊聊"，创作热情就已经冷了。

　　我们对于人物的讨论必须告一段落了。等后面我们讨论情节的时候，人物的形象也会连带着呈现得更加完整些。

五　情节

亚里士多德说过，"性格决定我们的品质，而行动——我们的所作所为——决定我们的幸与不幸"[①]。我们既已确定亚里士多德是错的，眼下就得面对不认同他的后果。亚里士多德还说，"人类所有的幸与不幸全表现于行动"[②]。我们的了解已经又进了一步。我们认为幸与不幸存在于秘密生活中，这种生活是我们每个人都私下里过着的，小说家也已（通过他的人物）进行了表现。我们所谓的秘密生活是指这种生活没有外在的表征，也不是如一般人想象的，通过脱口而出的一个字眼或是一声叹息就能窥破的。脱口而出的一个字眼或是一声叹息跟一次讲演或是一桩谋杀一样是呈堂证供：表明由它们揭示出来的那种生活已经不再是秘密，已然进入行动的领域。

不过，我们根本没理由对亚里士多德过于苛责。他压根儿就没读过几本小说，更甭提现代小说了——他读的是《奥德赛》，不是《尤利西斯》——他生就的对遮遮掩掩毫无兴趣，当真认为人类的心智就像是脸盆一样的容器，最终一切都能从里面掏摸出来；而且他在写我们上文引的那两段话时，想的其实是戏剧，在这个领域它们无疑是对的。在戏剧中，人类所有的幸与不幸的确必须得以行动的方式出之。否则就连其是否存在都没人知道了，这正是戏剧与小说的重大区别之所在。

小说的特别之处在于，作家既可以直接谈论他的人物，也可以通过他们自身表现出来，或者还可以安排我们听到他们的自言自语。他可以进入人物的内省之中，而且还可以从那个层次进入得更深，窥破人物的潜意识。人其实对自己都不太讲真话的——哪怕是对自己；他暗自感觉到的幸与不幸的缘由其实他自己都讲不清楚，因为他一旦将这种感觉上升至可以解释的层次，这感觉也就失去了原初的性质。小说家的用武之地正在于此。他可以让潜意识直接化为行动（剧作家也能这么做）；他也可以利用它跟独白的关系将其展现出来。他对一切的秘密生活都有权置评，而且他的这一特权绝对不容剥夺。"作家怎么知道这个的？"有时会有这种疑问。"他的着眼点到底在哪儿？他怎么前后不一，他把视角

---

① 引自亚里士多德《诗学》第六章。罗念生的译文为："剧中人物的品质是由他们的'性格'决定的，而他们的幸福与不幸，则取决于他们的行动。"见《诗学》14 页，中国戏剧出版社 1986 年 1 月版。——译者
② 同上。罗念生的译文为："幸福与不幸系于行动。"见《诗学》14 页。——译者

从有限转到了全知，现在他又要拐回去了。"这种问题就颇有点庭审断案的调调了。其实，不管是态度的转变也好，揭秘的秘密生活也罢，真正跟读者相干的只在于它们是否令人信服，实际效果是否 πιθανόν①，而亚里士多德，耳边回响着他酷爱的这个词语，也该可以功成身退了。

不过，他这一走，也给我们留下了个难题，随着人性的大幅扩展，情节又将变成什么样子呢？大部分文学作品中存在两个因素：作为个体的人物，我们刚刚讨论过，再就是那笼统地称为技巧的因素。其实技巧我们也略做过些赏玩，不过玩赏的是一种非常低层次的形式，就是故事：从时间的绦虫身上截取的一段。现在我们终于到达了一个高级得多的层面了，那就是情节；而情节在反观自照时，意外地发现人物并未像在戏剧中那样多少要迁就它的要求，发现人物竟然庞大无比、影影绰绰而且殊难驾驭，四分之三的部分都像冰山般隐匿不显。面对这样的庞然大物，想用亚里士多德阐释得这么有说服力的三段论——发展、高潮和结局来对付，实在是枉然。也确实有几个人物起而响应了这三段规则，结果只成就了一本该是戏剧的小说。不过响应的还是少数。他们喜欢分开来独坐，若有所思或是爱干吗干吗，而情节（我把它当作了一个上级官员）则对他们这么缺乏公共精神深感忧

---

① 希腊语：真实可信。——译者

虑："这可不成，"它仿佛在嘀咕。"个人主义诚然是最有价值的品质；而且我个人的职位也确实是建立在每个个体之上；这些我一直都非常坦诚地承认。可还是应该有些限制的，没有规矩哪成方圆？如今这些规矩可是都给踩在脚底下了。人物沉思默想的时间切不可太长，他们切不可总是踩着自己内心的梯子爬上爬下地浪费时间，他们必须得做出点贡献，否则必然危及那些更高的利益。"这话听起来够耳熟的吧，要"有助于情节的发展"！这是戏剧中的人物出于必要必须做到的；那么在小说中，这种必要程度又当如何呢？

我们还是先给情节下个定义吧。我们已经给故事下过了定义：对一系列按时序排列的事件的叙述。情节同样是对桩桩事件的一种叙述，不过重点放在了因果关系上。"国王死了，后来王后也死了"是个故事。"国王死了，王后死于心碎"就是个情节了。时间的顺序仍然保留，可是已经被因果关系盖了过去。我们还可以说："王后死了，谁都不知道是什么缘故，后来才发现她是因国王之死死于心碎。"这非但是个情节，里面还加了个谜团，这种形式就具有了高度发展的潜能。它暂时将时序悬置一旁，在不逾矩的情况下跟故事拉开了最大的距离。对于王后的死，我们听的若是个故事，就会问："然后呢？"如果这是个情节，我们会问："为什么？"这就是小说这两个侧面最根本的不同之所在。你不能给哈欠连天的穴居人或是苏丹暴君讲什么情节，对他们当今的子孙——电影观众同样也不成。要想吸引他们不至于睡着，只能依靠"然后如何，后来怎样"，他们有的只是好奇。可情节却要有脑子有记性才欣赏得了。

好奇是人类最低级的本能之一。日常生活中你应该也已经发现，当有人喋喋不休地寻根究底时，大约也总是他们最没记性，通常也蠢到了家的时候。一个见面只知道问你有几个兄弟姐妹的家伙，绝不可能跟你意气相投，倘若你过了一年再次碰到他，他可能还会问你有多少个兄弟姐妹，他的嘴巴又会松松垮垮地张开，他的眼睛仍然从脑袋上头暴突出来。跟这样的人物实在很难成为朋友，而两个都喜欢喋喋不休说长道短的人也势必绝无可能成为朋友。依靠好奇本身实在难有作为，它也不会带我们深入到小说中去——至多能到达故事的层面。我们如果想抓住情节，就必须再加上有脑子和有记性。

先说有脑子。有脑子的读者不像那些一味好奇的读者，只会用眼睛扫过那些新鲜事儿，而是用脑子一件件把它们捡起来。他从两个方面来看它：孤立地看，再将它与前面读到的其他事实联系起来看。他或许并没有弄懂它，可他并不期望所有的事件都能一目了然。一部结构高度严密的小说（如《利己主义者》），其中描写的事件往往必然是相互关联、互为因果的，理想的观察者绝不会妄想瞬间将它们一览无余，他知道要等到最后，等他登高望远时才能总揽全局，理清所有的脉络。这种意外或者说神秘的因素——经常被粗率地称为侦探因素——在情节中意义重大。它的出现会造成时间顺序的暂时悬置或者说延宕；一个谜团就是一个时间上的空洞，它有时突然出现，比如"王后因何而死？"的情况，有时则通过犹抱琵琶的姿态和含混其辞的话语展现，相应地也就更为微妙，其真正的含义只有留待下文方能大白。谜团对情节而言必不可少，而没有脑子则无法欣赏其中的奥妙。对于一味好奇的读者来说，它不过是另一个"后事如何"；若想欣赏其奥妙，读者必须分出一半心思琢磨推敲，不能一味被小说裹挟着随波逐流。

这也就自然带出了我们要求的第二种素质：有记性。

有记性和有脑子本就密切相关，因为除非我们有记性，否则我们根本就不具备理解的能力。如果等到王后死的时候我们已经忘记了还有一个国王的存在，我们也就永远弄不清楚到底是什么害死了王后。情节的编制者期望我们要长记性，我们则期望他有始有终，有伏线就必有照应。论说情节中的每个动作每个字眼都应该起到一定作用；情节应该是简约、紧凑的；就算是一个复杂的情节，它也应该像个活的有机体，不能有一点死相。情节可繁可简可难可易，可以而且应该包含谜团，但不该产生误导。而且当情节展开之际，情节之上应该始终盘旋着读者的记忆（记忆是心智中昏黄的光晕，而智慧则是耀眼的高歌猛进的锋刃），而且这记忆还将不断重新组合、再三思量，发现新的线索，发现新的因果链条，最终的感觉（如果这是个精巧的情节的话）将不会只是线索或因果链的杂陈，而应是一种在美学意义上紧凑简洁的整体，这种结果本来可以由小说家直截了当地交代清楚，只不过如果直截了当地交代出来，就一点都不美了。我们在其间邂逅了美——这还是自打我们开始考察小说以来的头一次；对于这种美，小说家绝不该孜孜以求，但只有成就了此种美他才算真正成功了。稍后我再专程将美送至她应该停驻的地方，眼下只需将她当作一个完美情节的一部分接受即可。她对自己竟然待在这里略显惊讶，不过美是应该看起来略显惊讶的；这种情感最适合她的脸庞，波提切利[1]就深谙此中三昧，你只看他如何描绘美神自海浪间升起，和风习习花团锦簇，那就是了。一个丝毫不显惊讶之色的美人，一个以自己的美为理所当然的美人，就显得太过做作，像是歌剧女伶了。

闲话少叙，还是回归情节本题，我们就拿乔治·梅瑞狄斯做我们讨论的依据吧。

梅瑞狄斯的名望在二三十年前真可谓如日中天，差不多整个世界外加全部的剑桥都为他煊赫的盛名所震慑，如今可

---

① 波提切利（S. Botticelli, 1445—1510），意大利文艺复兴时期著名画家，创造出富于线条节奏且擅长表现情感的独特风格，这里描绘的是他最杰出的作品《维纳斯的诞生》的情形。——译者

是大不如前了。我记得我曾如何因他的一行诗而倍感沮丧，那行诗就是："人活世间，非为刀俎，便是鱼肉。"①这两样我都不想当，而且我知道自己绝非刀俎。不过，我看来也没必要一味沮丧下去，因为眼下梅瑞狄斯本尊也正处于低潮中，虽说时尚总会反复，他还有略微回潮的希望，可他再怎么说也休想成为一九〇〇年前后那样的精神领袖了。他的哲学不太完善。他对感伤主义的强烈抨击使当今这代人感到厌烦，虽说目标一致，不过他们的装备更加精良，而且他们怀疑这么一位扛着老式大口径短枪的猎人本身就是个感伤主义者。还有，他对自然的表现不像哈代的那样历久弥新，他总是在描绘萨里郡，到处都是那么蓬松那么青葱。他绝对写不出《还乡》的开篇一章，就像包克斯山绝不会跑到索尔兹伯里平原上一样②。他对英格兰风光中真正具有悲剧性和永恒意义的一面视而不见，对于人类生活中那真正悲剧性的因素又何尝不是如此。当他严肃起来高尚起来的时候，你总能听到一种刺耳的泛音，一种盛气凌人的调子，最终让我们觉得

① 出自梅瑞狄斯的诗作《二月里的鸫鸟》(*The Thrush in February*)。——译者
② 哈代的名著《还乡》开篇第一章"苍颜一副几欲不留时光些须痕"(用张谷若先生译文)全用来描绘"爱敦荒原"的"凄迷苍茫"，情趣大异于梅瑞狄斯笔下风光柔媚的萨里郡。包克斯山就位于萨里郡，梅瑞狄斯后半生即定居于此，同时也是简·奥斯丁名著《爱玛》中的故事发生地(第四章亦曾提及)，而索尔兹伯里平原位于英格兰威尔特郡南端，史前遗迹众多，最著名的当属史前巨石阵。哈代名著《德伯家的苔丝》结尾处苔丝与安玑·克莱一道逃亡，即曾托庇于巨石阵中，苔丝一觉醒来也正是在此处被捕。温婉的包克斯山自然与宏伟的索尔兹伯里平原相差云泥，专写"茶杯里风波"的奥斯丁自然也与具有古希腊悲剧观的哈代迥异其趣。——译者

厌烦。我确实觉得他跟丁尼生①起码在一个方面很是类似：由于不够平心静气，导致作品的内涵受损。他的小说大部分的社会价值观都是伪造的。裁缝不像裁缝，板球赛不像是板球赛，连火车都不像真火车，郡里的各个家庭都看似刚刚打开包装的样子，该行动的时候都像还没有就位，胡子上还粘着稻草呢。他笔下的人物活动的社会场景实在是够怪的；这部分归咎于他的空想，本无可厚非，但部分确实出自令人齿冷的伪造，这就大错特错了。正是由于这种伪造，由于从来都没有蔼然亲切过、如今更被人直斥为浅薄的说教，由于错将家门口的几个郡②去冒充整个世界，也就难怪梅瑞狄斯的声望处在低潮了。可是他起码在一个方面称得上伟大的小说家。他堪称英国小说史上最精妙的情节设计师，任何讨论情节的讲座都必须向他致意。

梅瑞狄斯的情节编织得并不紧凑。一句话我们就能说清楚《远大前程》讲了什么，可是换作《哈利·里奇蒙德》③就没办法了，虽说两者讲的都是一个年轻人错会了其财产来源的故事。梅瑞狄斯的情节既非供奉悲剧缪斯亦非供奉喜剧缪斯的神庙，却很像林木葱茏的缓坡上点缀得极富匠

---

① 丁尼生(Lord A. Tennyson, 1809—1892)，英国诗人，其作品集中体现了维多利亚时期的情感和美学思想，一八五〇年获封"桂冠诗人"。——译者
② "home counties"指伦敦周边各郡。——译者
③ 《哈利·里奇蒙德》全称 The Adventures of Harry Richmond，是梅瑞狄斯发表于一八七一年的小说。——译者

心的一组凉亭，他的人物各凭自己的意志来到这些亭子中，然后又以不同以往的面貌出现。意外事件均源自性格，又反过来改变了原有的性格。人物和事件息息相关，他能做到这一点靠的就是这些编织情节的功夫。他编织的情节常常令人解颐，有时感人至深，总能出人意表。虽让人大吃一惊，却又觉得"哦，是这么回事儿"，这就是情节的各个方面均安排得妥帖恰当的明证；人物要想显得逼真，须得发展得流畅贴切，可情节却该让人感到意外。《比彻姆的事业》①中施雷普内尔医生挨了顿鞭子就是个意外。我们知道埃弗拉德·罗姆弗莱必定不喜欢施雷普内尔，必定痛恨、误解了他的激进主义，而且嫉妒他对比彻姆所具有的影响力；我们也注意到他对罗莎蒙德的误会逐渐加深，注意到塞西尔·巴斯克莱特的诡计奸情。梅瑞狄斯穷尽人物性格发展的可能，把他手里的牌玩了个尽兴，可是当意外事件突然发作时，不论是我们还是小说中所有的人物都是多么意外和震惊！一位老人出于最高尚的动机鞭打另一位老人，简直令人哭笑不得！这桩意

---

① 《比彻姆的事业》(*Beauchamp's Career*)为梅瑞狄斯发表于一八七五年的长篇小说。诚如福斯特所言，梅瑞狄斯生前的声望达到顶峰，死后的声望又一落千丈，不过以现在的眼光来看，梅瑞狄斯毕竟称得上最具开创性的英国小说家之一。他对英国小说的影响是间接而非直接的。他广泛应用的内心独白是以弗吉尼亚·伍尔夫和詹姆斯·乔伊斯为代表的"意识流"技巧的先驱。梅瑞狄斯和乔治·爱略特一同开创了心理小说的先河，因此构成十八世纪斯特恩等先行者和二十世纪继承者之间的桥梁。马克思主义批评家杰克·林赛(Jack Lindsay)认为梅瑞狄斯影响了乔治·吉辛、哈代、亨利·詹姆斯和L·斯蒂文森。英国作家 J·B·普莱斯特利则认为他影响了弗吉尼亚·伍尔夫、D·H·劳伦斯和E·M·福斯特本人。——译者

外对他们两位的生活的方方面面都造成了影响，而且连带改变了书中所有的人物。这一事件并非《比彻姆的事业》的中心环节，这本小说也确实不存在什么中心。它本质上是个创造，一个装置，是整部小说由此穿越的一扇门，穿过它之后，小说就呈现出不同的样态。临近结尾，当比彻姆溺水而亡，施雷普内尔和罗姆弗莱在他的尸体旁重归于好时，梅瑞狄斯试图将情节提升至亚里士多德式的均衡美，想把小说转化为一座承载晓示与和平的神庙。可他没有成功：《比彻姆的事业》仍是一系列创造性装置（去法国观光是又一个实例），可这些创造源自人物的个性，又反过来对他们造成了影响。

现在，让我们简略地阐释一下情节中的神秘因素，亦即"王后死了，后来才发现她死于心碎"这个公式。我想举个例子予以说明，可是既不想举狄更斯（虽说《远大前程》就是个佳例），也不想举柯南·道尔（我太古板，消受不起福尔摩斯探案的乐趣），我仍想从梅瑞狄斯的作品中举例：一个将情感变化瞒得铁桶一般的上佳情节，出自《利己主义者》，发生在利蒂希娅·戴尔这个人物身上。

起先，利蒂希娅脑子里经过的所有念头我们全部知悉。威洛比爵士曾两度把她抛弃，她无比难过，悄然退隐。然后，出于戏剧化的原因，她的思想我们再也无从窥见，它一直在自然地发展，直至午夜的那场重头戏大幕拉开方才重新登场亮相，威洛比爵士因为拿不准克兰拉，头一次正式向利蒂希娅求婚，而这一次，已然今非昔比的利蒂希娅断然拒绝了他。梅瑞狄斯一直将她的改变瞒得铁桶一般。因为如果我们自始至终都耳闻目见这一变化的话，他的这出"高雅喜剧"[①]也就全给毁了。于是，威洛比爵士不得不遭受一系列打击，顾此失彼，发现一切都摇摇欲坠，简直是四面楚歌。可是如果我们事先眼见着作者布下捉弄他的陷阱，我们非但根本享受不到其间的乐趣，相反还会变得粗俗不堪，所以利蒂希娅的由热转冷一定要一直瞒过我们。这个实例绝非偶然，人物和情节无法兼顾、必得有所取舍的例子数不胜数，而在此处，梅瑞狄斯凭借其纤毫不爽的完美感觉，让情节胜出。

如果再举个为了照顾情节而处置不当的例子，我想到的是夏洛蒂·勃朗特在《维莱特》中犯下的一次失误——不过是次小小的失误而已。作者允许露西·斯诺将她发现约翰医生就是她旧年的玩伴格雷厄姆这件事秘而不宣。当真相显露时，我们确实因这次情节上的异峰突起激动不已，可是付出

---

① "高雅喜剧"（high comedy）主要以优雅和机智为特点，以才智之士作为目标观众和读者，如所谓的风俗（或译世态）喜剧（comedy of manners），经常以讽刺人性的愚蠢和言行不一的形式出之。萧伯纳的戏剧和梅瑞狄斯的小说可作为典型的高雅喜剧的例证；梅瑞狄斯还就此做过一次讲座，后以《论喜剧与喜剧精神的运用》（*An Essay on Comedy and the Uses of the Comic Spirit*）之名出版，他认为真正的喜剧应该能"唤起深思熟虑的笑声"，他的这篇论文其实就是在为"高雅喜剧"立论正名。与之相对的是以滑稽突梯为特点的"低俗喜剧"（low comedy）。——译者

的代价却是露西性格的受损。一直到这一刻到来之前，她在我们看来都是正直磊落的精神化身，事实上，她就等于承担了一项道义责任，即将她知道的一切坦白给我们听。她这次竟自贬身价不惜有所隐瞒，自然也就难免让人略微有些不忿了，虽说瑕不掩瑜，毕竟还是白璧微瑕。

有时情节的取胜未免过于完满。在每次转折关头，人物的个性都不得不暂时悬置，要么就得任由命运摆布，如此一来给予我们的真实感也就大为削弱了。我们可以在托马斯·哈代的作品中找到这样的实例，哈代作为一位作家，远比梅瑞狄斯伟大，可作为一位小说家却不如他成功。哈代在我看来本质上是位诗人，他是从极为崇高的立场上构思他的小说的。他要将小说写成悲剧或者悲喜剧，他要他的小说在进展中发出命运的砰然巨响；换句话说，哈代在安排小说的事件时强调的是因果律，其情节是基础，而人物都奉命遵从情节的要求。除了苔丝（她使我们感觉她比宿命更加伟大），他小说中的人物都难以令我们满意。他的人物深陷种种陷阱之中，终于都被缚住手脚、任凭宰割，他不断地强调命运的力量，然而，尽管为命运祭献了那么多牺牲，作品中的情节却从来都不像《安提戈涅》、《蓓蕾妮丝》或《樱桃园》[1]那般

---

[1] 《安提戈涅》是古希腊悲剧大师索福克勒斯代表作之一，《蓓蕾妮丝》是法国古典主义悲剧作家拉辛的著名悲剧之一，《樱桃园》是俄国小说家和剧作家契诃夫的代表剧目之一。——译者

栩栩如生。命运高悬在我们头上，而非命运通过我们起作用——这就是威塞克斯小说①最突出、最令人难忘的特征。游苔莎·斐伊尚未涉足的爱敦荒原②。空无"林地居民"的森林③。巴德茅斯·里吉斯那耸立的高地，王家公主们在睡梦中于拂晓时分飞驰而过④。哈代的《列王》取得了完满的成功（采用的是另一种文体）⑤，其中命运的巨响仍清晰可闻，因与果仍牢牢绑缚着作品中的人物，不论他们如何挣扎，丝毫不会放松，在演员和情节之间建立起一种息息相关的联系。可是在小说中，纵使那同样威严、可怕的机器在运转，它吞噬的却从来都不是活生生的血肉；在无名的裴德遭

---

① 哈代的大部分小说均以虚构的威塞克斯地区（Wessex）为背景，这一地区位于英格兰西南，主要以多塞特郡及其首府都切斯特（哈代名之曰卡斯特桥）为原型，哈代的长篇小说遂统称为"威塞克斯小说"。哈代的短篇小说有些也以此地为背景，他的首部诗集则命名为《威塞克斯诗集》（*Wessex Poems and Other Verses*, 1898）。——译者

② 爱敦荒原是《还乡》的故事发生地，游苔莎是小说的女主角。——译者

③ 《林地居民》是哈代发表于一八八七年的小说。——译者

④ "巴德茅斯·里吉斯"（Budmouth Regis）是哈代多部小说（如《还乡》、《在绿荫下》和《号兵长》等）中出现的海边小镇名，原型是英格兰南部港口韦茅斯（Weymouth）。张谷若先生在《还乡》中译为"蓓口"，游苔莎如此描述这个地方："我说，蓓口真是一个了不起的地方——真了不起——一片亮晶晶的海水，好像一张弓弯进了陆地，——上千上万的阔人在那儿逛来逛去——音乐队奏着——海军军官和陆军军官也和众人一块儿逛着——你在那儿碰到的人，十个里面总有九个有情人的。"（张谷若译《还乡》144页，人民文学出版社2004年1月版）公主们飞驰而过的描写出自哈代以拿破仑战争为背景的唯一的历史小说《号兵长》（*The Trumpet-Major*, 1880）。——译者

⑤ 《列王》（*The Dynasts*）是哈代创作于一九〇三——一九〇八年的宏伟诗剧（如同歌德的《浮士德》一样，并非为演出而写），主要以无韵体写成，以拿破仑战争为背景，除描写史实外，还有插曲，述说战争对普通老百姓的影响及神明对世事的评论。——译者

遇的不幸当中，有些根本性的问题都没有解答，甚至都没表现出来。换句话说，哈代为了成就情节，让小说中的人物做出了过多的牺牲；除了他们的乡村气质以外，他们的生命力已然耗尽，已然干瘪了。我认为这是贯穿哈代所有小说的一大弊端：他对因果律的强调超出了小说这一文体所能承受的界限。他是位真正的诗人、先知和具有超凡想象力的大师，乔治·梅瑞狄斯完全无法与之比肩，相形之下梅瑞狄斯不过一介伧夫俗子，可他却非常清楚小说能够负担什么内容，清楚在什么情况下情节可以要求人物迁就于它，什么情况下又必须让人物发挥他们乐于发挥的作用。至于说到教训——好吧，我可没看出有什么教训来，因为哈代的作品恍若我的家园，而梅瑞狄斯的作品却绝无这种可能；不过，从我们这几讲中总结出来的教训仍然跟亚里士多德的定论南辕北辙。在小说中，人的幸与不幸并非全靠情节来展现，在情节之外它还寻求各种表现方式，因此绝不能死板地对其做出任何硬性规定。

在情节跟人物进行的这场蚀本的战斗中，情节经常也会卑怯地暗施冷箭作为报复。几乎所有小说在结尾时都会软弱无力。这是因为一定要情节来收拾残局。为什么非得如此？为什么就不能允许小说家在觉得腻味的时候马上搁笔呢？哎！他必须得善始善终啊，一切都得有个交代啊，可是人物经常就是在这个过程中死去的，而由此我们对他们的最终印象就是个死气沉沉。在这方面,《威克菲尔牧师传》①可说是个典型的例子,前半截真是又聪明又清新,可只能算到绘制全家福,将普里姆罗斯太太画成维纳斯为止,后半截可就木呆呆笨绰绰起来。前半截活生生的事件和人物到后来只是为了有个结局而强自支撑。最后,连作者都觉得自己实在有点冒傻气了。他如是说道:"我禁不住琢磨着那些意外的相遇,否则我就写不下去了,虽说这样的邂逅每天都会发生,除了某些特出的场合,它们却极少激起我们的意外之情。"哥尔德斯密斯自然算不得重量级小说家,不过大多数小说确实都会在这里败走麦城——当逻辑取代了血肉成为主宰后就会出现这种灾难性的呆滞。要不是还有死亡和婚姻这两样法宝,我真不知道中等水平的小说家还能怎么终结他的大作。死亡和婚姻几乎是他的人物和情节之间唯一的纽带,而读者到了这里也做好了跟它碰面的准备,而且只要这非死即婚发生在靠近结尾处,读者对这种安排也会采取一种"就书论书"的宽容态度;这些作家,可怜的家伙,你总得让他们想个法子收场吧,他跟我们一样,也得养家活口啊,这么一来,也就难怪但闻斧凿丁当之响,不见鲜活血肉之躯了。

这正是我们可以由归纳而知,小说这一文学样式的先天

---

① 《威克菲尔牧师传》(*The Vicar of Wakefield*)为英国诗人、剧作家、小说家哥尔德斯密斯(1728—1774)的自传体小说代表作,他的其他主要作品还有长诗《荒村》、喜剧《委曲求全》和散文《世界公民》等。——译者

不足：它们总是虎头蛇尾，在结尾处难以为继。究其原因不外有二：首先是精力不济，写小说跟做别的活计一样都受制于此；其次就是我们已经讨论过的那个困难——人物已然超出了作者的掌控，种下的前因必然导致他们后面的顺势结果，而到了这时小说家为了赶工期又须得强加干预。他只能假装人物原本就一直按部就班照他的计划行事。他不断提名道姓而且打着他们的旗号说三道四，可事实上他们不是奄奄一息就是已经呜呼哀哉了。

由此可见，情节属于小说那个讲求逻辑、诉诸智识的层面；它需要谜团，不过这些谜团在后文中一定要解决；读者可以在意义不明的世界中徘徊，可小说家却不能有丝毫疑虑。他成竹在胸，泰然自若地高踞于他的作品之上，在这里投下一束光，在那里又盖上一顶帽儿，为了达至最佳效果，（以情节编制者的身份）不断地跟身为人物贩子的自己协商调节。整本小说他事先就已调配停当；不管怎样他总是凌驾于作品之上，他对因果律的关注让人觉得似乎一切已有前定。

到了这一步，我们须得扪心自问一句：如此处心积虑创造出来的架构是否就是小说的最佳可能？小说终究为什么非得费心去规划？就不能任由它自然生发吗？为什么一定要它像一出戏一样有个大结局？它为什么就不能是开放式的？小说家为什么就一定得高踞于自己的作品之上，一切尽在掌控中；他就不能融入小说中，由着小说的自然发展将他带到某个未曾预见的终点吗？小说的情节固然令人振奋，有时甚至能异常优美，然而它本身难道不是一种迷信，一种盲目崇拜吗？而且还是借之于戏剧，借之于舞台的有限空间。小说难道就不能创造出一种不必如此讲求逻辑，而是更加适合于其自身天赋的构架吗？

现代的作家认为这是可能的，现在就让我们来考察一个最近的实例：它跟我们已经界定的情节正反其道而行，这是一次建设性的尝试，试图以别的东西取情节而代之。

我前文已经提到过这本小说，就是安德烈·纪德的《伪币制造者》。它兼容并蓄了新旧两种手法。除了小说之外，纪德还出版了他在写这本小说期间记的日记，而且将来他也颇有理由出版他重读这部小说和这本日记后的感想，其后再出版一本书，对这本日记、这部小说以及他这本感想将产生的交互作用做出最终的综合定论，那就愈发完美了。纪德对整个这套玩意儿比一般作家都更较真儿，不过，在把这些相关的玩意儿通盘考虑后，它的确格外有趣，颇值得批评家进行细致的研究。

首先我们看到，《伪币制造者》中确实有一个我们一直在讨论的那种富有逻辑性的客观情节——说它是个情节还不如说是多个情节的片断更准确。主要的片断讲的是一个叫俄理维的年轻人的经历。他是个迷人、动人更兼可爱的人物，他错失了幸福，最后在精心设计的结局中又重获幸福，而且也给人以幸福；这个情节片断具有一种神奇的光彩，而且，用一种俗不可耐的说法就是"写活了"，在我们熟习的情节设置中它堪称成功的典范。可它又绝非整部小说的中心环节。其他那些具有逻辑性的情节片断也休想僭越，比如描写俄理维的弟弟、还是学生的乔治的片断，这孩子使用伪币，并由此导致一位同学自杀。（纪德在自己的日记里对这一切的缘由都交代得一清二楚：乔治的形象源自一个想在书摊上偷书被他逮住的男孩，造伪币的团伙是在鲁昂被抓的，而孩童们的自杀则发生在克莱蒙费朗，等等，不一而足。）不论是俄理维，乔治，又一个兄弟文桑，还是他们的朋友裴奈尔，都不是小说的中心人物。爱德华倒像是更接近些。爱德华是位小说家。他跟纪德的关系好比克里索德之于威尔斯[①]。我也只能把话说到这个份儿上，不敢再造次了。爱德华跟纪德一样，也记日记，而且跟纪德一样也在写一本叫《伪币制造者》的书，他还像克里索德一样不被作者认同为自己的化身。爱德华的日记全文刊出。它始于那些情节片断之前，在情节进展中继续，形成了纪德这本书的主干。爱德华并非只是个客观的记录者，他本人还是其中的演员，救了俄理维又被俄理维救了的就是他；我们就让这俩人幸福地待着吧。

可这个还不是中心。最接近中心的是一场有关小说艺术

---

① 克里索德是H·G·威尔斯的小说《威廉·克里索德的世界》(*The World of William Clissold*, 1926)的主人公。——译者

的讨论。爱德华跟他的秘书裴奈尔和几个朋友滔滔不绝地大发议论。他说到生活中的真实不同于小说中的真实，说他想写一本小说，将这两种真实兼收并蓄。

"它的主题呢？"莎弗洛尼斯加问。

"没有主题，"爱德华断然道。"我的小说没有主题。这话听来自然很蠢，如果你们愿意，我们就说它没有一个唯一的主题……像自然主义流派所谓的'生活的一个切片'。这个流派最大的错误就在于始终取同一个方向下刀，切的总是时间的纵面。为什么不取上下的方向横切一刀呢？或者交叉切割？在我，我根本不想动刀子。你们知道我这话什么意思。我想把一切都容纳到我的小说当中，而非这里那里地对材料进行剪裁。我写了已经有一年了，我没有遗漏任何一样东西：我的所见，我的所知，我从他人的和自己生活中学到的一切，我全都囊括无遗。"

"可怜的朋友，您会把您的读者闷死的，"萝拉叫道，止不住地大笑。

"不见得。为了达到我的效果，我把一个小说家当作小说的中心人物，我小说的主题也就成为小说家在提供给他的现实与他如何处理这些现实之间的挣扎搏斗了。"

"这么说您已经把这本书规划妥了？"莎弗洛尼斯加问道，竭力摆出一本正经的样子。

"当然没有。"

"何出此言？"

"对这么一本书来说，任何的规划都是枉然。如果我事先就定下任何细节，那整本书就全完了。我且等着现实指点我如何下笔呢。"

"可我原以为您是想摆脱现实呢。"

"我的小说家是想摆脱现实，可我不断地把他拉回来。说实话，这就是我的主题：现实所提供的现实与理想的现实之间的搏斗。"

"您一定要告诉我这本书的名字，"萝拉没办法，只好这么说。

"很好。那就告诉他们吧，裴奈尔。"

"《伪币制造者》，"裴奈尔说。"现在，请您告诉我，这些伪币制造者到底是何许人也？"

"我毫无概念。"裴奈尔和萝拉默然相对，然后两人又望着莎弗洛尼斯加。随后是一声长叹。

事实上，有关金钱、贬值、通货膨胀和伪造假币等等的想法逐渐侵入了爱德华的小说——正如有关服装的种种理论侵入卡莱尔的《旧衣新裁》，甚至取代了人物的作用一样。"在座的诸位有谁曾持有过一枚伪币吗？"沉吟片刻后他又问。"想想看，一枚十法郎的硬币，是金的，却又是假的。实际上只值几个苏，可只要它没被发现就一直能值十法郎。想想看，我就从这个想法入手——"

"可为什么要从一个想法入手呢？"裴奈尔脱口而出，到了这时他已经很是恼火了。"为什么不从一个事实入手？如果您能恰当地引进事实，所谓想法也自然会随之而来。我要是写您的《伪币制造者》的话，我就从一枚伪币开始写起，就写您刚才说的那种十法郎金币，您瞧！"

说着，裴奈尔从口袋里掏出一枚十法郎的金币，撂在桌子上。

"喏，"他道，"声音听起来一点问题都没有。我今天早上从那个杂货商手里得到的。它的价值不止几个苏，因为外面镀了金，可实际上是玻璃做的。流通一段时间后就会渐渐透明了。别——可别擦它——你要把我的伪币给糟蹋了。"

爱德华已经把它拿在手中，极其细心地查看着。

"那杂货商是怎么得到它的？"

"他也不知道。他把它给我纯粹是开个玩笑，然后就跟我明说了，因为他是个规矩人。他以五个法郎的代价卖给了我。我原想，既然你在写什么《伪币制造者》，你总该看看伪币是个什么样子吧，所以我买下它就是想给你见识见识。如今你看也看过了，就请璧还吧。很遗憾看到你对现实毫无兴趣。"

"不，"爱德华道，"我对它很有兴趣，可现实总使我不知所措。"

"这可真是件憾事，"裴奈尔道。①

---

① 意译自《伪币制造者》，238—246 页。无须说，我的译文自然既无法传达出原作的微妙，也没办法展现原作的协调。——作者
福斯特的引文有不少删略，中文主要根据英文译出，自法语原文译出的译本可参见盛澄华的中译《伪币制造者》，181—187 页，上海译文出版社 1983 年 1 月版。——译者

这段文字才是全书的中心所在。它包含着那个古老的命题，即生活的真实与艺术的真实的对立，而且通过一枚真正的伪币将其表现得干净利落。其中的新鲜之处在于试图将两种真实结合为一体，即建议作家应该跟他们的素材混为一气，并要被素材带着滚来滚去；建议他们不该再试图征服素材，而是应该但愿被素材征服，但愿被素材裹挟而去。至于情节——把它放到锅里去！将其打碎，把它熬浓了。就让尼采宣称的"形式大崩溃"①来临吧。所有预先设定的都是错的。

另一位杰出批评家也与纪德惺惺相惜，这就是逸事里讲到的那位老太太，她被侄女儿们责怪为不讲逻辑。她一度真不清楚逻辑是怎么一回事儿，可等她费心劳力弄明白了之后，她与其说是生气，还不如说是鄙视。"逻辑！老天爷！什么玩意儿！"她大叫。"话还没说出来前我怎么知道自己想的什么？"她那几位贤侄女儿都是受过教育的年轻小姐，觉得她可真是落伍了；其实她可比这几位年轻小姐更紧跟时代呢。

据熟习当代法国行情的消息人士说，如今这代法国作家倒确实紧跟了纪德和那位老太太的教导，毅然决然地投身于混乱之中，眼下当真羡慕起了脚踏实地的英国小说家们，因

---

① 这是《伪币制造者》中爱德华引用尼采用以表达他的小说自由观的话，盛澄华译本作"外围突破"，见中译本 179 页。——译者

为他们勇敢的尝试实在太难成功了。恭维话谁都爱听，可这一句却有点不对味儿。这就好比你本想下个蛋，人家却告诉你下的是个抽象的抛物面，奇则奇矣，却有些莫名其妙。而要是你本来就想下个抽象的抛物面，又当如何呢？我实在不敢想象——也许会把那只母鸡给活活整死。这就是纪德的态度隐含的危险所在——他就想下个抽象的抛物面；他还不够深思熟虑，如果他想写潜意识的小说，想对潜意识进行如此清楚、周详的分析，他等于是在这个过程的错误阶段引入了神秘主义。不过，这终究是他的事。作为一位批评家，他实在最能给人以启发和激励，而由各种不同的"话语集合"构成的那个他称为《伪币制造者》的玩意儿也永远会受到两类人的激赏，一类是像那位老太太一样等到话说出口才知道自己想什么的主儿，还有就是对小说中情节或者人物至上产生了腻烦心理的读者。

在我们的视野中显然还有别的东西需要厘清，还有别的某一或者说某些层面我们须得进行考察。我们尽可以怀疑这种说法是有意识的潜意识，不过小说中确实存在这么一个只有潜意识方能进入的模糊而又广大的剩余部分。诗意，宗教，激情——我们还尚未厘清它们的位置，可既然我们是批评家——只作为批评家而言——我们就必须试图一一将它们安置清楚，为彩虹的色彩分门别类。我们已经在我们母亲的坟头上窥探过一番，而且研究过了当地的植被类型①。

因此，我们下一步就必须尝试清点织就彩虹的经线纬线，现在我们就得将注意力转到"幻想"这个主题上来了。

---

① 典出华兹华斯的诗《一位诗人的墓志铭》（"A Poet's Epitaph"，1799）第五节："Physician art thou？ one, all eyes, / Philosopher！ a fingering slave, / One that would peep and botanise / Upon his mother's grave？" 原是取笑医生兼哲人小题大做、无事忙的做派，福斯特借以自嘲。——译者

六 幻想

一组讲座，只要不流于兴之所至的评点，就须得有个一以贯之的观点。还须得有个主题，上述的观点也应该始终贯穿于这个主题之中。这似乎不言自明，我们这么郑重其事地申说反而显得愚蠢可笑，不过但凡做过讲座的都会认识到要做到这一点实属不易。一组讲座，就像其他任何一种语言集合体一样，会造就一种独特的气氛。它有它特有的一套装备——一位主讲人，一帮听众或能提供听众的设备——每隔一段时间定期举行一次，有海报预告，还得有财务支持，虽说这最后一项经常巧妙地遮掩起来。由此，讲座就倾向于以其寄生的方式过它自己的生活了，于是讲座以及贯穿其中的观点就开始朝一个方向发展，而讲座的主题则开始悄悄地与其分道扬镳了。

贯穿于本讲座的观点至此为止已经相当明显了，即小说中存在两种力量：一方面是写人，另一方面则是人之外的各路货色的组合，而小说家的任务就是协调这两种力量，调配它们各自的权利和要求。这一点也显而易见，可这一点是否也能贯穿小说始终呢？我们的主题，也就是我们读过的那些小说，没准儿已经在我们奢谈理论的时候悄悄开溜了，好比起飞的鸟儿，影子就会开溜一样。鸟儿自是安然无恙——它一飞冲天，矫捷而又醒目。鸟影也安之若素——它若隐若现地掠过道路和园林。可这两样东西却越来越自行其是，两不相干，直至鸟儿停在地面上，它们才能再次相交。文学批评，尤其是有关文学批评的讲座，具有同样误入歧途的危险。不管其意图如何崇高，其方法何等完美，其主题却仍会从它脚底下兀自开溜，不知不觉间已然不见了影踪，而主讲人和听众也许这才一下子惊觉，尽管他们继续在进行他们高明睿智的讨论，可他们讨论的领域却已然跟他们阅读的小说毫不相干了。

正是这一点令纪德惴惴不安，或者不如说，这是令他惴惴不安的糟心事儿之一，因为他生就一副惯于焦虑的性情。当我们试图将一个范畴内的真实移植到另一个领域，不论是从生活移植到书本，还是从书本移植到讲座当中，事实本身总会有一定程度的变化：它变质了，不是一下子变的，否则我们就轻易察觉了，而是悄没声地变了质。我们从《伪币制造者》中摘引过的那段长文也许可以将鸟儿召回来跟它的影子会合。在那以后，你已经再也不可能安之若素地沿用那老一套装备来创作了。小说中已经不止有时间或人物或逻辑或它们的衍生物了，甚至不止有命运了。我说的"不止"，意思并非多出了一样将以上这些方方面面排除在外的东西，或者将它们统统包括、包容在内的东西。我的意思是说有一种东西，像一束光横切过上述之种种，在这里它可能跟它们紧密相连，周详地把它们所有的问题——照亮，而在彼处，它又会在它们上方一掠而过或者径直穿透它们，恍若它们并不存在一般对其视而不见。我们将给这束光起两个名字："幻想"和"预言"。

我们迄今为止考察过的所有小说，无一例外全都要讲一个故事，包括数个人物，拥有几个情节或是情节的片断，所以适合菲尔丁和阿诺德·本涅特的那套装备也就可以顺当地应用于这些小说之上。可我一旦提起《项狄传》和《白鲸》这两个书名，我们势必就得踌躇一二了。因为鸟儿跟鸟影离得未免太远了些儿。我们必须寻得一个新的模式；你可以将《项狄传》和《白鲸》相提并论这一事实本身就证明了有此必要。这一对儿可是太匪夷所思了！南辕北辙恍若地球的两极。这话不错。可它们就也正像两极一样具有关键的共同点，赤道附近的那些地域却没有这个共同点，那就是地轴。斯特恩和麦尔维尔的精髓所在就属于小说中这个新的侧面：幻想-预言之轴心。乔治·梅瑞狄斯也触及了此轴；他总是有些耽于幻想。夏洛蒂·勃朗特亦复如此；她有时就是个女先知。可在他们两位身上，这都并非精髓之所在。哪怕把这些质素剥去，他们的《哈利·里奇蒙德》和《谢利》仍然不失其固有的意义。可若是从斯特恩或麦尔维尔身上剥去，若是从皮科克或马克斯·比尔博姆或弗吉尼亚·伍尔夫或沃尔特·德拉梅尔或威廉·贝克福德①或詹姆斯·乔伊斯或D·H·劳伦斯或斯威夫特等人身上将此质素剥去，那他们可就一无所剩了。

为小说的任一侧面下个定义，最轻省的办法莫过于从它对读者有何种要求入手了。故事对应的是好奇心，人物诉诸的是读者的人之常情和价值观，情节则要求读者兼具智慧和好记性。那么"幻想"对我们又有何种要求呢？它要求我们付出点额外的代价。它迫使我们做出一种调适，不同于一般艺术作品所要求的调适，一种额外的调适。别的小说家会这么说："这事儿完全有可能发生在你的生活中"，而幻想小说家却说："这事儿绝无可能实际发生。我必须请您首先将我的小说当作一个整体来接受，其次也要接受其中那些具体的事儿。"很多读者可以认可他的第一个要求，可对第二个则敬谢不敏。他们会这么说："你知道书里说的不是真的，可你仍会期望它自然不欺，而又是天使又是侏儒又是鬼魂又是不肯按时从娘胎里生出来的蠢行——不成，这也太过分了。"他们要么收回先前的让步，干脆把书丢到一边，要么抱着完全冷漠的态度敷衍地读下去，他们冷眼看着作者上天入地穷折腾，却丝毫意识不到这些玩意儿对他有什么意义。

上述这种阅读方式若从文学批评的角度来看显然不够恰当。我们都知道一件艺术作品就是一个完满自足的实体，等等，等等；它有其不同于日常生活的独有法则，只要适合这一法则的，就是真实的，所以，为什么有个把天使魔鬼出现就要提抗议呢？你只须看它是否适合于这本书的法则就是了。为什么要把天使和股票经纪人分别对待呢？一旦进入小说虚构的世界，鬼魂显灵跟一桩债券抵押又有什么不同呢？理智上我自然明白这一论点很在理，可我的内心却仍拒绝认同。小说一般来说语气都很平实，所以一旦引入幻想的成分，其效果就会非同一般；有些读者会兴奋莫名，有些读者则难以下咽；由于其方法或题材的怪异，它需要你额外的心理调适——它就仿佛你花了入场费后还要再为余兴节目额外付个六便士。有些读者很高兴付这点代价，他们就是冲着这点余兴节目来的，我这些话也只能是冲着这些读者说的。余者则义愤地拒不奉陪，我们自然也真心尊重他们的选择，因为不喜欢文学中的奇幻因素并不就表示不喜欢文学。甚至并不说明他们想象力贫乏，只说明他们拒不满足想象力提出的某些要求。阿斯奎斯①先生就拒不满足《淑女变狐狸》②向他提出的要求（如果传闻属实的话）。他说，假若那狐狸最终又变为淑女的话他就没什么好反对的了，可照现在的情形看，他只能感觉很不舒服。事实上，这种感觉不论对这位杰出的政治家还是那本迷人的奇书而言，都不构成任何损害。这只说明，阿斯奎斯先生虽不愧是位货真价实的文学爱好者，却不愿付那额外的六便士——或者毋宁说他乐意多付这枚小钱，却希望最后还能把它讨回来。

所以说幻想需要我们付出额外的代价。

现在让我们来区分一下幻想和预言。

两者的相似之处在于它们都神神道道，不同之处在于各有各的神道。两者均有神话意味，正是这一点使它们不同于小说的其他各面。求神乞灵再次成为可能，所以就让我们以"幻想"的名义唤起所有栖居于低空、浅水与小山之中的生灵，所有法翁③和德律阿得斯④，所有记忆的失

---

① 阿斯奎斯（H. H. Asquith, 1852—1928），英国自由党内阁首相（1908—1916），自由党领袖（1908—1926）。——译者
② 《淑女变狐狸》（*Lady into Fox*）是英国小说家、布卢姆斯伯里集团成员加尼特（David Garnett, 1892—1981）的奇幻小说代表作，情节颇似聊斋故事，讲一位淑女实为狐狸所化，嫁与一位绅士，后终于野性难驯变回原形的故事。——译者
③ 法翁是罗马神话中半人半羊之农牧神。——译者
④ 德律阿得斯为希腊、罗马神话中之森林女神。——译者

误，所有言语的巧合，所有的潘神①和一语双关，所有"此岸"的中世纪遗风。说到"预言"时，我们就不会大呼神灵之名，可是我们乞灵的心意却已传至所有超越于我们能力之上的所在，哪怕这种超越只因人类激情所致，传至印度、希腊、斯堪的纳维亚和犹太人的神祇之所在，传至"彼岸"的中世纪神怪，传至明亮之星清晨之子②身边。我们可以通过"幻想"和"预言"关涉的神话之不同区分这两类小说。

所以，今天应当会颇有几位小小的神祇来跟我们纠缠不清了——我愿意称其为"小精灵"，如果这个词意还没废掉的话③。（你相信有小精灵吗？打死我也不信。）我们日常生活的内容将被四面八方地强拉硬拽，大地将会被搅得略有些晃荡，或出于恶作剧或由于忧心忡忡，聚光灯会突然照亮那些你绝对意想不到或是希望看到的事物，而悲剧虽说并未被排除在外，却平添了一种幸运的彩头，仿佛只要一个咒语就能解除它的武装。幻想的威力注入宇宙的每个角落，却对统治这个宇宙的力量无能为力——那作为上苍头脑的星辰，那

---

① 潘是希腊神话中半人半羊之畜牧神。——译者
② "Lucifer son of the morning"是早期基督教著作中对堕落以前的撒旦的称呼。——译者
③ "fairy"这个词本意自然是"仙子"、"小精灵"，不过在口语中已经更经常用以指"男同性恋"、"相公"了。——译者

不可更易的律法大军①，仍自岿然不动——而这种类型的小说还有一种即兴创作的味道，这也正是其力量和魅力的奥秘之所在。它们也可以有坚实的人物性格刻画，有对人类操行和文明深入而又尖刻的批评；可是我们对那束光的比喻一定要保留，而且，如果一定要出现一位神祇的话，就让我们召唤赫耳墨斯②吧——他既是神使又是偷儿，还身兼灵魂的领路人，领我们去往那个并不怎么怕人的身后之地。

接下来诸位想必就会等着听我说：一本幻想小说要求我们接受超自然的存在了。我是会这么说，可又很不情愿这么说，因为但凡对小说的题材有所申明，这些小说就立刻会落入批评武器的魔爪，而重要的正是要救它们免遭屠戮。幻想小说跟大部分小说相比，确实更是要在读了以后方知它们到底有什么货色，而且它们具有的吸引力尤其因人而异——它们是主要演出里面的余兴表演。因此，我宁愿尽可能地闪烁其词，而这么说：它们要求我们接受的要么是超自然因素的存在，要么是超自然因素的不存在。

---

① "the stars that are the brain of heaven, the army of unalterable law"，这种说法由来有自，不过曾集中、完整地出现在乔治·梅瑞狄斯的十四行诗《星光中的撒旦》（"Lucifer in Starlight"）的十一至十四行："He reach'd a middle height, and at the stars, / Which are the brain of heaven, he look'd, and sank. / Around the ancient track march'd, rank on rank, / The army of unalterable law."——译者

② 在希腊神话中，赫耳墨斯既是众神的使者，又是掌管疆界、道路、商业以及科学发明、辩才、幸运、灵巧之神，同时还是盗贼、赌徒的保护神。——译者

考察一下这类小说中的佼佼者《项狄传》，我这个论点也就自然得到澄清了。项狄的家长里短中并无超自然的因素，然而数不尽的变故又在暗示：其间的距离不过一步之遥。假如项狄先生终于知道了儿子出生的详情，于绝望之中退回卧室后，里面的家具就像《秀发遭劫记》①中贝琳达的梳妆台那样活动了起来；或者托比叔叔的吊桥果真通到了"小人国"②，其感觉也不会当真离奇古怪吧？整部史诗式的小说中有一种宛如被符咒镇住的停滞不前的气氛——里面的人物做得越多越发一事无成，越不该说话就越发停不住嘴，想得越多越发止步不前，小说中的事件有一种不祥的倾向：总是朝过去展开，纠缠于往事中无法自拔，而非像那些精心设计的小说那样致力于展现未来的图景，而那些本来没有生命的物件的顽固劲头，比如斯娄泼医生的那个包③，就最是可疑不过了。如此看来，《项狄传》中显然藏了个神道，他的名字就叫"捣蛋精"，有些读者却不承认他的存在。其实这个"捣蛋精"几乎呼之欲出了——不过斯特恩并不想将他的

---

① 《秀发遭劫记》(*The Rape of the Lock*)为英国古典主义诗人蒲柏(Alexander Pope, 1688—1744)仿英雄史诗体的讽刺长诗，描写两个天主教家庭间的争吵，起因是一家的男青年偷剪了另一家女青年的一绺金发，蒲柏将这一风流琐事故意描写得像荷马史诗中特洛伊和希腊的战争那般严重。——译者
② 托比叔叔是《项狄传》中一个著名的梦想家形象，嗜好研究战术，此处的"吊桥"实系他筑的模型，大小只能够《格列佛游记》中"小人国"的国民使用，故有此语。——译者
③ 指《项狄传》中斯娄泼医生那只装有医疗器械的绿台面呢包，可参见第三卷第七章的集中描写。——译者

狰狞面目和盘托出；他始终是藏在他这部杰作背后的神道——套用前面的句式就是：那无法言说的捣蛋大军，那成了个热板栗的整个宇宙。这也就难怪另一位捣蛋大师约翰生博士在一七七六年会发此议论了："但凡古怪的玩意儿都不会长久。《项狄传》就没有流传下来。"约翰生博士在文学方面的论断并非总能恰如其分，可这个断语错得也未免太离谱了些。

好了，这就当作我们对"幻想"的定义吧。它暗示了超自然因素的存在，可并不需要挑明。不过挑明的情况也很多见，如果分门别类的方式有所帮助，我们这就可以列举一下具有幻想倾向的作家曾使用过的手法——比如将神祇、鬼魂、天使、猿猴、怪物、侏儒、女巫引入日常生活，或是将普通人引入无人之境，引入未来、过去、地球内部、第四维空间；或是深入人格里层或将人格分割开来；最后一种手法是戏仿或改编。这些手法永远不会陈腐过时；它们会自然而然地涌上某一具有特定气质的作家心头，而他就会将之应用得新鲜有趣；不过同样有趣的是这些手法的种类实在有限，也就意味着那束光只能以某些特定的方式应用之。

我想选一本最近出版的写女巫的小说，当作典型的例子分析一下，那就是诺曼·曼特森的《弗莱克的魔法》①。我

---

① 由 Ernest Benn 出版。——作者
曼特森（Norman Matson, 1893—1966），美国专写女巫题材的作家，《弗莱克的魔法》出版于一九二六年。——译者

觉得这本书写得不错，就推荐给一位我觉得鉴别力出众的朋友，结果他觉得很差。这也正是新书的恼人之处：它们从来不会给予我们细读经典作品时感觉到的宁静心绪。《弗莱克的魔法》几乎不包含任何新鲜的玩意儿——幻想小说里根本就没什么新鲜玩意儿了；不过是那种老而又老的"如意指环"故事，要么给你带来苦难，要么什么都带不来。弗莱克是个在巴黎学画的美国小伙子，有个女孩在一家咖啡馆里给了他一枚指环；她告诉他自己是个女巫；他只需确定他想要什么，然后他就能如愿以偿。为了证明她的法力，她使一辆公共汽车从大街上慢慢升起来，而且在空中翻个筋斗。车里的乘客倒是并没给甩出来，个个假作什么事都没发生过。司机当时正站在人行道上，实在难以掩饰惊讶之情，可是当他的公共汽车再次安全返回地面后，他觉得还是进入驾驶室照常开车为好。公共汽车是不会在空中慢慢翻什么筋斗的——绝对不会。弗莱克于是接受了那枚指环。对他的性格刻画虽略显粗线条，还算相当有个性，正是他这种鲜明的个性使这本书颇具吸引力。

随着小说进一步发展，气氛越来越紧张，一连串小小的惊人事件接连发生。方法是苏格拉底式的自问自答。小伙子先从最明显的东西想起，比如先要辆劳斯莱斯怎么样？可这么辆庞然大物他往哪儿搁呢？要么来位美丽的淑女。可她的身份证又怎么办理？要么金钱呢？啊，这倒是更加对路了些——他穷得活像个叫花子。就要他个百万英镑。他都准备为了这个愿望转动指环了——那又何不直接要两百万呢，更保险嘛——何不要一千万——何不——金钱的狂响变得疯狂起来。同样的情形又发生在他对长寿的想望中：再活个四十年——不，五十年——一百年——恐怖，太恐怖了。然后他终于想到了解决办法。他一直想成为伟大的画家。好吧，他要马上成为伟大的画家。可又是何种伟大法呢？是乔托式的，还是塞尚式的呢？当然都不是；他要只属于他自己的那种伟大，可他还不知道那是怎么一种伟大呢，所以这个愿望同样很难办。

　　这时，一个可怕的老婆子开始没日没夜地纠缠他。这老婆子使他想起给他指环的那个女孩。老婆子知道他的想法，悄悄地贴上身来说："好孩子，宝贝儿！许愿说你要的是幸福！"我们这才知道老婆子才是真正的女巫——那女孩不过是个凡人，她用来跟弗莱克取得接触的一个相识。她是世上硕果仅存的唯一一个女巫了——孤独得可怕。别的都在十八世纪的时候自杀了——她们在那二加二等于四的牛顿世界里实在活不下去了，就算到了爱因斯坦的世界，虽说不再那么斩钉截铁地归于一元，也还不足以让她们活过来。她一直寄希望于打碎这个世界，所以她希望这个小伙子要求幸福，因为自打有这枚指环以来还从没有一个人许过这样一个愿望。

弗莱克也许是发现自己身处这一困境的头一个现代人吧？旧世界里的人拥有的东西实在太少，所以他们确切地知道他们想要什么。他们知道有个万能的上帝，留着大胡子，端坐在田地上空一英里左右的一把扶手椅子里，生命很短促又很漫长，因为每天都充满浑浑噩噩的辛苦。

　　有史记载的往昔岁月中，人们希望在一座高高的山头拥有一座城堡，一直住到老死。可那个山头还是不够高，你透过窗户看不清过往的三千年岁月——如今你在一幢平房里就可以做得到。古堡里也没有浩繁的卷帙，写满由人类永不枯竭的好奇心从全世界所有角落的沙砾和泥土中挖掘出来的文字和图像；当时有的只是一种对龙半信半疑的思古情怀，可是对地球上一度只有龙存在的事实却一无所知——人的先祖就是龙；当时没有电影，这活像是人的思想忽隐忽现地映现在一道白墙上头；没有留声机；没有可以获得速度快感的机器；没有关于第四维空间的图解；没有像明尼苏达州沃特维尔这样的小镇与法国巴黎这样的大都市之间对比鲜明的生活方式。城堡里的光线是微弱又闪忽不定的，黑暗的走廊，阴影憧憧的房间。外面的那个小世界同样充满阴影，而且生活在城堡里的主人，他最高明的思想也不过类似一盏昏暗的油灯——底下全是阴影、恐惧、无知和自甘蒙昧。最重要的是，在山头上的那个城堡之中，没有那种马上就要有重大发现的令人屏息赞叹的快感——今天，至多在明天，这一重大发现一下子就会使人类的力量倍增，再次改变世界的面貌。

那些关于魔法的古老故事，不过是那个遥远鄙陋的小世界唧唧哝哝的胡思乱想——所以，弗莱克至少觉得很伤感情。这些故事并不能为他指点迷津。在他的世界和他们的世界之间实在有太多的不同……

他怀疑自己是不是已经心不在焉地将祈求幸福的愿望撇在了一边? 这么琢磨下去看来也理不出个头绪来。他还不够聪明。在那些古老故事里竟然没有一个人曾许愿想获得幸福! 他不晓得怎么竟会这样。

他不妨碰碰运气——只为了看看会发生什么。这想法使他心头有些发颤。他从床上一跃而起，大踏步在红砖地上走来走去，不断搓着手……

"我要永远幸福，"他悄声道，只让自己听见，小心翼翼地不要碰到指环。"幸福……永远"——"幸福"这两个字眼就像坚硬的小卵石，碰到他的想象之钟上，悦耳地丁当作响，可"永远"却是一声叹息。永远——他的心在它温和却又沉重的撞击下沉了下去。这个词儿在他脑海中幻作阴郁的音乐，又逐渐消逝。"幸福……永远"——不!!

诺曼·曼特森是位货真价实的幻想家，通过使用同时适用于魔法王国与现实常识的语言将这两者糅合到了一起，而且他创造的这种混合物好像具有了生命。我不想把故事的结局泄露出来。诸位想必也能猜到大意，不过一个鲜活的头脑总能不断创造出惊喜，而说到底，好的文学永远都会围绕着这样的一个愿望展开。

这是个写超自然事物的简单例子，现在我们转到一个更加复杂的例子——讨论一本技法纯熟、文笔优美，而又具有闹剧精神的小说：马克斯·比尔博姆的《朱莱卡·多布森》。诸位想必都知道多布森小姐——当然不是说有什么私交，否则诸位眼下也就不会安坐于此了。她就是那位传奇般的少女，在八桨划船比赛周①期间，她让所有牛津的学生都因为爱上了她而跳水自杀，只有一个学生除外，他跳了窗。

这可是一部幻想小说的绝妙主题，不过结果如何，全在于如何掌控、处理。作者处理的方式是将现实、机巧、蛊惑和神话熔于一炉，又以神话最为重要。马克斯借用或者说独创了几种超自然的体系——只把朱莱卡信托于一种体系就显得呆笨了；其中的"奇幻"就会变得要么滞重要么寡淡。小说中既有汗流浃背的皇帝们，又有黑色粉色的珍珠，既有嚣叫不已的猫头鹰，又有缪斯女神克利俄②的出面干预，既有肖邦和乔治·桑显灵，又有内莉·奥莫拉闹鬼；真是你方唱罢我登场，几令人目不暇给，使这场至为优雅绝妙的丧葬仪式一直持续不堕。

他们一路穿过广场，横过牛津大街，沿格罗夫窄街前行。公爵抬头看了一眼默顿塔，ὡς οὔποτ' αὖθις ἀλλὰ νῦν παύστατον①。真奇怪，今晚它竟然还矗立在那里，那种沉静坚实的美丝毫未减——仍然越过重重屋顶和烟囱，凝望着它那合法的新娘玛格达伦塔。多少个世纪之后，它仍将如此矗立下去，凝望下去。他悚然一惊。牛津的围墙总使我们自惭形秽；公爵却极不愿意将自己的死亡当作小事一桩。

是呀，我们受到所有矿物的嘲笑。而年年枯荣的植物则更富同情心。如今将通往基督堂墓地的围栏小径点缀得煞是可爱的紫丁香和金链花，在公爵经过时都在不断向他摇摆、点头。"永别了，永别了，公爵大人，"花儿悄声细语道。"我们为您难过——真的非常难过。我们从来不敢设想您竟会先我们而去。我们认为您的死亡是一大悲剧。永别了！或许我们能在另一个世界重新聚首——假若动物王国的成员也像我们一样拥有不朽的灵魂。"

公爵大人不大知晓他们的语言；不过，他既在这些絮语温存的花间经过，至少能领会他频频示好的雅意，于是谦恭有礼地四顾淡淡含笑致谢，给群花留下了极为美好的印象。

这段描述岂非具有一种严肃文学无法获致的美感？它既滑稽又迷人，不但华彩斑斓而且意味深长。对人性的批判不像箭镞那般凌厉无情，而是宛如附着在"气精"的羽翅上翩

---

① 希腊语：最后一次，永远不再。——译者

然高飞。可是临近结尾处——小说的结尾经常力不从心，对整部作品造成致命伤害——小说却开始索然乏味起来：牛津全体大学生的集体自杀，若是就近观察起来就没有它原本应该的那么诙谐有趣了，诺克斯的跳窗则尤其不堪。不过瑕不掩瑜，《朱莱卡·多布森》仍堪称一部伟大作品——它是我们这个时代幻想小说取得的最为协调完善的成就，发生在朱莱卡卧室的最后一幕预示着更多灾难的降临，更是无懈可击的妙文。

眼下，她屏住呼吸，心儿却在狂跳，站在镜子前盯着镜中的那个女人，却又视而不见；然后她猛一转身，疾步走向放着她两本书的小桌子。她一把抓起了"布拉德肖"①。

我们但凡一见有人想跟布拉德肖请教，总会想在中间插一杠子。"小姐许我代劳，帮她查找吗？"梅丽桑德插进来问道。

"别多嘴，"朱莱卡道。不管是谁在我们跟布拉德肖之间横插一杠子，我们第一反应之下也总是想把他给赶走。

不过最终我们还是会接受横插的这一杠子。"看看有没有可能从这儿直接去剑桥，"朱莱卡道，把时刻表上交了。"要是不能，那——那就查查看到底该怎么去。"

---

① 即英国火车时刻表。全名 *Bradshaw's Railway Guide*，最初由印刷商 George Bradshaw 于一八三九年在曼彻斯特印行，一九六一年废止。——译者

我们又终究对横插一杠子的家伙没有丝毫信任。而横插一杠子的主儿到了关键时刻也不争气。朱莱卡坐在旁边冷眼看着她的女仆茫然失措地乱翻个没完，不信任感逐渐升级至恼羞成怒。

"别查了！"她突然道。"我有个更好的主意。你一早就去火车站。去见站长。给我订一班专列。就定在十点钟开吧。"

她站起身，两臂举到头顶伸了个懒腰。嘴巴张开打了个哈欠，闭上时微微一笑。双手把肩上的长发掠到脑后，挽了个松松的发髻。她非常轻快地溜上床去，很快就睡着了。

看来，朱莱卡的戏就该到此为止了。她看来是到不了剑桥了，原因我们则只能自己猜测，也许是神灵横插了一杠子，她的专列未能启动，或者，更有可能，那专列现在还停在布莱彻里的专线路轨上呢。

我在上文列举的手法中曾提到过"戏仿"或"改编"，现在我们就来稍加讨论。我所谓的"戏仿"或"改编"是指幻想小说家为造就自己的神话借用某部较早的作品，出于自己的目的将其当作一个框架或是源头来用。《约瑟夫·安德鲁斯》就是这样一个例子，不过却在半途改弦更张了。菲尔丁一开始想把《帕美拉》当作一个喜剧神话来用。他觉得给帕美拉创造出个哥哥来肯定很好玩，即一个心地单纯的男仆，他将像帕美拉拒绝 B 先生一样拒绝博比夫人的勾引，而且他还把博比夫人写成 B 先生的姑母①。这样一来，他就能尽情嘲笑理查逊，并能附带着表达一下他对人生的观点了。然而，菲尔丁对人生的观点却属于只能建基于坚实的圆形人物塑造之上的那一种，于是，随着亚当斯牧师和斯里普斯娄普太太的形象日渐丰满，幻想彻底止步，结果我们得到的是一部完全独立自足的作品。《约瑟夫·安德鲁斯》(它自有其重要的文学史地位)对我们而言就成为一个开错了头的有趣实例。其作者以在理查逊的世界里扮傻子始，却以严肃地退回他自己的世界终——那个属于汤姆·琼斯和爱米丽亚的世界。

对于某些小说家来说，戏仿和改编却有极大的助益，特别是那些有一腔块垒要倾吐，也赋有丰富的文学才华，可是却不擅通过个体的男女人物来观照世界的小说家——换句话说，就是那些不太擅长塑造人物的小说家。这样的作家如何开始写作？已有的作品或者已经存在的文学传统或可对他们

① 《帕美拉》全称《帕美拉，或，美德得报》(*Pamela；or，Virtue Rewarded*)，是理查逊出版于一七四〇年的书信体小说，一般被称为英国第一部长篇小说。讲述帕美拉的女主人去世后，少东家 B 先生就开始设计引诱她，她拒不上钩的"美德"竟赢得了浪子的尊重，开始认真追求起她来，最终成就一对眷属。《约瑟夫·安德鲁斯》全称《约瑟夫·安德鲁斯及其朋友亚伯拉罕·亚当斯先生历险的历史》(*The History of the Adventure of Joseph Andrews and of His Friend Mr. Abraham Adams*)，是菲尔丁的代表作之一，出版于一七四二年。如福斯特所言，作者本想写成《帕美拉》的对照篇，不过小说自身的逻辑战胜了作者的本意，最终发展成为一部充满反讽和社会批判的杰作；小说的中心人物也变成了亚当斯牧师——文学史上最伟大的喜剧形象之一。——译者

有所启发——这类小说家或可在它们的画栋之上寻得合适的图样开始勾画自家的蓝图，或可在它们的雕梁间反复观瞻，汲取力量。洛斯·狄金森的《魔笛》看来就是这样写成的：将莫扎特的世界用作自己的神话。塔米诺王子、大祭司萨拉斯特罗和夜后都早已恭候在那个魔法王国里任由作者发挥，作者的思想一旦注入，他们立马就能活起来，一部新鲜优美的作品即告诞生。另一部幻想作品亦复如此，只是你不能用优美来描述它——詹姆斯·乔伊斯的《尤利西斯》[①]。如果没有《奥德赛》的世界为乔伊斯提供一个可以取法和嘲弄的靶子，这一非同寻常的文学事件——或许是我们这个时代最有趣的文学实验——也就根本无从成就了。

　　我谈论的仅是《尤利西斯》的一个方面；它自然远非一部幻想小说——它是一次意在将这个世界埋葬于污泥浊水中的执拗尝试，是对维多利亚特征[②]的彻底颠覆，是在甜美和

[①] 《尤利西斯》(Shakespeare & Co., 巴黎)目前在英国尚无法买到。更加开明的美国出版过一种未经作者授权的删节本，也没付作者一分钱。——作者(经作者授权的完整版分别于一九三四和一九三六年首次在美国和英国出版。——编者)

[②] 维多利亚时代(1837—1901)是英国文学的一个繁荣时期，这一时期的代表作家，在诗歌方面有白朗宁和丁尼生，文学评论方面有阿诺德，而最负盛名的是小说家狄更斯、勃朗特姐妹、乔治·爱略特、哈代以及其他许多名声稍逊的文学家。十九世纪开始推动的浪漫主义、福音主义和人道主义在维多利亚时代已经失势，诗人转变为唯美主义者，而不再是道德的立法者，小说家开始更多地从他们自己的内心世界而非从社会寻找创作的主题。这一时期流行的一些价值标准(如彬彬有礼、岛国狭隘性、实利主义，特别是品头论足)已使通用的所谓"维多利亚特征"(Victorianism)含有贬义，实际上与这一时期的文学无关。——译者

光明失败之处试图以粗鄙和污秽取而代之的一次尝试，是以地狱为标准对人类性格进行的简单化处理。但凡简单化，都很有魅惑力，都与真实背道而驰（《项狄传》的混沌倒更接近真实），我们也不必特别去深挖它的所谓道德教训——否则我们也就不得不讨论亨弗莱·沃德太太①了。我们之所以在此处讨论《尤利西斯》，完全是因为乔伊斯通过一个神话竟然能够搭建出他需要的舞台，创造出专属于他的特别人物。

这部长达四十万言的巨著叙述的只是发生在一天之内的故事，地点是都柏林，主题是一次旅行——现代人从早晨至午夜，从起床到去干各种平庸可怜的琐事，参加了个葬礼，去了报馆、图书馆、酒馆、厕所、产科医院，去海滩散步，去妓院、咖啡摊，最后又回到床上。这一散漫的旅行之所以能成为一前后贯通的整体，全倚仗它以一位古代英雄尤利西斯途经希腊诸海的漫漫返乡路为母本，就像一只蝙蝠倒悬于一个飞檐之上。

尤利西斯就是利奥波德·布卢姆先生——一个改宗的犹太人，贪婪、好色、怯懦、猥琐、散漫、肤浅、厚道，总

---

① 沃德太太（Mrs. Humphry Ward，1851—1920），英国女小说家，以长篇小说《罗伯特·埃尔斯梅尔》（1888）一书闻名，此书写一个年轻的英国圣公会牧师形成了这样一种观念："宗教的唯一目的就是为人民服务。"此后还写了二十多部说教式长篇小说。她写的往往是真人真事，读者一看便知。——译者

是在他假装有所抱负时表现最差。他试图经由肉体来探索人生。珀涅罗珀就是玛莉恩·布卢姆太太，一位过了气的女高音，对她的追求者总是来者不拒。第三位的人物是年轻的斯蒂芬·迪达勒斯，被布卢姆认作精神上的儿子，正如尤利西斯认出忒勒马科斯就是他的亲生儿子。斯蒂芬试图通过智识来探索人生——我们此前在《青年艺术家画像》中已经对他有所认识，如今他又被整编进这部描写鄙俗和幻灭的史诗。他跟布卢姆在小说过半时相遇在"夜城"（这一场部分对应的是荷马《奥德赛》中的喀耳刻妖宫，部分对应尤利西斯深入冥府[1]），在"夜城"那些既神秘又肮脏的陋巷中，他们建立起琐屑却又真挚的友谊。这是整部书的高潮所在，在这里——而且遍布全书——生发、麇集着种种更小规模的神话，就像毒蛇鳞片之间的寄生虫。天地间充塞的生活宛如地狱般穷凶极恶，人格消融，性别互换，直至整个宇宙，包括卑猥可怜又追求享乐的布卢姆先生，全部卷入一场毫无欢愉可言的大狂欢。

它写得成功吗？不，不算成功。文学中的泄愤之作，不论是尤维纳利斯[2]，是斯威夫特还是乔伊斯，从来都不会特

---

[1] 《奥德赛》描写奥德修斯（即尤利西斯）的历险归家之旅，曾述及其船队遇难后来到女巫喀耳刻的小岛，部分船员在她的妖宫被她变成了猪，奥德修斯破解妖法解救出同伴。随后他又到达亡灵的国土，从底比斯先知提瑞西阿斯那里学得消除海神波塞冬怒气的办法。——译者

[2] 尤维纳利斯（Juvenal，约60—约140），或译玉外纳，古罗马讽刺诗人，传世讽刺诗十六首，抨击皇帝的暴政，讽刺贵族的荒淫和道德败坏。——译者

别成功；因为文字中总有些东西是跟简单化了的"愤懑"不相容的。"夜城"的这一场除了作为奇情异想的重复增殖，除了作为往事难忘的畸形怪异大组合，说不上成功。若单论这个层面，那倒是已经无所不用其极，凡是喜欢这个调调的读者应该已经得到了最大满足，非但这一场，整本书自始至终都是类似的实验——这么做的目的是贬抑世间的一切，尤其针对文明和艺术，使用的方法就是将其内外反置、上下颠倒。有些狂热的追随者可能认为《尤利西斯》更应该稍后在"预言"的名下讨论，对这种批评我可以理解。可是我还是宁愿把它归在这里，跟《项狄传》、《弗莱克的魔法》、《朱莱卡·多布森》以及《魔笛》相提并论，因为乔伊斯的狂怒其实跟另外几位作家较比愉快和平静的情绪类似，根子上看来都是属于奇情异想这一类的，而且缺乏我们下一讲马上就会讲到的"预言"所具有的基调。

我们必须更加深入、更加全面地对神话这个概念进行考察，敬请期待下一讲吧。

七 预言

狭义的预言指预告未来，跟我们无关，它还可以充当对于正义的呼请，这方面跟我们的关系也不大。今天我们感兴趣的——不如说我们必须对之做出解答的，因为兴趣与否的说法眼下已经很不相宜了——是小说家的一种腔调，我们在"幻想"的长笛和萨克斯管的合奏中应该已经对这种腔调有所认识了。这类小说家的主题是宇宙，或者说是关乎宇宙的，不过他不必一定就宇宙这个主题"说"点什么；他想把它唱出来，而在小说的殿堂中唱响的清音乍听之下总觉有些怪异，不免让我们有震惊之感。吟唱的清音将如何跟人之常情的内容相互调和？我们不免会自忖，得出的结论也难免是"不怎么样"：吟唱者并非总有足够的空间供他手之舞之、足之蹈之，现实的桌椅难免为他所折损，于是游吟诗人的影响所及之处经常留下一片狼藉，仿佛地震后或孩童聚众打闹后的客厅。D·H·劳伦斯的读者应该懂得我的意思。

我们所谓的"预言"就是一种腔调。它可以包含人类曾经有过的任何种类的信仰——基督教、佛教、二元论、恶魔崇拜，或者仅仅是将人类的爱、恨提升至极端的强度，远远超出其正常表现的程度；至于作家具体以何种特别的角度来观照宇宙，则非我们关切的要旨。真正关系重大，而且必然会在小说家的遣词造句中有所体现的，是其言外之意，看来这一讲的内容必然既含混又宽泛，不过或许会比其他各讲更能触及风格的细微之处。我们将不得不专注于小说家的心理状态，注意他具体的遣词造句；我们将尽可能忽略常识的问题。也只能"尽可能"而已：因为所有的小说都包含现实的桌椅，而且绝大多数的小说读者首先要找的就是它们。在我们指责一个小说家装模作样和歪曲失真之前，必须先考虑他观照世界的角度。他关注的压根儿就不是桌子椅子，也就难怪它们都走了形儿。我们只看到他笔下什么东西走了形儿，却看不到他真正关注的是什么东西，非但意识不到我们的盲目，反而还嘲笑人家。

我曾说过，小说的每个层面都要求读者相应具备不同的素质。"预言"这个层面就要求两个素质：谦卑以及暂时将幽默感抛开。对谦卑我本来无甚好感。在人生的众多阶段它都大错特错，而且会堕落为怯懦或是伪善。可眼下我们却正好需要它。没有它的帮助，我们就无法听到先知的声音，我们只能看到一个可笑的形象，无法窥见他的荣光。而幽默感——在这里颇不相宜；受教育阶层的这一可贵的副产品必须搁置在一边。正如《圣经》里的那些学童，你总忍不住要嘲笑先知——他那个秃脑袋实在太可笑了——不过你也可以将那嘲笑置之度外，认识到它并无任何批评价值，不过供粗鲁之辈聊以自慰之用。

我们这就来区分一下预言与非预言小说家。

有过这样两位小说家，都是在基督教的熏陶下长大，都经过认真的思考脱离了教会，不过都没有离弃而且绝不想离弃基督教精神，两人都把它理解为一种爱的精神。两位小说家都认定罪恶终究会受到惩罚，惩罚是一种净化，而且对于这个过程他们两位都不是抱着古希腊人或现代印度人的超然态度冷眼旁观，而是眼含泪水热切地关注。两位小说家都感到，怜悯能造就一种氛围，道德在这种氛围中才能发挥其作用，否则，所谓道德就要么成为粗暴的教条，要么变得毫无意义。一个罪人，如果在接受惩罚在被疗救的过程中没有额外得到天国的恩泽，那对他的惩罚和疗救还有什么意义？这种恩泽又来自何方？并非来自出其不意的情节设置，而是来自这个过程发生时的氛围，来自（他们认为）出于上帝禀性的爱和怜悯。

这两位小说家该是何其相似！可其中一位是乔治·爱略特，另一位则是陀思妥耶夫斯基。

有人会说，陀思妥耶夫斯基有洞察力啊。乔治·爱略特又何尝没有？要把这两位小说家区分开来——必须如此——

并没这么容易。可如若我朗读两段这两位小说家的作品，其间的分别马上就会昭然若揭。在分类学家看来，这两段还是同一类型的；而对于任何一位善于倾听的人而言，这两段吟唱可以说来自两个不同的世界。

我先来读《亚当·贝德》中的一段——五十年前这段文章曾非常著名。海蒂系狱，因为杀害了自己的私生子被判死刑。她并不认罪，心怀怨愤，毫无悔意。黛娜是位卫理公会教徒，去监中探望她。

> 黛娜开始怀疑海蒂是不是知道坐在她身边的是谁……但她愈来愈感到神的存在，——不仅如此，仿佛她自己就是神的一部分，仿佛神的悲悯在她心中搏动，决意要拯救这个无望的人儿。她终于按捺不住要说话了，她想弄明白海蒂对目前的情形究竟意识到多少。
>
> "海蒂，"她柔声道，"你知道坐在你身边的是谁吗？"
>
> "知道，"海蒂慢条斯理地回答，"是黛娜。"……停了一会儿后，她又加了一句，"可你不能帮我什么忙了。你不能要他们做什么。礼拜一他们就要绞死我了——今天是礼拜五。"……
>
> "不过，海蒂，这牢房里除了我还有另外一个人，一个跟你非常亲近的人。"
>
> 海蒂害怕地低声道，"谁？"
>
> "一个在你整个的罪恶和苦难时刻一直和你在一起的

人——他知道你曾有过的任何一个念头——他一直注视着你往哪里去，在哪里躺下又重新起来，还有所有你试图隐藏在黑暗中的所作所为。到礼拜一，我不能再跟随你的时候，——当我的双臂再也无法触及你的时候——死亡将我们分开的时候，——到那时，现在和我们在一起，明察一切的上帝，仍然会跟你在一起。不论我们是死了还是活着，都毫无分别，上帝始终跟我们同在。"

"哦，黛娜，就没有人能帮我一把吗？他们真会绞死我吗？……他们要是能让我活下来就好了……帮帮我吧……我没法像你那样去感受……我的心已经硬了。"

黛娜握住那紧抓住她的手，整个灵魂都倾注在她的声音里：

"……来吧，万能的救世主！让死者听到您的声音，让盲人睁开他的眼睛：让她看到上帝就在她周围；让她只为那将她与上帝隔绝开的罪恶颤栗。软化这僵硬的心灵，打开这紧闭的双唇，让她以整个的灵魂呼喊出来，'父啊，我犯了罪。'……"

"黛娜，"海蒂搂住黛娜的脖子哭了出来，"我说……我讲出来……我不再隐瞒了……我是做了那事，黛娜……我把他埋在树林里……那个小宝贝儿……他哭了……我听见他哭了……虽说离开了那么远……整个晚上……我又回去了，因为他在哭。"

她停了一会儿，然后提高声音以恳求的语气急匆匆说下去。

"可我那时心想他也许不会死——也许有人会发现他。我没有杀害他——没有亲手杀害他。我把他放下,拿东西把他盖了起来,我回头再去的时候,他不在了……直到亲眼看到孩子没了,我才知道到底是什么感受。我把他放在那儿的时候,原本指望有人能发现他,救他一命;可当我看到他没了,我真吓呆了,就像块石头。我待在那里,都没想到要动弹动弹,我觉得虚弱透了。我知道我跑不了,见到过我的人都会知道这孩子的事儿。我的心变成了石头:我什么都希望不了,什么都不想干了;看起来我就像要永远在那儿待下去似的,什么都不会有丝毫改变。可他们还是来了,把我带走了。"

海蒂沉默下来,可她又哆嗦了一下,仿佛还有下文。黛娜等待着,她心中蓄满了感情,不等她开口,眼泪就会流下来的。最后,海蒂抽泣着突然说,

"黛娜,我现在什么都说了,你觉得上帝会把那哭声和树林里的那个地方从我心里拿走吗?"

"让我们祈祷吧,可怜的罪人:让我们再次跪下来,向慈悲的上帝祈祷吧。"[1]

我这样掐头去尾地摘引,对小说中的这一场景并不公

---

[1] 引自《亚当·贝德》第四十五章(第五卷)"狱中",省略号处有较多删节。可参见周定之译《亚当·贝德》477—485页,湖南人民出版社1984年10月第一版。——译者

道，而"大块文章"才能体现乔治·爱略特的功力所在——她的风格绝非纤巧精雅这一类型。这一场景写得真诚、坚实、悲悯，而又深深浸透着基督精神。黛娜所呼唤的上帝是一种活的力量，对作家而言亦复如此；这个上帝不是感动读者的工具；他正是人类犯错和受苦时的天然伴侣。

现在我们来比较以下摘自《卡拉马佐夫兄弟》中的一个场景（米嘉被控谋杀了父亲；他虽没有当真弑父，却确有弑父之心）。

审案人员着手对笔录作修订定稿。米嘉站起来，走到布幔前的一个角落里，在店家的一只铺着毡毯的大箱柜上躺下，转眼便睡着了。

他做了一个奇怪的梦。梦中的时间和地点与此时此地风马牛不相及。

他好像坐车行进在大草原上，很久以前他服役的部队曾驻扎在那里。他坐的是一个乡下人赶着两匹马拉的大车，路上雨雪泥泞……前边不远处有个村落，可以看见几座黑不溜秋的农舍，有一半已经毁于火灾，只剩下烧焦的梁木。村口路上站着许多村妇，排成长长一列，一个个面黄肌瘦。尤其是边上的一个女人，骨瘦如柴，个儿挺高，看上去有四十岁，其实也许二十，长长的脸上几乎没有一片肉，手里抱着个在哭的孩子，她的乳房那么干瘪，里边一滴奶也没有。那孩子哭得厉害，伸出两条光胳臂，小小的拳头冻得发青。

"他们哭什么？他们哭什么？"米嘉问，马车飞也似的打他们身旁驶过。

"娃子，"车把式答道，"娃子在哭。"

令米嘉感到惊异的是，车把式说了个他们乡下人土话里的词儿"娃子"，而不是孩子。他喜欢车把式说娃子：这两个字包含的怜悯更多些。

"他干吗哭？"米嘉像个傻子似的随口穷究。"干吗光着胳膊？干吗不把他裹起来？"

"穷呗。房子烧了，面包没有了，只有指着火场要饭。"

"不，不，"米嘉好像还不开窍，"你说：为什么房屋被烧的那些母亲站在那里？为什么人们那么穷？为什么娃子那么可怜？为什么草原上光秃秃什么都没有？为什么不见她们相互拥抱、亲吻，唱欢乐的歌？为什么她们一个个满脸晦气？为什么不给娃子喂奶？"

他内心感觉到，虽然他问得很愚蠢，毫无意义，但他就是想这样问，而且就得这样问。他还感觉到，一种前所未有的恻隐之心在他胸膛中油然而生，他想哭，他想为所有的人做点什么，让娃子再也不哭，让又黑又瘦的母亲再也不哭，让每一个人从这一刻起都不掉眼泪。他想马上行动，马上着手做这件事，拿出不可阻挡的卡拉马佐夫精神来，什么也不顾忌，说干就干……他的心整个儿都热了起来，向往着光明。他想活下去，一直活下去；他要往前走，走上一条大路，直奔充满希望、焕然一新的明天。快，快，立即开始，马上就干！

"干什么？去哪儿？"他叫喊着睁开眼睛，在箱柜上坐起来，犹如从昏厥中苏醒，可是脸上却泛起坦荡的笑容。尼古拉·帕尔菲诺维奇正站在他面前，请他去听一下审讯笔录，然后签字。米嘉估计自己睡了一个小时或更多时间，但是尼古拉·帕尔菲诺维奇在说些什么，他充耳不闻。他忽然惊诧地发现，他脑袋底下多了个枕头，刚才他累倒在箱柜上的时候明明没有枕头。

"是谁在我脑袋底下塞了个枕头？这样的好心人是谁？"他满怀感激之情大声问道，声音像是在哭，仿佛别人对他施了不知什么大恩大德似的。这个好心人以后始终没有谁知道，可能是某一个见证乡民，也可能是尼古拉·帕尔菲诺维奇的年轻文书出于同情心给他垫了个枕头，但在热泪盈眶之余，他的整个灵魂都为之震荡。他走到桌子跟前，表示愿在任何文件上签字。

"我做了个好梦，二位。"他说话的语气有点儿古怪，同时容光焕发，喜形于色。[1]

现在，这两段文字的区别应该一目了然了：第一段的作者是传教士，后者则是位预言家。乔治·爱略特谈的是上帝，可她关注的焦点从不更易，始终如一；上帝和桌子椅子

---

[1] 引自《卡拉马佐夫兄弟》第九卷"预审"第八章"证人之言。娃子"。译文采用荣如德译本，见 600—602 页，上海译文出版社 2004 年 11 月第一版。——译者

同处在一个平面上，结果，我们一刻都不曾觉得这整个宇宙需要怜悯和爱——只有在海蒂的牢房里才需要它们。而在陀思妥耶夫斯基的小说中，不论是人物还是境遇，所代表的都远非它们自身而已；它们身上都烙上了"永恒"的印记，虽说它们仍然自成其为个体，不过它们同时又都扩展开来，去拥抱永恒并呼唤永恒来拥抱它们；西爱那的圣凯瑟琳①的名言用在它们身上正合适：上帝在灵魂中，灵魂又在上帝中，正如海在鱼中，鱼又在海中。他写的每一句话都隐含着这种朝向无限的延展性，而这种隐含的意味正是他作品中占据主导地位的那个方面。在普通的意义上讲他是位伟大的小说家——亦即他的人物跟普通生活息息相关，而且各自生活在自己的环境中，不断会发生各种事件，令我们激动不已，等等等等；不但如此，他还具有一位预言家的那种伟大，对此我们普通的标准就无从衡量、无能为力了。

这就是海蒂与米嘉之间的鸿沟，虽说他们俩都居住于同样道德和神话的国度。就她本身而言，海蒂这个人物可以说是恰如其分。她是个可怜的姑娘，受人引导坦白了自己的罪行，由此也获得了更加平和的心境。可是米嘉就其自身而言却无法令人信服。他之真实可信，全靠他隐含的意味获得，他根本谈不上有什么具体的心境。就这个人物本身而言，他

---

① 西爱那的圣凯瑟琳(St. Catherine of Siena, 1347—1380)，意大利天主教女圣徒。——译者

似乎被扭曲得完全走了形，变得支离破碎；我们都开始为他强作解人了，说他之所以为了区区一个枕头就那么大惊小怪地感激涕零，是因为他紧张过了度——事实上很像一个典型俄罗斯人的所作所为。我们在看清楚他能带来的延展性之前根本无法理解这样一个人物，也就是说，陀思妥耶夫斯基集中在他身上展现的并非那个木头箱柜，甚或那个梦境，他的着眼点是一个能够包容我们全人类的境界。米嘉就是——我们全人类。阿辽沙也好，斯麦尔佳科夫①也罢，展现的都是我们全人类。他是预言中的幻象，也是小说家的创造。米嘉在这里并没有变成我们全人类；他仍然是米嘉，就像海蒂就是海蒂一样。那种经由爱和怜悯造就的延展、融会和和谐发生在一个只可意会的境界，而小说本身并未必是达至这个境界的适当途径。卡拉马佐夫兄弟、梅诗金和拉斯科尔尼科夫②的世界，还有我们马上就将进入的莫比·迪克的世界——都不只是个口实，不只是个寓言。它确实也是通常的小说世界，可它不断向后延展，境界又远远超出这个通常的小说世界。我们此前曾提到伯特伦夫人那个小小的幽默形象——跟她的巴儿狗一起端坐在沙发上的伯特伦夫人——对这类更深入的问题或许能有所助益。我们认定，伯特伦夫人

---

① 米嘉、阿辽沙和斯麦尔佳科夫就是卡拉马佐夫三兄弟。——译者
② 梅诗金和拉斯科尔尼科夫分别是陀思妥耶夫斯基名著《白痴》和《罪与罚》的主人公。——译者

是个扁平人物，可是在情节需要的时刻也能延展为圆形。米嘉自然已经是个圆形人物了，可他仍然能够继续延展下去。他并没故意隐藏任何东西（神秘主义），他也并不意味着任何东西（象征主义），他只不过是德米特里①·卡拉马佐夫，不过，在陀思妥耶夫斯基的世界中"不过"是某个特定人物的，也注定要跟他身后的全人类血肉相连。结果，洪流不定在哪里就会突然涌现，将我们全体裹挟而去——对我来说就是结束的那几个字："我做了个好梦，二位。"这是否意味着我也曾做过这样的美梦呢？当然不是。陀思妥耶夫斯基的人物要求我们分享的，是远比他们具体的经验更加深刻的体验。他们传递给我们的激动，部分甚至是生理上的——就像沉入一个半透明的球体，眼看着我们的种种经验远远地漂在我们上方的球体表面，微小，遥远，不过确实是我们的。我们仍然还是我们，我们什么都不需要放弃，可已经"海在鱼中，鱼在海中"了。

在这里，我们触到了本讲主题的极限。我们关心的不是预言者具体预言了什么，或者（如果内容和方式无法截然分开）说尽可能少去涉及。真正重要的是预言者讲话的腔调，是他的歌声。海蒂在狱中也可能会做个好梦，这对她来说将显得真实可信，而且势必让人大感宽慰。不过那个好梦必将

---

① 米嘉是德米特里的小称。——译者

戛然而止。黛娜会说她很高兴她做了个好梦，海蒂将细述梦中情形，而梦中情形势必跟米嘉的梦大相径庭，肯定会跟她的人生转折点具有逻辑关联，而乔治·爱略特也将泛泛地就好梦说几句合情合理富于同情的话，提到它们对于备受折磨的心灵将有莫大的帮助。如此，这两个场景、这两部小说、这两位作家一方面是何等类似，一方面又是多么迥乎不同！

还有一点值得一提。即便仅仅作为小说家，预言家也拥有某些不可思议的优势，所以，有时候，哪怕就为了看他如何描绘桌子椅子，也值得将其引入一间起居室。也许他会打碎或是扭曲某些东西，不过他也许能照亮某些东西。正如我对幻想家的描述，预言家也掌控着一束亮光，会偶尔照亮那些已经日复一日被常识之手不断擦拭的家具，使它显得如此生动，远非你日常家居已经习焉不察的旧观。这种断断续续的写实主义，在陀思妥耶夫斯基和赫尔曼·麦尔维尔所有比较伟大的作品中随处可见。陀思妥耶夫斯基会不厌其烦巨细靡遗地细细描写一次审讯或是一段楼梯。麦尔维尔则会一一细数所有鲸鱼的产品（"我发现你们所谓的平常事务最是错综复杂，"他如此论道）。D·H·劳伦斯则会耐心描述一块草地和花丛，或是福里曼陀①的港口。时不时地，预言家似乎只对前景中的小东西感兴趣——他如此安静又如此忙碌地

---

① 福里曼陀（Freemantle）是澳大利亚港市，劳伦斯曾在此居住。——译者

坐下来跟它们待在一起，就像个处在两次嬉闹间隙的孩子。在这些间隙中他到底是何感受？这到底是另一种形式的兴奋，抑或只是在休息？我们不得而知。无疑这就是 A. E.在经营乳品店，或是克洛岱尔当外交官时的感受①，可到底是种什么感受？不管是种什么感受，它确实使这类小说别具一格，并赋予小说一种对于艺术品而言总是具有争议性的特点：外表的粗糙。当它们从我们眼皮子底下经过时，它们遍体坑坑洼洼、疙疙瘩瘩，我们不由得会发出赞赏或是厌恶的大呼小叫。不过等它们经过之后，这些表面的粗糙也就跟着忘了，它们会变得宛如月亮般盈润光洁。

如此看来，预言性小说确乎具有确凿无疑的特点。它要求我们具有谦卑之心，要求我们抛弃幽默感。它具有延展性，不断向后延伸——虽说不一定像陀思妥耶夫斯基那样延伸至怜悯和爱。它时不时也会写实。而且它给我们的感觉就像一首歌或一种声音。它跟幻想小说的不同之处在于它面朝着和谐统一，而后者则左顾右盼。预言小说的混乱是偶发的，而幻想小说的混乱则是根本的——《项狄传》就该是一团乱麻，《朱莱卡·多布森》就该是一连串改头换面的神话。据我们的想象，预言家比幻想家更加"离谱"，他创作

---

① A. E.是爱尔兰诗人、十九世纪末二十世纪初"爱尔兰文艺复兴"运动的领导人之一拉塞尔（George William Russell, 1867—1935）的笔名。克洛岱尔（Paul Claudel, 1868—1955），法国外交官、诗人、剧作家，作品表现对天主教的信仰及肉体与灵魂的冲突。——译者

时身处一种更加疏离的情感状态中。真正的预言小说家其实并不多见。爱伦·坡的表现太过偶然。霍桑过于执著于个人救赎问题，被缚住了手脚。哈代身兼哲人和伟大诗人于一身，似乎应该是此辈中人，可他的小说都只是一种概观，并不放声歌唱。作家诚然是朝后坐了，可他的人物并没有向后延展。他在他们呼天抢地之际展示给我们看；我们或许会对他们的痛苦心有戚戚，可他们却从来无法延展它们、超越于自身之外——我的意思是说，裘德绝不会像米嘉那样朝前跨出那一步，说"我做了个噩梦，二位"，由此使我们感情的洪流得以释放。康拉德所处的位置跟哈代庶几类似。声音，马洛的声音中充满了太多世俗经验，无法再纵情歌唱。太多对于错误和美丽的记忆喑哑了他的声线，他因为太过见多识广，反而参不透因果的局限。作家有了一种哲学观——哪怕是哈代和康拉德这种诗意盎然、情感丰沛的哲学观——必然导致对生命和万物的沉思默想，而预言家是从不需反观自照，从不必苦思冥想的。正是为此我们才将乔伊斯排除在外。乔伊斯具备诸多类似先知的品质，而且已经显示出对邪恶极富想象力的把握（尤其是在《青年艺术家肖像》中）。可他过于熟练和匠气的技巧和表现方法，四处寻找趁手的工具，却反而削弱了他作品中的那个世界；他的作品虽说内在松弛，可外部表现却太过紧绷，除非故布疑阵，否则从不暧昧含混；他不断地说，说，说，却从不会纵声高歌。

所以，虽说我坚信我们这一讲探讨的是小说真实的一面，并非我的凭空杜撰，我却只能想到四个作家作为这方面的典型，即陀思妥耶夫斯基、麦尔维尔、D·H·劳伦斯和艾米莉·勃朗特。艾米莉·勃朗特我留到最后再讲，陀思妥耶夫斯基上文已经提到，麦尔维尔称得上我们这幅图画的中心，而麦尔维尔的中心则是《白鲸》。

如果我们把《白鲸》纯粹当作一则海外奇谭来看，或者认作一种穿插了一段段诗句的捕鲸记录，这本书一点都不难读。可是，一旦我们抓住了隐藏其间的那首歌，它就马上变得很难读懂，而且异常重要起来。把《白鲸》的精神主题压缩、凝固为文字，可以如是表述：一场与"恶"的战斗，可是拖延得太久或是战略失误了。那头白鲸就是"恶"的化身，亚哈船长因无休止的追击而误入歧途，他的骑士精神终至扭曲成为狭隘的复仇。话虽如此——这一表述可以权作这本书的象征——可这并不比将其视作海外奇谭更能引导我们深入地理解此书——没准儿还南辕北辙了，因为这么一来，就会误导我们将书中描写的事件等量齐观，反失去了其本身具有的粗拙质感和丰富内涵。斗争的观念我们可以保留：一切行动皆是战斗，唯有和平方为幸福。可到底是谁和谁的斗争？如果认为是"善"与"恶"或两种对立的"恶"之间的斗争，那就大错特错了。《白鲸》的主旨，它的预言之歌，就像一股潜流，一直在逆小说的情节和表面的道德倾向而动。

就算到了最后，当捕鲸船带着自投罗网的天国之鸟沉入海底，当那口空棺从漩涡中一跃而出，将以实玛利送还给世界——就算到了这里，我们仍然无法抓住那首歌的歌词。那首歌一直有时断时续的强调之音；可始终没有一个说得通的定论，可以肯定的是，那绝非推至宇宙苍生范畴的怜悯与爱；没有"我做了个好梦，二位"。

这部小说非同一般的特质，在开篇不久出现的两个事件中已经有所显现——有关约拿的讲道以及以实玛利跟魁魁格的友谊。

这次讲道跟基督教毫不相干。它呼唤的是不计酬报的忍耐或忠诚。讲道者"跪在讲坛前头，拦胸交叉起他那双棕色的大手，抬起他那闭着的眼睛，那么深怀诚意地做起祷告，好像在海底做祷告"[①]。而且他结束讲道时的欢愉比恐吓更让人觉得心惊胆战：

> 在这个卑鄙、险诈的世界的船已在他脚下沉落时，自己坚强的胳膊还撑得住的人，愿他愉悦。在真理上毫不饶恕，把一切罪孽都杀尽，烧光，毁净，即便这些罪恶是他从参议院和法官的袍服下拉出来的人，愿他愉悦。那个不认得别的律法和主宰，只认得救主耶和华，只对上天忠诚的人，愿他愉悦，

[①] 见《白鲸》第九章"讲道"。译文采用曹庸的译本，见《白鲸》57—58页，上海译文出版社 1990 年 9 月第一版。——译者

至上的愉悦。那个在群氓之海的狂涛巨浪中永远动摇不了他那牢固的经年的龙骨的人，愿他愉悦。永恒的愉悦和欢愉将属于他，属于那个虽然行将结束生命，却在弥留时分还会如是说的人——我的父呵！——首先使我认识的是你的威力——不管是进地狱还是永垂不朽，我这就死了。我竭力想属于你，努力的程度远远超过想属于这个世界，远远超过于想属于我自己。然而，这是微不足道的：我祝福你永生；一个竟想活得比他的上帝还长命的人，算什么人呢？[1]

我认为，在小说行将结束、最后的大灾难降临前我们碰上的那最后一条船取名"欢喜"号，绝非偶然；这是一艘不祥之船，也曾遭遇白鲸莫比·迪克并被它打得粉碎。可是，若论在麦尔维尔这位预言家的心目中这两者间到底有何关联，我却说不出来，恐怕他也未必说得出。

此次讲道刚一结束，以实玛利就跟生番魁魁格缔结了生死之交，这本小说一度似乎要变成一部讴歌歃血为盟、手足情深的传奇了。可事实上，麦尔维尔对人际关系压根儿不感兴趣，结果是魁魁格在一次怪异、狂暴的亮相后就几乎被遗忘了。是几乎——并没全忘。临近结尾时他病了，于是给他造了具棺材，不过他又复原了，棺材就省了下来。而从最后的漩涡里救生圈一样救了以实玛利一命的

---

[1] 译文采用曹庸译本，略作调整，见《白鲸》67—68页。——译者

就正是这具空棺，这一回同样绝非巧合，应该是麦尔维尔心目中自然而然突现出来的关联，虽非事先设计却自水到渠成。《白鲸》中遍布丰富的含义；至于到底都是些什么样的含义则另当别论。将"欢喜"号或是那具空棺纯粹视作象征是错的，因为，即便确实有这种象征意义，如此简单化之后也就使小说的多重意义固定为一端了。关于这部小说，除了说它写的是一场斗争之外，什么都无法盖棺论定。其余的就是那首歌了。

正是因为麦尔维尔对于"恶"所秉持的观念，他的作品才获得了其大部分力量。通常而言，小说这种文学样式历来不怎么敢正视"恶"，一般也就止于将之表现为行为失当，要么就用神秘兮兮的云团将它包裹起来。对大部分小说家而言，"恶"要么是性的，要么就是社会意义上的，或者干脆就是一种非常含混模糊的玩意儿，只能以一种特殊的诗意方式予以隐约暗示才算得体。他们希望"恶"存在，为的是它能好意帮他们推进情节的发展，可"恶"却没这么好心，它通常总以某个恶棍的形象——某个勒夫莱斯或尤利亚·希普①——找他们的麻烦，而且相较于对小说中其他人物的伤害，他们对作者造成的伤害尤甚。要想找个货真价实的恶棍，我们还得求助于麦尔维尔，他有个短篇叫

----

① 这两个角色分别是理查逊《克拉丽莎·哈洛威》和狄更斯《大卫·科波菲尔》中表面风流倜傥、奴颜婢膝，实则内心阴险狡诈的恶棍典型。——译者

作《比利·巴德》①。

这不过是个短篇，却必须隆重介绍，因为借此可以更好地理解麦尔维尔其他的作品。故事发生在诺尔哗变后不久一艘英国战舰上——舞台感觉十足却又是极端真实的一个场景。男主角是位少年英俊的水手，心地善良，同时这种善良又咄咄逼人，注定是要跟"恶"决一死战的。他本人并不咄咄逼人，逼人的是他内心翻搅、爆发的那团光明。表面看来他是个快活和气、懵懵懂懂的小伙子，拥有完美的体格，唯一的缺陷就是有点结巴，最后毁了他的就是这点瑕疵。他被

> 抛入一个不乏坑人陷阱的世界，要想对付里面的巧妙机关……如若没有一点丑恶的"防人之心"，单凭勇气是无济于事的；在道德危急的关头，人单凭其清白也并不总能使体能增强或使意志坚定。

一个叫克拉加特的下级军官一看到他就把他认定为敌人——他自己的敌人，因为克拉加特就是"恶"。亚哈和白鲸之间的斗争再次上演，不过这一次双方的角色更加分明，我们相应地也距离神秘的预言远了些，更接近于道德和常识

---

① 这篇小说仅见于一本小说集。我之所以能读到它，要感谢约翰·弗里曼（John Freeman）先生有关麦尔维尔的精彩专著，实际上要感谢的远非这一点。——作者

了。不过接近的程度也有限。克拉加特可绝非一般的恶棍可比。

　　天生的邪恶……具有其特别的负面的"德行"，充当它悄没声的援军……我们不妨说，天生的邪恶对小奸小恶是免疫的。它自有其明显的傲气，不屑于贪财图利。一句话，我们所说的这种邪恶绝不沾染污秽和淫猥。这是一种认真严肃的邪恶，但绝不刁钻刻薄。

　　克拉加特指控比利企图鼓动一场哗变。这一指控荒唐可笑，结果却要了比利的命。因为当这个小伙子被召来，要他为自己的清白辩解时，他因极度震惊一句话都说不出来了，他那可笑的口吃严重发作，而他内心的力量则爆发出来，他击倒了陷害他的克拉加特，取了他性命，也由此被处绞刑。

　　《比利·巴德》不过是一个遥远的超凡脱俗的插曲，但却是一首听得清歌词的高歌，值得我们认真研读，不仅因为它自身的美，还因为它可以充当其他更艰深作品的入门钥匙。"恶"被明确地贴上了标签，化身为个人，而不再任凭它在大地和海洋间乱窜，麦尔维尔的思想也就更容易看得清楚了。我们注意到的重要一点就是，他压根儿不为个人的烦恼操心，所以我们在分享他的思想后也就变得更加高大，而非更加渺小了。他可没有那个累人的小玩意儿，也就是所谓的"良心"，这在严肃作家身上经常成为一个讨厌的累赘，结果反使他们的作品大为失色——比如霍桑或是马克·卢瑟福德[①]的良心。麦尔维尔的笔触——以其粗粝的现实主义起首——直达宇宙人寰，直指远远超越于我们自身之上、以至于已经跟荣耀无法区分的黑暗和悲伤。他说："处在某些特定的心境中，谁都无法称量这个世界的分量，除非投入某种东西，某种类似原罪的东西，不平衡的天平方能恢复平衡。"他就是这么做的，他投入了某种无以名状的东西，天平恢复了平衡，而他则使我们感到了和谐和暂时的救赎。

也难怪D·H·劳伦斯会写出两篇鞭辟入里的麦尔维尔研究文章了，因为就我所知，劳伦斯本人就是现今仍在写作的唯一一位预言小说家——其余的要么是幻想家要么就是传教士。他是仍然健在的小说家中唯一一位其作品主要就是歌唱的小说家，唯一一位具有痴迷的游吟诗人气质的小说家，唯一一位面对批评我自岿然不动的小说家。他之招致批评是因为他同时也是位传教士——正是这个次要的方面使得他如此晦涩难懂而且屡遭误解——而且是位极端聪明的传教士，知道如何牵动会众的神经。我们这么说吧，你恭恭敬敬在预言家面前就座，准备聆听教诲呢，冷不防心窝子却挨了他一

---

① 卢瑟福德(Mark Rutherford, 1831—1913)，原名 William Hale White，英国小说家、评论家和宗教思想家。所写小说充分反映其内心世界，所有作品皆涉及宗教问题。——译者

脚，还有比这个更让你惊惶失措的吗？"你这么对我，我还听你的话就不是人！"你大叫一声，然后呢，却又继续听他唠叨。而且讲道的主题又极富煽动性——要么热烈抨击要么热烈提倡，反正都跟性有关——到了最后，你根本就不记得你到底该不该拥有一具肉体了，唯一能确定的就是你一无是处。这种咄咄逼人的威吓，以及为了达到威吓目的故作的甜言蜜语，这两者占据了劳伦斯作品的前台；他的伟大则远远地、远远地隐在后台，而且赖以建立的基础既非陀思妥耶夫斯基的基督精神，亦非麦尔维尔的人生即斗争，而是某种美学观念。他的手虽说是以扫的手，声音却是巴尔德尔的声音[1]。预言家的本质是由内而外自然生发出来，所以他作品中的每一种色彩都光芒四射，每一样形象都戛戛独造，此种境界非如此绝无可能达至。就拿一个总令人难忘的场景来说吧：《恋爱中的女人》曾写到某个人物在夜里抛石入水，打碎月影[2]。他为什么要投石入水，这一场景究竟有何象征意义，其实都无关紧要。重要的是，作者舍此就再也不可能得

---

[1] 以扫是《圣经·旧约》中人物，跟雅各是孪生兄弟。先是雅各用欺骗的方法买得以扫的长子名分，后雅各又在父亲以撒临终时借母亲利百加之助抢先骗得父亲的祝福。方法是用山羊羔皮包在雅各的手上和脖颈的光滑处，以撒老眼昏花，摸着雅各的手说："声音是雅各的声音，手却是以扫的手。"误以为眼前是自己的长子以扫，就给了他祝福。所以以扫是两次受骗。巴尔德尔（Balder）则是古斯堪的纳维亚神话中主神奥丁之子，生得极为英俊，且非常正直，深受诸神宠爱。作者套用《圣经》的句式这么说，大略的意思是讲劳伦斯的手段虽略嫌粗鲁，他的话语确是金玉良言。——译者

[2] 这一场出现在《恋爱中的女人》第十九章"梦幻"。——译者

到如此之水和如此之月了；他获致它们的途径唯有他才具备，获致途径的这种独一无二性本身就给它们烙上了超乎我们一切想象之上的神奇印记。预言家又返回了他出发的原点，返回了我们这帮俗人尚在等待的湖边，可是却是通过一种使之再现、将其重造的法力实现的，这种法力我们永远只能望洋兴叹。

面对这等容易激愤又令人激愤的作者，要保持谦卑殊非易事，因为我们越是谦卑，他就越发乖戾。可我不知道除了谦卑这一途，还能怎么阅读他的作品。我们一旦开始怨愤或是嘲弄他，他作品中的珍宝马上就会湮没无遗，就跟盲目服从他的结果一样。他特殊的价值无法付诸言表：无非是人物或事物的色彩、姿态和轮廓，尽是些小说家常备的货色，可是展现的过程却迥乎不同，于是其结果简直属于一个崭新的世界。

可艾米莉·勃朗特又当如何？《呼啸山庄》为什么该归入这一讲？这可是个有关人类的故事啊，并不包含任何宇宙观。

我的回答是：希克厉和卡瑟琳·欧肖的激情跟一般小说中展现的激情都迥乎不同。这种激情并不根植于人物之中，而是像雷云一般环绕在他们周遭，而且由激情引发的雷暴充斥着整部小说，从洛克乌梦见卡瑟琳的手穿过窗户伸进来，一直到透过这同一扇窗户发现希克厉死去为止。《呼啸山庄》中充斥着轰响——暴风雨和呼啸的狂风——这种轰响的重要性远胜过言辞和思想。一本如此伟大的小说，你读过后却只记得希克厉和卡瑟琳，别的一概无关紧要。小说中的一切情节皆由他们俩的分离造成；只有他们俩死后的重新结合才能归结这部小说。难怪他们要"显灵"了；否则，这样的人物还能如何行事？即便他们活着的时候，他们的爱、恨也早已超越了他们自身。

艾米莉·勃朗特在某些方面可以说异常严谨细心。她小说发展的时间表甚至比奥斯丁小姐还要精确缜密，她相互对称地安排出林敦和欧肖两个家族，而且她非常清楚地知道希克厉需要通过怎样的合法途径一步步将两家的财产据为己有。①既然如此，她又因何有意将无序、混乱和暴风雨引入小说呢？因为她正是我们所谓的女预言家；因为对于她而言，言外之意比明确说出来的话语更其重要；而且只有在一片混乱中，希克厉和卡瑟琳的形象才能尽情释放他们的激情，直到它们漫过屋宇，流泻遍布于荒原之上。除了这两个不同凡响的人物外，《呼啸山庄》可以说并无怪力乱神之事；再没有另外一部伟大小说比它更加干脆地弃绝天堂地狱的宏大叙事了。《呼啸山庄》极具地域特色，正如它描写到的那些地域性的鬼魂；我们在任何水塘里或许都能碰上莫

---

① 参见富有洞见的出色论文《〈呼啸山庄〉的结构》，C. P. S. 著（Hogarth Press）。——作者

比·迪克，可是只有在他们本乡本土的蓝铃花和石灰岩中，我们方能邂逅这两位鬼魂。

该归结一下了。在我的意识深处，总归对这些预言的种种有所保留，有些人会有更强烈的保留，而有些人则压根儿没有任何保留。"幻想"已经要求我们额外付出点代价，现在，"预言"又要求我们心存谦卑，甚至要求我们将幽默感暂时抛在一边，结果在看过一出唤作《比利·巴德》的悲剧之后，竟连窃笑一声都不许了。我们确确实实已经将我们看待大部分文学和人生的单一视角暂时抛在了一边，而这一视角正是我们考察小说各个层面的大部分过程中一直试图采用的，如今我们却弃之不用，另拣了一套工具来用。这样做对吗？另一位预言家布莱克无疑认为正该如此。他高呼：

愿上帝使我们远离

单一的视角和牛顿的睡眠！ ①

非但如此，他还画了这么一幅寓意画，画上这同一位牛顿正手持一副圆规，在画一个可怜兮兮的数学三角，背对着莫比·迪克掀起的壮丽非凡的惊涛骇浪，视而不见。极少有

① 见布莱克的诗作《幸福溢满众山峦》（"With happiness strethed across the hills"，原出自一八〇二年十一月二十二日写给 Thomas Butts 的信，原诗无题，以首句命名）的结句。——译者

人会跟布莱克惺惺相惜。看到布莱克描绘的牛顿形象后还力挺牛顿的恐怕更少。我们大部分都是墙头草，倒向这边还是那边皆是性情所致。人类的心智并非什么神圣不可侵犯的器官，除了折中之外我看不出还有什么更为诚实的应用之途。我唯一能奉劝我这些墙头草同志的是："不要以你们的前后不一而自豪。这是种悲哀，我们的心智竟是如此之构造实在是一种悲哀。人类竟不能做到既表里如一又表现不凡实在是种悲哀。"

在我们这次讲座的前五讲中，我们应用的大体是同一套工具。而在这一讲和上一讲中我们则暂时将这套工具搁在了一边。下一讲我们将再次将它们捡起，我们并没有把握它们就是文学批评的最佳装备，说到底，是否真有什么批评的装备还是两说着呢。

八　模式与节奏

我们的两首插曲，一首欢快一首肃穆，已经奏完，现在我们就重返讲座的主线。我们最先由故事入手，再是人物，然后递进至主要由故事衍生的情节。现在我们必须考察一下小说中主要由情节衍生，人物和其他相关因素也有所贡献的层面了。这个新的层面似乎尚无文学术语以名之——的确，各艺术门类越是精进，就越是需要相互定义。我们想先从绘画中借个说法称其为"模式"，再从音乐里借个词汇把它叫作"节奏"。不幸的是，这两个词儿都很含混——当人们将"模式"和"节奏"应用于文学时，他们其实总是言不及义，而且连话都很难说完：大体是这种腔调"哦，不过说到节奏，它一定……"或者"哦，可是如果你把它称作模式的话……"。

在具体讨论模式到底意味着什么，以及需要读者具备怎样的素质才能欣赏它之前，我想先举两部小说作为实例，因为这两部小说的"模式"非常清楚，只需一个图形就能形象地将其概括出来：一部小说状如"沙漏"，另一部则像极了兰谢舞①这种旧时交谊舞的长链队形。

阿纳托尔·法朗士的《泰伊丝》就状如沙漏。

小说有两个主人公：苦行僧帕弗尼斯和交际花泰伊丝。帕弗尼斯住在沙漠里，小说开篇时他已经自觉获得拯救，所以很是幸福。泰伊丝则在亚历山大城过着罪恶生活，他的职责就是要拯救她。两人在小说的中心场景中相遇，他成功拯救了她；她遁入修院，赢得了救赎，因为她遇到了他；可是他呢，因为遇到了她反而万劫不复了。这两个人物以数学般的精确会合、交叉又互换，我们从这部小说获得的部分乐趣端赖于此。这就是《泰伊丝》的模式——多么简单明了，正可以为我们繁难的论题开个好头。当《泰伊丝》中的事件照时间顺序一一展开，其故事层面同样表现为这一模式；当我们眼看着这两个人物因各自的种种前因纠结到一起，然后一步步走向他们并不知后果的命定结局，其情节层面的模式亦复如此。不过细分之下，故事吸引的是我们的好奇，情节诉诸的是我们的智识，而模式则挑动我们的美感，它使我们将这部小说当作一个整体来看待。我们并未将它看作一个沙漏——这不过是演讲中不得已使用的一个牵强说法，在对小说的探讨已进入高级阶段的现在绝不能拘泥于其粗浅的字

---

① 十九世纪中叶欧洲舞会上跳的四方舞之一。

面。我们只不过获得了一种享受，并没意识到这乐趣因何而来，只有当这种享受已经过去，比如现在，我们才会试图去解释它，如此一来，诸如"沙漏"这样的几何形象才成为差可达意的比喻。如果没有这个沙漏形的模式，则不论是故事，是情节，还是泰伊丝和帕弗尼斯的形象，都不可能尽情发挥出其全力，都不可能具有如此动人的力量。给人感觉如此明确的"模式"，实际上是与如行云流水般变动不居的"气氛"息息相关的。

现在再来看一部状似长链的小说，这就是珀西·卢伯克的《罗马图景》。

《罗马图景》是部社会喜剧。叙述者是一位来到罗马的观光客；偶遇心地不坏却有些浮夸的朋友狄林，这位朋友趾高气扬地怪他只知道参观什么教堂，自告奋勇要带他领略什么才是真正的社会。他只得恭敬不如从命地照办；于是乎他就像个包裹从一个人手中交到另一个手中；咖啡馆、画室、梵蒂冈和皇宫周边，都走了个遍，直到最后，等他这番游历达到终点和顶点，在一座最富贵族气派又破败不堪的宅邸中，你道他碰到的该当是谁？还是那个二流货色的狄林。原来狄林正是这个宅邸女主人的侄子，他由于势利脑筋的逆反心理对此一直隐而不宣。转了一圈又回到了原点，最初的搭档再度聚首，相互间的态度先是都有些狼狈，终至一笑释然。

《罗马图景》的出色之处并不在于它的"长链"模式——任谁都能组织这么个模式——而在于这一模式恰与作者的意图若合符节。卢伯克一路细心营造了一系列小小的意外，而且特意将一种精心安排的慈悲加诸笔下的人物，结果却使他们的形象显得比没得到这番施舍还要惨淡几分。这就造成了一种喜剧氛围，虽说略带点酸涩，却一直以一种仁厚的宅心刻意经营。于是最后，我们高兴地发现这种氛围已然成型，那两个搭档，当他们在女侯爵的客厅"咔嗒"一声重新扣在一起时，做的正是整部小说要求他们完成的任务，而且是一开始就要求他们完成的任务，于是先前所有的断片残章全由一根丝线连成一片，浑然不可分割了。

《泰伊丝》和《罗马图景》提供了两个简单明了的模式范例；不过更为经常的情形倒是你很难将一部小说哪怕差强人意地比做一个图像，虽说批评家们动辄就提到曲线啦等等的术语，可事实上连他们自己都不知道到底想说什么。（至此）我们只能说，模式是小说中属于美学范畴的一个层面，虽说小说中的任何元素都能为整体的模式提供养分——任何人物、场景、字句——可它主要仰赖情节的滋养。我们在讨论情节时就曾注意到，情节为自己增添了美的品质，美因为发现自己的现身还稍稍有些诧异呢；在情节那干净利落的木工之上，留心审美的眼睛就能看到缪斯的显形；逻辑在将自己的屋宇修造完工之后，也就等于为一幢全新的华厦打下了地基。这儿，就是那个被称作模式的层面跟它的材料最亲密接触的所在；这儿也就是我们的出发点。模式主要源自情节，宛如云朵中的一道光，云散后仍清晰可见。"美"有时就是一部小说的"外形"，就是其整体性，就是其一致性。如果总是如此，我们的考察也就容易多了。但有时候却并非如此。如果并非如此，我就称其为"节奏"。眼下我们还是先来关心模式。

就让我们详尽地考察一下另一本具有明确模式的小说，一本体现了一致性的小说，在这个意义上说来这本小说并不难读，虽说是亨利·詹姆斯的大作。我们将会看到，"模式"在其中如何大获全胜，我们也将看到，如果一位作者希望他的模式而非任何别的要素大获全胜，他又须付出怎样的牺牲。

《奉使记》和《泰伊丝》一样，呈现出沙漏的外形。斯特瑞塞和查德如同帕弗尼斯和泰伊丝一样互换了位置，也正是这一位置互换使小说在收束时令人击节赞叹。小说的情节精致繁复而又微妙深奥，每一段都以或行动或对话或沉思默想的方式推动情节的发展。所有的一切，无一不经过精心设计，无一不丝丝入扣：就连次要人物中，也没有一个如同尼西阿斯宴会上那些多嘴的亚历山大人①一样只是摆设；他们

① 《泰伊丝》中的一段情节。——译者

对主题都起到了绿叶衬托红花之工。最终的效果是事先就精心安排好了的，慢慢向读者渐次展开，最终到来时获得完全的成功。精心安排的周密细节也许容易忘记，可由此造就的对称结构却经久难忘。

就让我们来追踪一下这个对称结构是如何一步步建构起来的[1]。

斯特瑞塞是位敏感的中年美国人，受他想要迎娶的老朋友纽瑟姆太太之托，前往巴黎拯救她儿子查德，因为小伙子在那个腐化之都已经走向堕落。纽瑟姆家族是殷实的富商，靠制造一种家用的小玩意儿发家致富。亨利·詹姆斯从没明确告诉我们这种小玩意儿到底是什么，我们马上也就会明白所为何来了。对此，威尔斯在《托诺-邦盖》中会大谈特谈，梅瑞狄斯在《伊万·哈灵顿》中会和盘托出，特罗洛普会毫不隐讳地给邓斯特波尔小姐[2]大开药方，可是要让詹姆斯明说他的人物怎么发的财——这可办不到。这玩意儿有点不上台面还有点可笑——这就够了。如果您不惜冒粗俗莽撞之嫌，将其想象为，譬如说，纽扣钩[3]之类，那是您自己的事儿；跟作者可毫不相干。

嘻，管它是什么呢，反正查德·纽瑟姆是该回来帮着经

---

[1] 《小说的技巧》中有从另一个角度对《奉使记》的精妙分析。——作者
[2] 邓斯特波尔小姐是特罗洛普的《索恩医生》和《弗拉姆利教区》中的人物。——译者
[3] 旧时一种用来把小扣子钩过纽扣孔的钩子。——译者

营家族产业了，斯特瑞塞就是奉命去把他带回来的。必须得把查德从那种既不道德又不能赢利的生活中拯救出来。

斯特瑞塞是个典型的詹姆斯式人物——他几乎在作者所有的小说中反复出现，成为小说结构的根本性要素。他是个力图对行动有所影响的观察者，由于干预意图的失败又赢得额外的观察机会。而其他人物都是适合像斯特瑞塞这样高明的观察者观察的对象——通过超一流的配镜大师为其配备的镜片进行观察。所有的一切他都一览无余，而他又绝非止步于静观其变——不，这正是这种创作手法的力量之所在：他带着我们一道前行，我们透过他的眼睛洞悉一切。

当他在英格兰弃船登岸（对詹姆斯而言，每次弃船登岸都是一次振奋不已、永志不忘的经验，就像新门监狱之于笛福一样至关重要；每次登岸总是洋溢着盎然的诗意和鲜活的生活）——当斯特瑞塞弃船登岸时，虽说登上的只不过是老英格兰，他已经开始对自己的使命有所怀疑了，这种怀疑在他到达巴黎时进一步加深。而查德·纽瑟姆呢，非但没有堕落，反而大有长进：他已经卓然不群，深具自信，即便对这个奉命前来带他回去的人也能友好地以诚相待；他的交游都是高雅之士，至于他母亲料想的"跟他纠缠的女人"，则压根儿不见踪影。正是巴黎开阔了他的胸襟，拯救了他的灵魂——而斯特瑞塞本人对此又是何等地心有戚戚！

最使他隐隐感觉不安的是他有这样一种印象：只要你对巴黎稍稍有所认同，你的自信就会全盘失守。这个巨大灿烂的巴比伦今天早上就展现在他眼前，宛如某种光灿夺目的庞然大物，一块璀璨坚硬的宝石，它的各个部分难以区分，其差异也不易辨识。它闪烁着，震颤着，融为一体；刚刚还像是全然表面的，马上又具有了全部的深度。这个地方无疑是查德深深迷恋的；如果他，斯特瑞塞，竟也过度喜欢上了它，有了同好的他们两人又将如何自处？

就这样，詹姆斯微妙而又坚实地营造出了他特有的气氛——从头至尾，巴黎照亮了整部小说，它就是个主角，虽说一直在幕后，它就是把尺子，可以量出人类的敏感度，而且我们读完全书，让具体情节淡去之后，小说的模式就会看得更加清楚，在这个沙漏的中央熠熠发光的正是巴黎——巴黎——无法简单地以善恶名之的巴黎。斯特瑞塞看到了这一点，而且看出查德也看到了这一点，小说在达到这个层次之后就来了个转折：毕竟，确实是有个女人跟他纠缠在一起——躲在巴黎后面，指点查德认识巴黎的是风情万种、高贵莫名的德·维奥内夫人。斯特瑞塞至此再无可能继续下去了。德·维奥内夫人简直就是人生中一切高贵雅致的化身，而且她哀婉动人的言辞更是楚楚动人。她求他不要把查德带走。他答应了——没有丝毫的勉强，因为这也正是他自己内心的要求——而且他自己也继续留在巴黎，不再是为了跟它战斗，而是为它而战。

因为来自新大陆的第二批使节已经到了巴黎。纽瑟姆太太对斯特瑞塞莫名其妙的拖延既恼怒又困惑，于是查德的姐姐、姐夫外带他应该迎娶的姑娘玛米，一行三人奉命来到巴黎。于是这部小说，在其规定的界限之内，达到了最妙趣横生的阶段。在查德的姐姐和德·维奥内夫人之间展开了一番精彩绝伦的较量，至于说到玛米——这就是玛米，透过斯特瑞塞的眼睛看到的玛米。

玛米不论在儿时，在"含苞待放"时，还是后来如花绽放时，都毫不遮掩地在国内几乎不断开启的门庭中展现在他面前；他记得她先是冒失透顶，然后又腼腆异常——因为他曾一度在纽瑟姆太太的客厅里……讲授过英国文学，再佐之以考试和茶点——最后，她又再度胆大冒失起来。不过说到跟她的交往，他却并未留下什么了不得的印象；因为照伍莱特镇上的规矩，最鲜艳的花苞是不该跟最皱缩的冬苹果放在同一个篮子里的……尽管如此，在跟这个迷人的姑娘坐在一起时，他仍感到了相互间信任感大增的信号。因为她纵有明显自由放任的习惯和行为，再怎么说，她确实非常迷人。他确实觉得她非常迷人，尽管如果他不觉得她迷人的话，就会有发现她身上有些他会称之为"滑稽"的危险。没错，这个既滑稽又美妙的玛米，她可是做梦都没想到这一点；她温婉得像个新娘——他却又怎么也想象不出有位新郎从旁扶持的情景；她端庄、丰腴、大方、健谈，她温柔、甜蜜，可亲可近到几乎让人觉得心有不安。如果以挑剔的眼光看来，她的穿着却不像一位年轻的淑女，反而更像位老妇——如果斯特瑞塞能假定世上真有如此喜欢浮华的老妇的话；而且她繁复的发式也不像一般年轻姑娘的松散；当她把一双光洁得令人称奇的素手优美地交握在胸前时，她就具有了一种稍稍前倾的成熟风度，就像在表示鼓励或是嘉赏：所有这一切结合在一起，就构成了她那种"待客"的风韵，仿佛她永远都端坐在两扇窗户之间，面前是冰淇淋碟子的丁当轻响，在列举……她最乐于"接待"的喜欢社交的那同一类朋友的姓名。

玛米是另一类亨利·詹姆斯的典型，几乎每一部小说中都有她——譬如《波英顿的珍藏》中的格瑞斯太太，或是《仕女图》①中的亨丽爱塔·斯塔克波尔。他最擅长在顷刻间并且不断强调某个人物只是个二流角色，敏感不足，却又老于世故；他把这样的人物描写得生机勃勃，结果他们的荒唐愚蠢也让人觉得兴味盎然。

如此，斯特瑞塞的临阵倒戈就使他迎娶纽瑟姆太太的期望付诸东流了。大获全胜的是巴黎——然而，正当此时他却

---

① *The Portrait of a Lady*，有项星耀先生的译本，书名译作《一位女士的画像》。——译者

又有了新的发现。查德身上的美好品质是否不过作秀而已？查德的巴黎是否不过是个狂欢之所？这种担心不幸得到了证实。他独自去乡间漫步，日暮时分却与查德和德·维奥内夫人撞个正着。他们俩同乘一条小船，假装没有看到他，因为他们的关系说到底不过是司空见惯的男女私情，被他撞破后他们觉得难堪了。他们不过希望在相互间的激情还没退却前，到一家小旅店度个秘密的周末；因为这种激情终将退去，查德终将对这个优雅的法国女人感到厌倦，她不过是他恣意狂欢的一段插曲而已；他终将回到他母亲身边，接手继续制造那种家用的小玩意儿，迎娶玛米。他们俩对此都心知肚明，他们虽竭力隐瞒，可仍被斯特瑞塞看得清清楚楚；他们都在撒谎，他们都不过庸俗之辈——甚至德·维奥内夫人，甚至她哀婉的言辞，也都沾染了鄙俗之气。

对他而言，这就像是空气中的一股寒流，简直是骇人听闻，一个如此精雅的造物，在神秘的力量驱使下，竟成为任人践踏的俗物。因为，归根结底，一切事物的缘由确实非常神秘；她塑造的查德不过还是他本人而已——那她凭什么还以为她已经把他塑造得完美无缺了呢？她已经把他塑造得比以前好了，她已经把他塑造得最好了，她已经把他塑造得无以复加地完美了；可我们的朋友却异常古怪地觉得，他仍然不过是查德而已……她的塑造工作虽说值得赞赏，却仍然不过是人工而已，而且，推衍开来，尘世的欢愉、舒适和越轨——不管你如何为其归类——的玩伴儿在平常的人生经验中竟会受到如此超凡的珍视，也真是太不可思议了……

他觉得她今天晚上显老了，不像平时那样仿佛显不出岁月的印记；可她仍一如既往，是他有生以来有缘得见的最精致、最优雅的造物，最快乐的精灵；然而，他也看得出来她也同样陷入了庸俗的烦恼，确实就像个女仆一样哭着喊着要她的小伙子。唯一的区别在于她对自己有清醒的判断，而女仆却绝对没有，可这却正是她智慧的弱点，因自我评判而感觉到的耻辱，似乎只能使她更加不堪。

于是斯特瑞塞又失去了他们俩。如他所言："您瞧，这就是我唯一的逻辑。从这整个事件里，我没为自己捞到一点东西。"其实并非是他们对他掉头不顾，是他把他们甩在了后头。是他们使他认识了巴黎——现在该轮到他使他们认识巴黎了，如果他们有这种眼力的话，因为这比他们有生以来注意到的一切都更加精美，而且他的想象力比之他们的青春年少更具有精神上的价值。沙漏的模式由此完成：他跟查德已经互换了位置，其间的步骤要比泰伊丝和帕弗尼斯微妙得多，而且那束云彩里的光并非来自灯火辉映的亚历山大城，而是源自一块璀璨的宝石，它"闪烁着，震颤着，融为一体；刚刚还像是全然表面的，马上又具有了全部的深度"。

《奉使记》中所洋溢的那种美，是一位优雅的艺术家艰辛劳作所获得的酬报。詹姆斯非常清楚他想要的是什么，他走的是条狭窄的小径，为的是尽他的美学职责，他也获得了他有可能获得的最大成就。他的模式织造得浑若天成，具有阿纳托尔·法朗士永远不可能做到的跳脱多姿、一唱三叹。可是他付出的牺牲又是何其惨痛！

如此惨痛的牺牲，致使众多读者都对詹姆斯提不起兴趣，虽说他们能明白他字里行间的意思（他的晦涩难懂实在是过于夸大了），也能欣赏他付出的努力。他们就是无法认同他的创作前提：人类生活的大部分内容都必须被滤掉，他才能为我们写出一部小说来。

首先，他作品中的人物类型就极为有限。我已经提到了两类——试图对小说的情节有所影响的观察者，还有就是二流货色的局外人（譬如，《梅西所知道的》杰出开篇整个就是由这样一个人物包办的）。再有是一类富有同情心的陪衬人物，非常活跃，通常是女性——《奉使记》中的这个角色就是由玛利亚·高斯特里扮演的；还有一类就是妙不可言却又极为罕见的女主角形象，德·维奥内夫人庶几近似，而《鸽翼》中的米莉则是完美的代表；有时候还有一个恶棍，有时候则有一位生性慷慨的年轻艺术家；这就差不多是他全部的人物类型了。对于一位如此优秀的小说家而言，这么有限的阵容未免过于贫弱了些。

其次，他的人物除了类型有限外，还是以非常有限的线条刻画的。他们没有能力享乐，做不出果敢的行为，不会追求性爱，而且十之八九都缺乏英雄气概。他们从不脱衣服；毁灭他们的疾病都是匿名的，跟他们的经济来源一样是种忌讳；他们的仆佣都悄无声息，要么就跟他们是一个模子里刻出来的；我们所了解的社会理论全都根本无法应用到他们身上，因为在他们的世界里没有痴愚冥顽，没有语言的障碍也没有穷人。就连他们的感受力都是非常有限的。他们跑到欧洲来的目的就是为了看看艺术品或是相互间看看，仅此而已。这些残缺不全的造物只能在亨利·詹姆斯的书页间才能呼吸生存——虽残缺不全却独具特色。他们不禁让我们联想到阿肯那顿①治下，埃及艺术中不断出现的那些精美的畸形形象——巨大的头颅细弱的腿脚，不过却非常迷人。而一经改朝换代，也就随之消失不见了。

不论是人物类型还是人物特征的这种极端简化，其实都是为了成就小说的模式。詹姆斯写作的时间越长，就越发确信一部小说应该成为一个整体——虽并非一定要如《奉使记》般成就一种对称的几何图形，却必须依附于一个单一的主题、情境、姿态，这个中心非但应该控制所有的人物、生

---

① 阿肯那顿(Akhnaton 或 Akhenaton)，古埃及国王(前1379—前1362年在位)。他体质羸弱却头脑发达，追求哲理、酷爱艺术，在位期间埃及文化发达却军威不振，帝国的版图大为缩小。——译者

发出小说的情节，而且应该从小说的外部将小说凝聚起来——将分散的叙述收罗为一张网，使它们统统凝结为一颗行星，绕着记忆的天空有条不紊地转动。小说的整体必须体现为一种模式，而这个模式中有可能产生的一切散乱不羁的支线都必须剪除。然而，还有什么比人更加散乱不羁呢？如果将汤姆·琼斯或是爱玛甚至卡苏朋先生①放入亨利·詹姆斯的小说中，那本小说立刻就会烧成灰，而我们却可以将这些人物对调，放入属于对方的小说中，结果不过局部起火而已。只有亨利·詹姆斯的人物才适合他自己的小说，而且他们虽说还不至于死气沉沉——他对人类经验中某些他精心选择的幽深之处探索得非常到位——可是在他们身上却完全去除了那些填充其他小说人物以及我们自身的普通材料。而且这种阉割并非为了天国的荣耀，他的小说中没有哲理，没有宗教（除了偶一为之的迷信色彩），没有预言，也压根儿没有超乎常人之外的追求。所有这一切都只为了一种特别的美学效果——效果诚然是成就了，可代价却是如此沉重。

H·G·威尔斯就这一点的看法非常有趣，或许还很深刻。在《恩惠》②这部最为生动轻快的作品中，亨利·詹姆

---

① 卡苏朋先生是乔治·爱略特名著《米德尔马契》中年轻女主角误嫁的年老学者丈夫，一个假道学、真小人的复杂形象。——译者
② 《恩惠》(*Boon*)是威尔斯发表于一九一五年的作品。——译者

斯想必一直在他脑袋里转悠，他对他进行了一番绝妙的戏仿。

詹姆斯一开始就想当然地认为，一部小说应该是一件艺术品，评价的标准就是其独立自足性。这个观念他其实一开始就得自他人，不过他一直没发现这一点。他不擅长发现。他看来甚至都不想有所发现……他欣然接受——然后就详加阐发……亨利·詹姆斯小说中剩下来的唯一一种有生命力的人性动机，就是某种特别的热望以及一种绝对肤浅的好奇心……他的人物不断嗅出某些疑点，一个暗示接着一个暗示，一环紧扣着一环。您见过哪个活人整天尽干这个的？他小说要讲的内容其实一直就在那儿明摆着。那感觉就像一座灯烛辉煌的教堂，也没有会众让你分心，所有的光亮、每一道视线都集中在高高的圣坛上。而圣坛上虔诚、热切地供奉的是什么呢？是一只死猫、一个蛋壳和一小截绳头……就像是他的《死者的圣坛》[①]，其实跟死者一点关系都没有……因为如果真要有什么关系，那就绝不能只放蜡烛了，这么一来，那效果可就全都没了……

威尔斯将《恩惠》当作礼物送给了詹姆斯，显然认为大师对他的热诚与直言不讳会像他本人一样高兴。可大师却一

----

① 亨利·詹姆斯的短篇小说，最初收录在一八九五年出版的小说集《结局》（*Terminations*）中。

点都不高兴，于是两人之间开始了一段最为有趣的书信往返[1]。詹姆斯表现得彬彬有礼，顾念旧情，继而困惑不解，及至深为恼怒，最后出言咄咄逼人：他承认威尔斯的戏仿并未"使我心中充满赞同的快意"，最后表示遗憾，说他只能署名为"您忠实的，亨利·詹姆斯"了[2]。威尔斯也觉得困惑不解，不过原因不同：他不明白詹姆斯为什么这么恼火。这桩文坛公案除了是他们私人间的喜剧之外，其实还有重大的文学意义。其实关涉的是有形的文学模式的问题：不论是沙漏，是长链，是大教堂百川归海般最终交汇的线条，是凯瑟琳车轮由中心向四周辐射的线条，还是普罗克汝斯忒斯之床[3]——不论什么形象，只要它蕴涵着统一性即可。可是这样一种模式能够跟生活所提供的无比丰富的素材结合在一起吗？威尔斯和詹姆斯都会认为不可能，威尔斯会进一步说，作家优先考虑的应该是生活，绝不该为了迁就什么模式对生活进行削减或是扩充。我个人的私见与威尔斯相同。詹姆斯的小说是一桩独一无二的财富，无法接受他这种创作前提的读者的确会错失某些宝贵而又高雅的感受。但我可不希望再要更多他的小说了，尤其不希望别的作家

---

[1] 见《亨利·詹姆斯书信集》第二卷。——作者
[2] 这是一种故示疏远的署名方式。——译者
[3] 普罗克汝斯忒斯系希腊神话中之阿卡蒂巨人，羁留旅客，缚之床榻，体长者截其下肢，体短者拉长使与床齐。——译者

步他的后尘，正如我可不希望阿肯那顿的艺术样式延续到图坦卡蒙①治下一样。

这也正是明确的模式不利的一面。它或许可以使氛围具体化，可以天然浑成地从情节中生发出来，可是它却将活生生的生活拒之门外，导致小说家只能闭门造车，基本上只在客厅里打转转。美则美矣，可是美得过于霸道。在戏剧中——比如拉辛的戏剧——美凌驾于一切之上或许是应该的，因为"美"可以成为舞台上伟大的女皇，哪怕因之失去我们熟知的那些男性人物我们也能安之若素。可在小说中，美越是想凌驾一切，它就越发显得褊狭，我们会因此觉得惋惜，有时就会以《恩惠》这样的形式表达我们的惋惜之情。换句话说，小说并不适于采用像戏剧那般艺术化的展开方式：其饱含的人性及其素材的庞杂（或者换用你喜欢的任何说法）都不允许它如此风雅。在大多数小说读者看来，明确的模式固然也给他们带来美感，可为了得到这点感受而付出的代价未免太大了，他们会做出这样的裁决："美则美矣，实在不值。"

不过，我们的讨论还没完。我们还没放弃追求美的希望呢。除了模式一途，难道就没有别的途径实现小说的美感吗？那就让我们心犹惴惴地来检讨一下"节奏"的概念吧。

---

① 图坦卡蒙（Tutankhamen），古埃及国王（前1361—前1352年在位），阿肯那顿的继任者。统治期间，恢复传统的宗教与艺术风格。——译者

节奏有时候得来全不费工夫。譬如贝多芬的《第五交响曲》就是以"滴滴滴-答"的节奏开始的，我们不但谁都听得出，而且都能打出拍子来。可是整部交响曲也自有一种节奏——主要得自于各乐章之间的关系——这种节奏有些人能听得出，可谁都甭想打出它的拍子来。这第二种节奏就难了，而且它在本质上是否跟第一种节奏一样，就只有音乐家才说得清楚了。若引申到文学，我们想说的是：第一种节奏，即"滴滴滴-答"，能够见之于某些特别的小说，并能为其带来美感。而另一种节奏，难度高的杰作——整部《第五交响曲》的节奏——在小说领域中我却举不出一部对应的实例，不过也许真有呢，也未可知。

简单意义上的节奏可以马塞尔·普鲁斯特的作品来说明①。

普鲁斯特的终结篇尚未出版，他的崇拜者称，一俟普氏归结全篇，一切均将各得其所，逝去的时光终将重获并被固定下来，我们将得到一个完美无缺的整体。这一套我可不信。这部作品在我看来是个累进的过程，而非一种美学信条的体现，对阿尔贝蒂娜不厌其烦的描述已经使作者感到厌倦

① 《追忆逝水年华》（*À la Recherche du Temps Perdu*）的前三部已经有 C. K. Scott Moncrieff 的出色英译本，题为 *Remembrance of Things Past*（Chatto & Windus）。——作者
〔整部作品的英译本早已问世，Scott Moncrieff 逝世后，最后一卷先有 Stephen Hudson（1929），后有 Andreas Mayor 的英译（1970）。——编者〕

了。后面或许还有不少新东西在等着我们，可若是说我们不得不因此修正对整部作品的认识，我却不信。整部小说混杂无序，结构失衡，它迄今没有，将来也不会有什么完整的外形；它之所以能凝结为一体全赖它具有内在的凝结点，因为它具有节奏感。

我们可以举出好几个节奏的实例（为外祖母拍照就是其中之一），不过从凝结点的角度来说，最重要的则是凡特伊音乐作品中那个"小小的乐句"。在使我们感觉我们处在一个同质的小说世界方面，这个小乐句所起的作用无可比拟，甚至超过了依次毁灭了斯万、男主人公和夏吕斯男爵的"嫉妒"。我们最初听到凡特伊的名字时是在一个丑恶的环境中。当时这位音乐家已经故世——终其一生都是个默默无闻的乡村风琴师——他女儿还在糟蹋他的声誉。这个可怕的场景还将在几个方面有所发展，不过也就这么过去了。

然后我们来到巴黎的一个沙龙。沙龙里演奏了一首小提琴协奏曲，行板中的一小段乐句引起了斯万的注意，并由此潜入他的生活。它总像个活物儿，却以不同的形式出现。一度，它伴随着斯万对奥黛特的恋情。这桩恋情出了岔子，这段乐句也就给忘了，给我们忘了。然后在他遭受嫉妒折磨的时候再度突然出现，如今它同时伴随着他的痛苦和已逝的幸福，又不失其自身优美超凡的特质。这部协奏曲是谁写的呢？听说这是凡特伊的作品后，斯万说："我原本认识一位叫这个名字的小风琴师——这不可能是他写的。"可确实是他写的,凡特伊的女儿和她的朋友经过改编后正式出版了这部乐曲。

似乎不过如此了。这段小小的乐句一次又一次在小说中出现,但只是一个回声,一段记忆而已;我们乐于跟它邂逅,可它并不具备任何将小说凝聚为一体的力量。然后,几百页翻过又几百页翻过之后,凡特伊已经成了国宝级人物,人们开始提议要在他穷困潦倒、默默无闻地度过一生的故乡小镇为他立一座塑像,他的又一部作品——他身后才出版的七重奏也同时上演。主人公去听了——他仿佛置身一个未知而又相当恐怖的宇宙,不祥的曙光将大海染得血红。突然,不论是对他还是读者都大出意外——奏鸣曲中的那个小乐句再次出现——若隐若现,改头换面了,可在瞬间完全指明了方向,于是乎,他得以重返童年时代的乡间,同时也明白这一切都已属于那个未知的世界了。

我们不必非得认同普鲁斯特对音乐的具体描绘(对我的趣味而言它们未免太形象化了),可我们不得不赞赏他将节奏运用于文学,赞赏他巧妙地应用一种在性质上与其意欲产生的效果相近的媒介——即一段乐句——的心思。凡特伊的这段乐句由不同的人听来——先是斯万,再是主人公——并不局限于一人一时一地:它绝非我们发现乔治·梅瑞狄斯用以为标志的那类象征——比如陪伴克兰拉·米德尔顿的重瓣樱桃树，供塞西丽娅·霍尔基特在平静水面上优游的游艇[1]。标志只能重复出现，而节奏却能不断发展，而且那个小小的乐句已经具有了属于自己的生命，不论是跟谱写者还是跟倾听者的生命都两不相干。它几乎成为一个角色，却又不尽然，而这个"不尽然"则意味着它具有了将普鲁斯特的小说从内在凝结为一体的力量，具有了塑造出美感并在读者的记忆中绕梁三日不绝如缕的神奇力量。这段乐句有时——从它卑微的诞生，经由协奏曲，最终进入七重奏——对读者而言几乎意味着一切；有时则又毫无意义，被完全忘却。在我看来这正是节奏在小说中的功用：它不像模式那样无处不在，而是以其美妙的消长起伏令我们惊喜，使我们倍感新鲜、满怀期冀。

可如果处置不当，节奏却会成为最烦人的厌物儿，它会僵化成一个符号，非但不会带我们展翅翱翔，反会平地绊我们一跤。我们会怒不可遏地发现，高尔斯华绥的獚狗约翰[2]，或者不论什么玩意儿，又躺到我们脚边来了；哪怕是梅瑞狄斯的樱桃树和游艇，尽管优雅得很，也不过诗情画意的点缀而已。我很是怀疑那些事先就把小说安排停当的作家，果真能造就理想的节奏效果；它只能在达到合适的音程时凭借一时的灵光乍现方可成就。而结果却可能精妙绝伦，

---

① 分别见于梅瑞狄斯的《利己主义者》和《比彻姆的事业》。——译者
② 獚狗约翰出现在高尔斯华绥的《乡宅》(*The Country House*)中。——译者

又不必以损害人物的性格作为代价，而且使我们可以不必再孜孜于对小说外形的苛求。

有关小说中简单节奏的问题，这么说肯定够了：我们可以将它界定为"重复加变化"，而且可以实例来说明。现在该面对的是那个更难的问题了：即小说中是否可能产生可以跟《第五交响曲》整体性效果相比拟的效果？所谓的整体性效果是指当管弦乐队已经停止演奏之时、之地，我们却仍能听到某种实际上从未真正演奏过的东西。此时此地，第一乐章、行板和构成第三部分的三重奏-谐谑曲-三重奏-终曲-三重奏-终曲，全都一起涌上心头，相互间延展渗透融为一个共同的整体。这个共同的整体，这个新玩意儿，就是作为整体的交响曲，它主要(虽不是全部)是由管弦乐队演奏的那三大块之间的关系所决定的。我将这种关系称为"节奏学"。也许准确的音乐术语并不这么说，没关系；我们现在不得不扪心自问的是：小说中是否也存在类似的玩意儿。

起码我是遍寻不见。不过也许真有；小说往往会在音乐中找到其最为相近的对照物。

戏剧的情况则大为不同。戏剧可以在绘画艺术中找寻参照物，它可以允许亚里士多德为其制定规则，因为它对人的依赖不必太深。小说则须臾离不得人。他们会对小说家说："只要高兴你尽可以将我们改头换面，不过我们必须进入小说。"而正如我们一直以来所讨论的，小说家要解决的问题就是要好好地表现他们，与此同时还要额外有所成就。他该到哪里去找这额外有所成就的途径？他需要并非实际的帮忙，只要参照物就够了。音乐虽说并不表现人，而且必须遵循复杂精微的规则，不过却最终能表现出一种美，而小说则可以考虑以自己的办法获致类似的美感。小说家必须坚持的观念是"扩展"，而非"完成"。是"开放"，而非"自足"。一首交响曲在曲终奏雅后，我们会觉得每个音符和曲调都获得了解放，它们在作为整体的节奏中找到了各自的自由。小说为什么就不可以如法炮制？《战争与和平》中不是已经有了这种苗头？——我们是以这部巨著开的头，看来也须得用它来结束了。这部巨著是如此庞杂。然而，在我们展读之际，宏伟的和音不是已经在我们身后轰然奏响了吗？当我们合上全书，书中的林林总总、桩桩件件——甚至包括对战略战术的论述——不是已然获得了比它们彼时彼地更加宏伟壮阔的存在了吗？

九　结语

以对小说未来的预测来做结是种很诱人的做法：小说会变得更加写实还是更加脱离现实，它是否会因电影的缘故而灭绝？诸如此类。预测，不管是悲观还是乐观，总有些冠冕堂皇的意味，便于提供帮助而且让人印象深刻。可我们却无权获得此种享受。我们既已拒绝接受过去的羁绊，也就无权从未来中获利。我们已经将过去两百年间的小说家视若同时济济一堂，一同写作，受制于同样的情感，将属于他们时代的偶然事件统统倒进灵感的坩埚中进行冶炼。不管结果如何，我们的方法毕竟是健全合理的——对我们这样的伪学者而言是健全合理的。可是如此一来，我们就须得将未来两百年的小说家同样视若济济于一堂一同写作。他们题材上的变化将是天翻地覆的；可他们自身却仍旧会一如既往。我们也许能驾驭原子，我们也许能登上月球，我们也许已经消灭了或者强化了战争，我们也许已经掌握了动物的心理过程；即便如此，这一切也不过都是不足挂齿的小节，它们只属于历史，跟艺术了无关涉。历史会不断发展，艺术则亘古不变。不管有了多少新鲜玩意儿，未来的小说家也须得让它们统统经过创造性心灵的检验，即便有了些许改变，这个创造性心灵说到底仍是个古老的器官。

话虽如此，毕竟还有一个问题跟我们讨论的主题息息相关，而且这个问题只有心理学家才能解答。不过我们也不妨冒险一问：创造性过程本身是否会变？那面心灵的镜子是否会覆上一层全新的水银？换句话说，人性会不会变？让我们对这种可能性稍作考虑吧——我们也该这么放松一下了。

听听老一辈人对这个问题的看法会很有意思。有时候，某人会满怀信心地说："人性亘古不易。我们内心深处都有个原始的穴居人。文明云云——啊呸！绣花枕套而已。你改变不了事实。"这是他在志得意满时的一套说法。当他老人家情绪低落，被年轻人弄得心焦，或是因念及自己人生中失败的方面年轻人却能成功而感怀伤世时，他又会发表一番截然相反的观点，神秘兮兮地说："人性不同了呀。活了这么久，亲眼所见的变化真是天翻地覆。你得面对现实呀。"他老人家就这样日复一日地在这两者间打转儿，一会儿说要面对现实，一会儿又拒绝改变现实。

我呢，只想提出一种可能性。假若说人性确实会变，那也是因为个体改用了一种新的方式看待自己的缘故。到处都有人——总人数极少，不过颇有几位小说家厕身其中——正在试图这么做呢。不过每一种既定的制度和既得的利益集团都会反对这种探索：宗教组织、政府、出于经济利益考虑的家庭都不会因之而获利，唯有在外部的阻力减弱的情况下，这种探索才能有所进展；这是历史给予它的制约。这些探索也许会失败，也许用于探究的工具无法对自身进行探究，也许如果真能进行探究的话也就意味着想象性文学的终结——如果我没理解错的话，这正是Ⅰ·Ａ·瑞恰慈这位敏锐的探索者的观点。不管怎样，这种探索都会给小说带来变化，甚至是爆炸性的变化，因为如果小说家看待自己的方式产生了变化，他看待小说人物的方式势必也会变，结果必然产生一种全新的揭示人性的体系。

　　我全然不知自己以上的论点是否略似于某种哲学甚或某些相互抵牾的哲学观点，不过，当我反观自己拥有的那点支离破碎的知识，并窥破自己的内心时，我看到了人类心灵的两种运动形式：一种是历史，规模宏大、浩浩荡荡地一路向前，却又单调乏味；另一种则旁逸斜出，却又怯怯羞羞。我们的系列讲座对这两种运动形式都未曾涉及：不提历史是因为它只不过将人们裹挟着一路向前，就像一列满载旅客的列车；对那种旁逸斜出的运动略过不提，则是因为它的运动实在太过缓慢和小心，在我们设定的那短短两百年间实在可以忽略不计。所以当我们说人性不变，说不变的人性会迅速派生出一系列散文体虚构作品，并将五万字以上的虚构作品称为小说①时，我们是当作不言自明的公理来说的。如果我们有能力或者有权力放宽视野，纵览人类以及人类存在以前的一切活动，我们也许就不能这样妄下断语了；这样一来，不论是对于旁逸斜出的缓慢运动，还是一批批乘客的迅速更迭，我们也许就都能洞若观火了，而"小说的发展"一词也许就不再是个伪学术标签或者纯属技巧的琐碎小节，而真正变得重要起来，因为它可以揭示人性的发展变化。

---

① 英语中"fiction"指虚构的(散文体)文学作品(与"nonfiction"相对)，具体包括短篇小说(short story)、中篇小说(novella, 借自法语)和长篇小说(novel)，本书的所谓"小说"，均指长篇小说而言。——译者

附录 A 福斯特备忘录摘录

故作严肃

有时，在他说话最肆无忌惮的时候，他会说，故作严肃是个四处游荡的恶棍，他还会再加一句，——也是最危险的，——因为它很狡诈；而且他确信，一年里被它掏光了财产和钱财的诚实、善良的好人，要比七年里被扒手掏包和入店行窃的还要多。他会说，在一颗快乐的心所发现的坦率性情中，不会有什么危险，——除了对其自身：——而严肃的本质就是谋划，结果也就是欺骗；——这是一个别人教的伎俩，用来赢得世人对一个人并不具备的理智和知识的赞誉；而且，尽管有其所有的伪饰，——它却并不比一位法国才子很久前就已对它的界定更好，经常反而是更糟，——即：身体为掩饰精神的缺陷而故作的一种神秘姿态……[①]

——《项狄传》第一卷第十一章。被自我保护本能损害了的洞察力——也许这就是典型的斯特恩，我才刚刚开始阅读。他是如何发现了这种艺术，他不想说的就直接略去？为什么在我们的时代之前这种艺术又再次失去？难道什么都不能将英国小说从谨小慎微中解放出来吗？斯特恩明显是个伟大的作家，而且他的人生哲学几乎可以称得上好了，在引文中则是相当好了："总是着眼于琐碎的我"毁了他人生哲学的主干。

不过（已经读完《项狄传》）：多么出色的性格刻画！"气质"或者说"主导的激情"是从内部完成的，而且变成了一种强迫性观念而非标签。观念之间的联系；双关语在心理上的重要性。对制度、体系的不信任：

老狗坚持"不学新把戏"的信念，天性却使人的思想跟它背道而驰，这真是一件大喜事。

古往今来最伟大的哲学家如果读了这样一些会没完没了地改变他立场的书，注意到了这样一些事实，有了这样一些想法，他就会转瞬之间变成一个反复无常的小人！②

---

① 参见蒲隆译《项狄传》26—27 页，译林出版社 2006 年 4 月第一版。——译者
② 参见蒲隆译《项狄传》225 页。——译者

（试比较《埃瑞洪》[1]："我们这儿有些人似乎专心一意地只想避开任何他们不是熟极而流的观点，他们将自己的大脑当作了某种圣殿，一旦有一种观点在里面扎了根，别的任何观点都休想再动它以分毫。"）

我相信……也有通往智识世界的捷径；人的心灵如果用知识和教育充实起来，工作的方式就会比我们通常所采用的更加便捷。[2]

他的难以捉摸实在是聪明。当时——现在仍然如此——他描写的是个小说家未曾开发的领域。喜欢一种轻轻呵你的痒的感觉。时间的非现实性。人类生活中至高无上的优柔寡断。所有这些都使他显得"现代"——比较普鲁斯特和乔伊斯，还有巴特勒。但他并没有一种关于人类生活的明确的"观点"（他的善感只是卡在布道坛上的一堆棉花）。

松散却又强韧。他的魅力在不加克制的时候，一定会让你颤栗。

头脑中总有些乱七八糟的东西。

---

① 《埃瑞洪》（*Erewhon*）是英国小说家、小品文作家和批评家塞缪尔·巴特勒（Samuel Butler, 1835—1902）发表于一八七二年的幻想游记小说，所谓"Erewhon"就是"nowhere"的倒写，意为乌托邦，预示对永恒进步所抱幻想的破灭。——译者
② 参见蒲隆译《项狄传》411—412 页。——译者

对这部小说越是细想，我给它的评价就越高：尝试阅读斯威夫特、伯尼小姐①、斯摩莱特②后，将其置于巅峰之上。

再次征引：

　　难道我们注定要不分圣日和工作日，像僧侣摆弄他们圣人的遗物那样一直摆弄学术的遗物直至永生之日——而不用它们创造一个——一个奇迹？③

　　贞节本是所有情感中最温文尔雅的——可要是只把头给它——它可就像一头张牙舞爪怒吼咆哮的狮子了。④

"但凡古怪的玩意儿都不会长久。《项狄传》就没有流传下来，"约翰生博士在一七七六年下此断言，不幸未能言中。

《摩尔·弗兰德斯》一部伟大的历险小说，《佩里格林·匹克尔》⑤却很愚蠢，因为它并非源自笛福（原文如此——编者）

---

① 伯尼（Frances Burney, 1752—1840），英国小说家，作品多写涉世未深的少女的经历，代表作为《爱维丽娜》。——译者
② 斯摩莱特（T. G. Smollett, 1721—1771），英国小说家，主要作品有小说《蓝登传》和书信体小说《亨弗利·克林克》等。——译者
③ 参见蒲隆译《项狄传》349 页。——译者
④ 参见蒲隆译《项狄传》353—354 页。——译者
⑤ 《佩里格林·匹克尔的历险》（*The Adventures of Peregrine Pickle*）为英国小说家斯摩莱特发表于一七五一年的长篇小说。——译者

想讲个故事的最深切冲动。摩尔是个能给你肉体实感的人物，结实实圆滚滚的四肢不论是床上功夫还是扒窃本事都甚是了得。感觉如此真实，她最后的悔悟也并不显得牵强附会了，笛福真正做到了既下流又虔诚，而且绝对真诚。我本不认为竟能做到这一点的，除非你是在写自传，或是据实照录别人的自传。令人百思不得其解——百分百的女性感觉，没有丝毫人工的痕迹。女主角尽管如此迷人，却一直恪守她自己的游戏规则，而且从不试图博取我们的同情。当她和她那位"兰开夏郡夫君"发现对方竟然都是不名一文的骗子时，他们并没有相互指责，就像（此处空缺——福斯特想必是忘了兰木尔夫妻俩的名号；见正文的相应段落［本书61—63页］及接下来援引的段落，本处和正文的引文相同。——编者）。跟狄更斯相比，这不但更符合生活的真实，读来也更加趣味盎然。这公母俩要面对的是事实，而非作者的道德观，公母俩都是通情达理心地善良的泼皮无赖，才不会为了这点鸟事小题大做。然而，笛福又自始至终确实认为偷窃和随便跟人上床是错的。（还是认为被抓到才是错的？）

是摩尔的正派的实际效果比作家原本的意图更加奇特有趣吗？她在抢那个上完跳舞课回家的小姑娘的金项链时的反思是多么富有正义感！没有丝毫的伪善。我们开怀大笑，没有丝毫的苦涩或是优越感。"我带上一种忧郁的调调说'不，孩子；那个男孩儿给我打淡啤酒去了'"具有十足的喜剧感,而其中的部分效果又是随机的、偶然的(她当时是想偷一杯啤酒喝)。真正伶俐的伦敦市民式乐子——她的处身哲学是"人生就这么回事",她的地狱就是新门监狱。

一段并不典型的引文:

> 不管人们随口怎么说我们女性不能保守秘密,我的一生明白证明了事实正好相反;但是无论是我们女性或是男性,一桩重要的秘密总该有个推心置腹的人,一个密友,对着他我们可以说出这秘密的欢欣,或者愁闷,不管是喜是悲,否则那将变成双倍的重量压在心头,也许甚至变得无法忍受;所有人的经验都该能证明我说的是实话。

> 正是因为这个原因,常常不论男女,哪怕是在别的方面具有最伟大最优良品质的男人,都会发现自己在这一方面却很软弱,不能够独自忍受一种秘密的欢欣或是秘密悲痛的重压,却被迫得向人说出这一秘密,哪怕仅仅为了发泄一下,使被它的重量压得难受的心儿可以松快一下。这也绝不是愚蠢和糊涂的表现,纯属自然的过程;这班人,如若再挣扎着来压制这种需要,一定也会在梦中把秘密全盘道破……①

摩尔仍然在讲话,却无疑是笛福的声音了。他照例会说"我当然相信无穷大",被逼无奈的巴士司机也会这么

---

① 参见梁遇春译《摩尔·弗兰德斯》296—297 页,略做调整。——译者

说——至此已经无话可说了：它比否认更加彻底地关闭了大门。

先是欺骗一个人，然后又在适当的时机以讨他喜欢的方式向他坦白，更容易得到此人的好感。自命不凡的心理学家不定得费多少周折才能认识到这一事实，可笛福凭本能就已知道。他在新门监狱中到底发生过什么事？那是否就是他创造力的萌芽？

这部小说的形式直接源自其主题：摩尔先是不断嫁人，然后入店行窃，再到因之而受罚和悔悟。也曾一度想将她那位亲兄弟夫君当作情节的中心，不过最终不了了之；等她跟她那位兰开夏郡夫君再次碰到他时，为了省却麻烦他就不但瞎了而且傻了，而且这个插曲就在摩尔的私生子那商业味儿十足的文雅举止中划上句号。而那位商人夫君，合法的丈夫，在人间蒸发后对小说就再也没有丝毫贡献了。显然，笛福开始写的时候原本为将来的发展四处预留了些线索，比如一个孩子什么的，可实际上却都撇在了一边，全靠本能的驱动写作了。

风格：

> ……一个骑在马背上的跟班，还有一个帽子上插着鸟羽，骑在另一匹马上的侍童。

我自己的营生出息少得可怜，只有一次，在一个很小的乡下歌剧院里我设法从一位女士手边顺了块金表，我觉得那位女士不光是开心得叫人受不了，肯定还有些醉了，这么一来，我的营生干起来也就更容易了。

我说，这是板上钉钉的真事儿；我认得他的衣服，我认得他的马，我还认得他长什么样。

……这裙子确实是太不可思议了，崭崭新，正合身，还华贵得很是奇妙。（《罗克珊娜》；岂非是故意得"很是奇妙"？）[1]

活的人物

一部小说中是否创造出了活的人物，用反向测试的方法最容易发现。如果某个人物总是吓我们一跳，让我们觉得意外，那就证明它已经死了。如果一个人物是活的，就会随之带来很多别的东西：我们根本就不会去想这个人物是不是死的，转而关心别的问题了。如果一部小说的边界之内所有的人物都是活的呢？可能吗？值得吗？《战争与和平》就是

---

[1] 上面四段引文中前三段出自《摩尔·弗兰德斯》，最后一段出自《罗克珊娜》，但四段文字的语气和口吻非常一致，自然是有意为之，所以福斯特有此评语。另外，"很是奇妙"的原文用的是"wonderful"，此处原有个编者注，说明在笛福时代，这个形容词经常用作副词，福斯特借用了一下，所以加了引号。——译者

200　　译文经典

啊，可这部小说根本没有边界。很多小说会分裂开来；所以一位小说家的贫乏有坏处也有好处。

公理：小说必须要么创造出一个活的人物，要么具有一种完美的模式：否则必败无疑。（那《白鲸》又当如何呢？）

讲故事：属于返祖因素；头发蓬乱的公众围着营火打呵欠，唯有悬念才能让他们不至于睡过去①。如果故事讲的是活的人物，很好，不过对于傀儡戏公众似乎同样感兴趣，确实还更喜欢它们，因为他们借机想起了堆积在脑子里的其他故事。（"哦不，那可不成，这应该是我们说我们自己的话，"他们在伍拉斯顿如此抱怨《战俘》。②）

注意：讲故事的不必在意线索的前后呼应。他只要能让那群头发蓬乱的野人保持兴奋，就无须什么情节。电影。大声朗读出来——据说大声朗读司各特效果会更好。

模式或节奏在我看来是小说的第三大要素，不过这两个词儿用起来便当，要界定就不那么容易了。它们跟故事有所关联，而故事又须得跟活的人物有所关联。模式可以就是情节——这两者在《卡拉马佐夫兄弟》中完全融为一体，可以

---

① 要么就要靠出乎意料以及期望再次出乎意料。不过这已经是比较敏感的听众才具有的素质了，已经距离文学更近了些。——作者

② 伍拉斯顿是格洛斯特郡以西塞汶河北岸的一个农村教区，此处提到的《战俘》（*The Prisoners of War*）则不详。——译者

互见：这种情况下可以增强小说的力量。或者，这两者也可以分道扬镳，比如说《荒凉山庄》，其中情节成为一个复杂的迷宫，侦探会有兴趣探个究竟，而模式则差可比作流动不居的伦敦雾。（记住：阅读《金碗》；你可以通过看清詹姆斯为了成就一种模式付出多大的牺牲，明白模式的真正意义……剪下甜菜根和小洋葱来做沙拉：因为我知道，单单因为蔬菜的生殖器不那么突出和显眼，他就宁肯一直吃素……）

P·卢伯克的《罗马图景》具有一种适当的机械模式。他认为（《小说的技巧》——一本挺有感觉却缺乏精气神儿的书）一部小说写出来，最终结果应该能用一句话来概括，"十个词儿就能说出它的真意"，所以面对《战争与和平》他才手足无措，虽说他"适时地"承认它的勃勃生气。所以对他来说，模式和节奏应该不难界定：因为他将这两者跟情节联系在一起，并且认为其结果可以一语道破。我必须得把他通读一遍吗？

前代作家就像一个憋气的房间，继之而起的下一代人把时间白白浪费了想容忍它。他们真正该做的是把门打开，拍屁股走人。那个房间容或很宽绰，很机巧，很和谐，很友好，可它有难闻的气味，而且这气味你无处可逃。于是一边给《泰晤士报》写信，一边把窗户给敲破。"太遗憾了，年轻人不再有宽容心肠了！"大体如此。可竟然有生老病死这等事才是真值得遗憾的呢，因为这才是真正的麻烦。继之而起的下一代占据的公寓到了时候一样会气味难闻。（我觉得气味难闻的作家：亨利·詹姆斯，梅瑞狄斯，斯蒂文森；若说哈代还不至于如此，那不是因为他的小说比上述这三位高明——他的小说并不高明——是因为他的小说中充满了伟大的诗意。）

"惊诧莫名"的梯子从祖师爷亚当就开始了。马修·阿诺德以其《埃特纳的恩培多克勒》令大众"惊诧莫名"，到了晚年，他又被H·A·琼斯①先生吓了一跳，而如今琼斯先生本人又为了所有的一切，为了那些我都不认为代表了新鲜和年轻的作家而惊诧莫名——或许跟青年时期的马修·阿诺德②倒更容易投契些。所以在文学界，前代作家并不能使我们免受"时间的暴政"摧残。上一代的局限昭示出我们自己的局限，使我们也开始显老，而我们则以指责上一代过了时进行回击。你在读梅瑞狄斯的时候不可能像对待菲尔丁那么单纯和公正，能一只眼睛盯着作者的趣味，另一只眼睛盯着他的成就。（我十九岁出水痘时读的《汤姆·琼斯》和《伊万·哈灵顿》，强烈地感受到这一点。）

---

① 琼斯（H. A. Jones, 1851—1929），英国剧作家。先是以情节剧崭露头角，后致力于维多利亚时代的"社会剧"创作。——译者
② 手稿在阿诺德前面还加上了个"如今惊诧莫名"的定语，不过这太像是卡了针的唱片在不断重复了。——编者

H.C.D.[①] 小说因为是散文体的[②]，因此都多少假装在表现日常生活。这就是它们的 H.C.D.——既谲陋又无趣；不过在此之上可就各有千秋了。将小说想象成一封信倒是不坏的策略。把所有小说家都想象为在大英博物馆的某个阅览室同时写他们的信，而且同时完成主题各异的书籍。

日常生活充满了时间感。"她拉响门铃，男仆来应门。""将军命令停火。""殿下拉了一下绳子，大英国旗就此展开，特威迪先生的纪念碑也立马现出身形。"我们不知道王子殿下为什么会出现，也不知道那纪念碑到底是何身形；要回答这类问题需要别的才具；不过我们确实知道一件事发生在另一件事之后，而且这种强迫性的时序观念充斥着我们的日常生活，成为小说可怜巴巴的共通单位。（如果严肃对待时序问题，就会产生一种伤心的效果——《婆婆经》[③]——不过还不是悲剧性的：《战争与和平》的效果建基

---

① 原文如此。福斯特的意思应该是"最大公约数"（Highest Common Factor），或者是"最小公分母"（Lowest Common Denominator）——前者或许更加确切，后者更经常用于比喻性语境中。——编者

② 既如此，小说是否跟戏剧具有同样的 H.C.D.? 也许我的观念整个就太过含糊，这种时序的伪装也许对于整个文学来说都是普遍现象，一个字一个字地书写过程也许就已经暗含了这种意味。不过就音乐以及字句的音乐层面而言，则没有这种隐含意味：它们跟日常生活中的时序没有关联。——作者

③ 《婆婆经》跟库普若斯（[Couperus, 1863—1923]，荷兰著名作家。——译者）的《年华老去，世事无常》（Old People and the Things that Pass）之所以跟"伟大"失之交臂，是因为其主题就是"人会老去"。人当然会老去。日常生活就是年华老去——它就是人类和一切造物都要面对的时序。伟大的小说则必须建基于某种超越了"理所当然"的基础之上。——作者

于别的基础之上。如果轻率或不假思索地对待时序问题，则会导致激情的松懈和价值观的浅薄。因此一直以来，就有很多小说家有意跟时间玩各种花招。普鲁斯特、艾米莉·勃朗特、斯特恩、康拉德都发现"时间"可不是他们的朋友，或者只能说有时候是朋友，如果他们想如己所愿地写作，他们就必须得将"时间"控制得规行矩步。）

《鲁滨孙漂流记》是典型的英国小说，也唯有英国人才当它是成人文学：看到比他们还迟钝的人竟然也能过上历险生活，这感觉舒服啊。没有任何欢欣、机智或是创新。（试比较"礼拜五"跟《罗克珊娜》中的爱米；或是那两场风暴。）简直就是童子军指南。鲁滨孙可不像摩尔·弗兰德斯、罗克珊娜或是西尔科克①本人，他从来都没有任何发展或变化。

　　跟三十年前一样感觉无趣。其唯一的文学价值在于那段精心设计的描写野蛮人的高潮。具有历史价值，自是毫无疑义，还是其他架空的历险小说的鼻祖，比如《金银岛》。几乎跟《西格尔顿船长》②一样糟糕，绝不会去读它的第二部了。

---

① 西尔科克（Alexander Selkirk）是笛福创作鲁滨孙的原型，此人曾独自一人在荒岛上过了四年四个月。——译者
② 笛福受《鲁滨孙漂流记》大获成功的鼓励写的又一部历险小说。——译者

于是我换了个角度问他：是谁创造了大海、山丘、树林，是谁创造了我们脚下的大地？他回答说，是某一位贝纳默基老人创造的，他比世间的万物都活得长久。他说不出这位大人物的任何细节，只知道他年岁极高，据他说，那年岁比大海和陆地，比日月星辰都高。我随即问他，既然这老人创造了万物，为什么万物不崇拜他呢？他带着非常严肃又十分天真的神情答道，万物都对他唯唯诺诺的。我又问他，他们那里的人死了之后会到什么地方去吗？他说，是的，他们都去了贝纳默基那儿；我接着再问：被他们吃掉的那些人也去那儿吗？他回答说，是的。[1]

礼拜五于是"聚精会神地听我说着，心悦诚服地接受了我们的观念：耶稣基督是上帝派来为我们赎罪的"[2]。可是竟然丝毫不感到惊异。笛福从来都未曾真正离开过新门监狱或巴塞洛缪小巷，虽说我必须承认他在半真半假的王国里偶尔也会大获全胜。就看看上面引的段落，虽说傻得很，还是写得很好。若是跟

    他的法术有很大的力量，

---

[1] 参见黄杲炘译《鲁滨孙历险记》137页，上海译文出版社2001年8月版。略作调整。——译者

[2] 见黄杲炘译《鲁滨孙历险记》137—138页。

就是我老娘所礼拜的神明塞提柏斯也得听他指挥①

摆在一起该有多傻！笛福的这种偶一为之从来没有发展成为一种技巧——诗的成就之一。鲁滨孙的荒岛不同于普洛斯彼罗的荒岛，是因为岛上没有真正的野蛮人，而且没有原始宗教的迹象，而这种不同则盖因两人之间存在一条想象力的鸿沟。

我也想就《罗克珊娜》附注一笔。它跟《摩尔·弗兰德斯》一样好，可是少了其中的偷鸡摸狗，结果小说形式上就逊了一筹，而且小说的道德感也有所不及，它关注的单单只有性，所以显得陈旧过时。（顺便提一句，笛福为什么只关切女性的性生活呢？他对男性性生活的表现总是马马虎虎——比如《杰克上校》②。只有在出现一个女人的情况下，他才会活跃起来。）强暴爱米和对逼近荷兰的那场风暴的描写：前所未见的好文章。

弗吉妮娅认为，有三种最基本的视点：上帝的，人的以及大自然的，而鲁滨孙在所有这三种视点上都让我们碰了一鼻子灰，他逼迫我们去琢磨一个"大陶罐"——亦即，笛福

---

① 莎士比亚《暴风雨》第一幕第二场凯列班的台词，朱生豪译本，见《莎士比亚全集》第一卷，21页，人民文学出版社 1978 年 4 月第一版。——译者
② 《杰克上校》（Colonel Jack）是笛福出版于一七二二年的长篇小说，与《摩尔·弗兰德斯》和《大疫年日记》出版于同年。——译者

具有一种弗吉妮娅称之为"常识"的现实感。她得出这种乏味无聊的布卢姆斯伯里式结论，盖源自：只要作家足够相信一个罐子，那么罐子"观"也可以跟宇宙观一样令人信服。①我却觉得这样一个作家只不过是个厌物。

格列佛无非是个幻想世界中的鲁滨孙·克鲁索。周围的人要么比他大，要么比他小，要么就是马，于是他就得出了推论结果。他具有鲁滨孙完全没有的坏脾气，而且道德上的义愤促使他创造出勒皮他飞岛的奇幻世界，这是他游记中最成功的部分。不如《埃瑞洪》，甚至不如《侏儒回忆录》②，因为他从来都未能成功地使读者感觉他处理的是活生生的材料。义愤可不是什么创造性的推动力："拜托，你总是义愤填膺，可为了什么？"我们会忍不住喊叫。

那本书里面附了好几幅地图。是斯威夫特本人画的？没多大意思。

［引自勒皮他卷：］"他说他们［斯特鲁布鲁格］在三十岁以前，一般说来，跟凡人没什么两样，但三十岁以后他们就渐渐忧郁、沮丧起来"云云——不过，我得把这段抄录到我的杂录中，放到"老年"名下：目光敏锐的斯威夫特在此处

---

① 详见弗吉妮娅·伍尔夫《普通读者Ⅱ》中《鲁滨孙漂流记》一文。——译者
② 《侏儒回忆录》（*Memoirs of a Midget*）为英国小说家兼诗人德拉梅尔的小说代表作。——译者

显露了他最好的一面。

这些更接近真实事物而非司各特式室内装饰物的十八世纪小说家，他们身上或许也有某种干巴巴的诗意。如果浸入适当的液体中，鲁滨孙、格列佛和项狄也能膨胀起来——他们不会腐坏。可是浪漫主义者认为就该"诗意盎然"。他们不会容忍我们的。

十八世纪小说的**日期**问题：

> 一七二二年 《摩尔·弗兰德斯》
>
> 一七二六年 《格列佛游记》

然后就是二十年的间隔，理查逊、菲尔丁和斯摩莱特才一道涌现，而斯特恩和哥尔德斯密斯要到六十年代才崭露头角。

边界问题[①]：《天路历程》、《享乐主义者马里乌斯》、《圣经在西班牙》[②]、《幼子历险记》、《大疫年日记》、《朱莱卡·多布森》、《拉塞勒斯》、《绿厦》——这些都算是小说吗？还有，如果我们给出了明确答案，我们就能更好地欣赏它们了吗，还是正好相反呢？

---

① 以下列举的作品或是哲理小说，或是纪实作品，或是幻想作品，从体裁上讲皆非"纯正"的"小说"（novel），都有"跨界"之嫌，所以作者用了"边界问题"（border cases）这一说法。——译者

② 《圣经在西班牙》（*The Bible in Spain*）是英国著名旅行家和散文作家巴罗（George Borrow, 1803—1881）的著名游记作品。——译者

我没办法回答，对别的有关作品题材和处理手法的问题也同样束手无策，我的办法是对所有这类问题干脆置之不理，把它留给我们的考试体系去操心吧，要么就留待大家到了一定年龄后似乎总归要较一下真儿的时候再去讨论。想要显得严肃认真的渴望经常假扮成公正无私的好奇心。

《克拉丽莎·哈洛威》。已经读了三分之一。这种卷帙浩繁的作品通常会得到过分褒奖，因为读的人希望说服他人和自己他并没有浪掷时间。试比较圣保罗关于不朽的论点。我自是觉得无趣，不过这部小说经由不断重复倒不显得单调乏味——那些没完没了的变奏和转调本身也不够有趣——就这么回事。我倒从没觉得好笑。秉承着她对交媾和性关系的先入之见，克拉丽莎得出的结论微妙而又真切。在她的世界之内，她是合情合理的。她既悲惨又迷人。理查逊天性悲观。［本书 14—15 页的引文］绝非浅薄之辈所能为也。比较阿拉贡的凯瑟琳［即《亨利八世》中阿拉贡的凯瑟琳王后］。

　　这部小说提出了题材的问题。在其界限之内它是伟大的。可这界限何其有限！

小家子气。我们必须牢记环抱在我们疆界之外的群山峻岭，虽在疆域之外，却仰头就能望见——托尔斯泰、陀思妥耶夫斯基、普鲁斯特。他们的存在可以给我们的文学批评定一定秤盘星，使我们警醒，不再太拿《中洛辛郡的心脏》当回事儿，不再耽溺于《克兰福德》中不能自拔。我们那帮伟大的英国小说家——笛福、理查逊、斯特恩、狄更斯、简·奥斯丁、艾米莉·勃朗特——非但称不上真正的伟大，恐怕连震唬一帮小巴腊子的别具一格的伟大都不称。这对文学创作倒没什么害处，可对文学批评就不同了。英国诗不论是质量还是数量自可以睥睨当世。而英国小说虽数量众多，却无论就生命力还是深度而言，都绝对算不得最好。

对读者推心置腹、妄充知己，将人物的一切和盘托出：这就等于是在心智和情感方面的双重自我贬低。你是试图通过跟读者称兄道弟来掩饰你作为创造者的种种不足。就仿佛拉人家去喝酒，好让人家同意你的意见一样。小家子气的唠叨、饶舌。菲尔丁和萨克雷。司各特偶一尝试时简直可怕。结果总是滑稽可笑，就好比邀请读者来到人物的背后，看清楚他们是怎么被挂起来的。"甲看上去不错吧？""让我们琢磨琢磨乙为什么要这么做。""还有丙——他历来就神秘兮兮的。" 读者的亲近感是赢到了，却牺牲了幻觉和崇高感。最能导致小说品格降低的就是这个了（可《项狄传》又当如何？）。

对读者推心置腹，带他去认识你小说中创造的那个世界则另当别论。如果小说家跟自己的人物拉开一定距离，却把他所认为的一定环境下的人生真相概括出来，会伤及小说的人物吗？托尔斯泰、哈代、康拉德。

［以上参见"人物"一讲］那么，小说家时而彰显时而又故意隐藏的把戏又当如何？只要适合小说的表现，一般的小说家都是全知全能的，然后又会理直气壮地拉上窗帘，大摇其头，只作不知。深受完美主义者诟病。只要他能成功唬得过读者，我倒看不出这有什么不妥。这可远没有喋喋不休来得致命。这种能在不知不觉间扩展或是紧缩视角的能耐，倒确实算是小说这种文学形式的优势之一呢，而且这也正跟我们实际生活中的视角契合：我们有时候会比别的时候愚蠢，这种断续的状态正可以使我们接受到的经验多姿多彩。在这上面可犯不着大惊小怪。

不过，这一重要的主题仍须得进一步探讨，学术上的区分须得进一步考察——比较我剪贴簿中的"小说工厂"，84页［即附录 B］——而就此又会提出一个更具普遍意义的问题：为什么以某些方法误导读者是对的，而另一些方法就是错的呢？

《奉使记》（《小说的技巧》曾做分析［169—182 页］）。模式编织得巧夺天工。斯特瑞塞和查德就像阿·法朗士的帕弗尼斯和泰伊丝一样互换了位置，不过是有条件的。斯被派往巴黎，将查从巴黎的堕落中拯救出来，重返庸常世界和家族产业①，可他发现查并未堕落，反而得德·维奥内夫人之助获得了救赎和提升：结果他放弃了自己的使命，熄灭了迎娶纽瑟姆太太的期望，他非但不再反对巴黎，反而开始为巴黎而战②。然而后来，他在一次乡间远足中意外邂逅正在恣意作乐的查和德·维夫人——他们俩想必是耻于他们的勾当，他们的谎言使他看穿了他们鄙俗的真相③，于是，他想象的力量比之于他们的青春年少也就具有了更高的精神价值。查终将会对她感到厌倦，他将重返美国。斯将会失去——同时又赢得——所有的一切。

模式由此织就——可是代价何其惨痛！大部分人类的生活都必须引退——所有的乐趣，所有果敢的行为，所有的性爱，等等，还有十分之九的英雄气概。这些残缺不全的人物唯有在他的书页间才能呼吸——虽残缺却别具一格：比较，阿肯那顿朝代埃及艺术中出现的那些精美的畸形形象——只有脑袋，四肢全无，却仍魅力十足。这种对人性的残害恐怕只有对于超人而言才是值得的吧？我们对于亨·詹结构纹理的概括和提纯并不能产生一种宗教或是哲学，只得到一种模式，一种图案，非纯种马和露天看台绝不适合编织

---

① [本脚注包含本书 173—174 页的部分引文，后接以下评论。——编者]一个显示亨·詹能力的典型实例，他最擅长在顷刻间就指出，并不断强调某个人物只不过是个二流角色，敏感不足，却又老于世故。他赋予这样一类人物以勃勃的生机，结果总是使他们愈发显得荒唐愚蠢。——作者

② [本脚注内容即本书 172 页的引文。——编者]

③ [本脚注包含本书 175—176 页引文的大部。——编者]

进去。他笔下的人物相互间会说"可您真是太奇妙了","可您又多么伟大",他们确实称得上奇妙,可绝算不得伟大。亨·詹非常聪明,克己和怯弱在他来说差不多是一回事。他的小说艺术如此确然,如此不容辩驳,我们在阅读时会倍感欣慰。可是却总是无法感到满意。我们仍旧会说:"这怎么能行?"而他仍旧会回答:"也许吧,可对于我那可怜的小说确实能行。"

风格。你无论如何用力摇晃他的句子,都不会有丝毫的陈词滥调掉落下来。可是他又往往在写出了一个好句子之后,又绕过它,像个白痴一样,再写出好几句没那么好的句子,而且只有经由措辞上的曲解才能跟原来的好句子联系起来。

人物。他最主要的人物是个力图对行动有所影响的观察者,由于干预意图的失败又赢得额外的观察机会。(斯特瑞塞,《波英顿的珍藏》中的弗莱达)。经常有位母亲躲在背后,还有一种无可名状[①]的疾病。然后就是如上文所述的鄙

[①] 请注意:他是多么痛恨为任何事物命名! 我们可以拿纽瑟姆家族产业生产的那种匿名的小玩意儿跟《托诺-邦盖》作一比照;可参看《地毯上的图案》(亨利·詹姆斯的著名中篇小说,推究出"地毯上图案"——对一位著名作家总体创作意图的比喻——的人要么死去要么绝不会开口,"地毯上图案"究竟是什么,终成谜案。——译者);还可以听听H·G·威本人唱的反调:"詹姆斯一定要求得一种均衡同一。一本小说何必非要如此不可? 对一幅画提出这种要求倒是合理的,因为你必须得一眼望去就收眼底……"[以下部分同180页引文——编者] ——《恩惠》102—106页。对于亨·詹的回答:[以下空缺——编者]。

俗的喜剧角色（亨丽爱塔·斯塔克波尔是个更早的先例）。其他都是些适合通过超一流的配镜大师配备的镜片进行观察的人物。如果将爱玛或是汤姆·琼斯引入亨·詹的世界，他们倒不会显得不合适，而是会根本不见了影踪。

圆形人物与扁平人物——类型人物，气质类型。我论述人物的一个讲座将转到这个方向。托尔斯泰笔下全是圆形人物。还有简·奥斯丁——被不恰当地描述为在象牙上精雕细刻的微型画家。如果你喜欢，倒不妨说雕刻的是樱桃核。可是就连贝茨小姐都有自己的头脑，连伊丽莎白·艾略特都有自己的心肠。刚发现伯特伦夫人竟然也有自己的道德观时，我真是大吃了一惊。我没意识到这么讲求连续性的小说艺术竟然还能留这么一手，因为先前一直都把这位夫人跟她的巴儿狗安置在沙发上。

狄更斯的人物都是类型人物，可是他充沛的生命力使他们也微微震动起来，其实是他们借了他的生命，因此看起来好像也有了自己的生命。密考伯先生、匹克威克、杰利比太太[1]都生机勃勃，可是我们却不能将他们转个身，就算转个身也看不到新的侧面。试比较匹克威克和福斯塔夫。威尔斯——跟狄更斯一样——也并非真的在创造：吉普斯和《托

---

① 《荒凉山庄》中的女慈善家形象。——译者

诺-邦盖》中的婶婶算是主要的例外。同样靠的是作者的生命力。

狄更斯与威尔斯的相似之处：同样出身低微，同样是伦敦佬的世界观，同样写的是喜剧，处理的是社会问题——再加点义愤的作料。把人物拉进自己的小说中，事后又矢口否认这么做过。威的观察力更强——他摄下他见过的大千人等，然后再把照片晃动起来。狄则更仰赖类型人物。

扁平人物只要再次出场一眼就能被认出来。因此对于讲故事来说有其优势所在。而且那些致力于创造圆形人物的作家，如普鲁斯特的德·夏吕斯男爵，也经常需要些扁平人物充当次要角色——莫莱伯爵夫人。在展现社会-社交图景方面大有用处。不料却深受诺曼·道格拉斯诟病：

> 我刚刚说到传记中的小说家笔法。那这种笔法到底是怎么回事呢?〔以下部分同 75—76 页引文。〕
>
> ——《吁请更好的态度》(对D·H·劳伦斯的攻击)

注意：现在小说中出现了一种伪圆形人物的倾向。临近小说结尾了，却又针对某个扁平人物说了些自相矛盾或难以置信的话，为的是让读者觉得这个人物很有深度，指责读者先前做出的判断太过肤浅。

"恶"。在英语小说中一直不怎么敢正视，一般也就止于将之表现为行为失当，要么就用神秘兮兮的云团将它包裹起来。小说家在认为有必要描写"恶"的时候，要么将其表现为性和社会的恶，要么就以某种特别的风格化出之，以一种诗意的方式予以隐约暗示。我不相信"恶"的存在，不过大部分作家认为它应该存在，借以形成小说情节的背景，也有一两位作家认为"恶"确实存在。陀思妥耶夫斯基。特别是麦尔维尔：

> 他［霍桑］身上这种强烈的黑暗的力量源自人天生堕落、负有原罪的加尔文主义宗教观，源自其"天罚"观念，这种天罚会以这种或那种方式呈现；却没有深入思考，认识到人的意识经常而且整个就是自由的。因为，在某种情绪的控制下，在掂量这个世界时，为了达到天平的平衡，任何人都会主观地加进某种东西，这东西不知怎么的就成了原罪。

霍桑（确实）只知道玩这种混乱或者说道德的游戏，相反，麦尔维尔却玩得清清爽爽、干干净净。

比利·巴德代表的是"善"——自然不及阿辽沙的"善"那般绚烂夺目，而且因麦尔维尔压抑的同性恋倾向而成色大减：不过他仍然具有炽热强烈的善，这种善只有碰到针锋相对的"恶"时才会被激发出来：善被

［引文同 157 页引文——编者］

而被比利杀死的克拉加特呢：

> 文明，尤其是那种严厉阴郁的文明，对它（即人天生堕落
> 的观念——作者）是只有助长的。它……具有［以下同 158 页
> 引文——编者］。

不知道麦尔维尔是什么意思，不过他知道得很清楚，还
有如此一来可能采用何种宏大的小说人物观。

《白鲸》也是一场搏斗，而且自然比比利·巴德的战斗
更加宏大，可是亚哈和白鲸——他们到底代表了什么？
"哦，时代与人子之间的世仇，真是无止无休！"（《彼埃
尔》[1]，大抵不过如此吧。

其他表现邪恶的例子：希琴斯[2]和E·F·本森[3]作品中
终于停办的"潘神学会"——霍桑的《大理石的农牧神》是
其先驱——还有弗利斯特·里德[4]。康拉德？——极少有此

---

[1] 《彼埃尔》（Pierre）是麦尔维尔出版于一八五二年的长篇小说，同名主人公身
上有不少作者的影子。——译者
[2] 希琴斯（Robert Symthe Hichens, 1864—1950），英国小说家、新闻记者。——
译者
[3] 本森（Edward Frederic Benson, 1867—1940），英国小说家、传记作家。——
译者
[4] 里德（Forrest Reid, 1875—1947），爱尔兰小说家、批评家。——译者

诉求。亨·詹在《螺丝在拧紧》中想的不过是同性恋，还有就是他明里一直在排斥的这种意识必然使他陷入的慌乱。唯有具备对"恶"的感觉的作家才能真正将"善"表现得令人信服。我还是回到麦尔维尔和陀思妥耶夫斯基为好。至于说到"恶棍"的形象，我懒得专门论列，虽说他们有的是可说的。理查逊、狄更斯；受德国的影响；不一而足。

麦尔维尔的忧虑完全超脱了困扰霍桑或是"马克·卢瑟福德"们的只关乎个人的忧惧。在分享了麦尔维尔的忧虑后，我们的心胸会更加开阔，绝不会更加逼仄。

无趣。现代作家力避无趣，却往往导致肤浅。邦尼·加尼特①虽说有他的中心观念，终究表现得浮皮潦草。事关面子，绝不能成为厌物。厌烦在信仰坚定的时代还没这么普遍。狄更斯在这个意义上堪称现代，他只有在写得糟糕时才惹人厌烦。可是夏洛蒂·勃朗特和乔治·爱略特在大肆屠戮我们之时却从来都是高歌猛进的。

厌烦的心理学？去问赫德吧。

厌烦和浪漫主义——都跟十八世纪无关。

---

① 加尼特（David "Bunny" Garnett, 1892—1981），英国小说家，布卢姆斯伯里集团成员。父亲 Edward 是著名批评家，母亲即致力于将伟大的俄罗斯文学译为英语的著名翻译家 Constance。——译者

《远大前程》。对我而言，气氛和情节（罪犯）的结合使它成为狄最坚实、最令人满意的作品。有时写得异常优美——比如第一部的结尾：

> 我迈开大步向前走，心想：这一次离家，倒比原来想象的要好受得多；又想，要是在大街上当着众人的面，让一只旧鞋子从马车后面扔过来，那可太不像话了。我悠闲自在地吹着口哨，把这次离家看得若无其事。但村子里却是一派宁静。薄雾冉冉消散，一片肃穆，仿佛有意要揭开那个花花世界，让我看见；我想到自己在这个小村子里是那样无知而渺小，村外的世界却是那样神秘而广大，顿时不由得长叹了一口气，失声而哭。出了村，就看见那个指路牌，我抚摸着路牌说："再见了，我的好朋友，亲朋友！"
>
> ……
>
> 马换了一次又一次，路愈赶愈远，再要回去也来不及了，于是我只得继续往前赶。朝雾早已在一片肃穆中消散净尽，那花花世界就展现在我面前。

匹普的远大前程第一阶段到此结束[1]

匹普还算恰如其分，他姐夫乔·葛吉瑞也不呆头呆脑。

---

[1] 见王科一译《远大前程》第十九章，193—194 页，略有调整，上海译文出版社 1998 年 8 月版。——译者

有时有些线索没有得到进一步发展——比如他姐姐葛吉瑞太太（还有律师贾格斯）的性格全无用处，赫伯尔特·朴凯特的性格一定得重新改定。不过所有这些瑕疵都无关紧要，而且一系列事件的过程既自然而然又令人兴奋。时不时地（比如写马格韦契的重新回来），狄紧紧抓住其中的微妙之处，而如果他总是抓住这些细节不放的话反而会妨碍他的步调了。匹普那冷冷的嫌恶和整体上的庄重得体。不是化用司各特，而是像有颗心脏在勃勃跳动。

冷冷的薄雾——在《大卫·科波菲尔》中只有冷而没有雾。深秋的英格兰。还有那条泰晤士河——试比较《我们共同的朋友》。

它真正的好处难以恰当地言表。卷帙浩繁的文学作品中难得的杰作之一。

虎头蛇尾。几乎所有小说在结尾时都会软弱无力。几个例外：真正的艺术家——简·奥斯丁、理查逊、亨利·詹姆斯、大卫·加尼特；或者幻想家——斯特恩。"我禁不住琢磨着那些意外的相遇，否则我就写不下去了，虽说这样的邂逅每天都会发生，除了某些特出的场合，它们却极少激起我们的意外之情。"——《威克菲尔牧师传》。他的确是写不下去了。真遗憾没有这么个规矩，允许小说家在自觉力有不逮的时候马上搁笔。《威克菲尔牧师传》写到一半就力有不逮了——到绘制完全家福，将普里姆罗斯太太画成维纳斯为止，之后所有的优美和机智尽付东流。奥利维娅的私奔破坏了这出喜剧，而且这一悲剧的大团圆结局更是雪上加霜——试比较《洛丽·韦娄斯》[1]，也是如此——当魔法开始时，小说变得何其愚蠢，当魔法的作用达到高潮时更是蠢上加蠢。

邦尼[2]的小说好就好在绝不虎头蛇尾。《动物园里的男人》最后之所以失败，全因作者没有把那位女士跟那个男人一道装到笼子里去。不过《[淑女变]狐狸》和《水手》[即《水手归来》[3]——编者]都善始善终，艺术效果稳步加强。

时间会将它所有的孩子裹挟而去，除非它们格外警惕。在令人麻木的生老病死、日夜更替的序列间，有些东西会渐渐麻木；因此导致一个故事中有些东西不甚令人满意。一个故事就是时间进程中的一个叙事，由回忆和预言所调节，结果注定要么虚假，要么压抑。故事是所有小说的基础，可单靠一个故事却无法构成一部伟大的小说，因为它受制于时间。它被认为最健康的艺术形式，其蕴涵的真正道德意义就是衰

---

① 《洛丽·韦娄斯》(*Lolly Willowes*)是英国女小说家沃纳(Sylvia Townsend Warner, 1893—1978)的代表作，主题和风格均与简·奥斯丁有些相像。——译者
② 即大卫·加尼特。——译者
③ 《水手归来》(*Sailor's Return*)也是大卫·加尼特的作品。——译者

朽，因此在虚假的"他们从此都幸福地生活下去"，在真诚然而可怕地紧紧抓住时间之流不放（《婆婆经》）之外，小说家还在尝试各不相同的逃避之途：使读者的兴趣转移到人物①上头——而非接下来会发生什么。或者使读者的兴趣更关注人物所经历的场景。或者舍时间的层面更强调其他层面——情节或是模式②（这个问题尚未明确解决：它能使小说成为艺术）。或者意外揭示或暗示某种无可超越的东西或力量——《白鲸》。或者以游戏态度出之——斯特恩、皮科克、德拉梅尔、诺曼·道格拉斯。

人性 对于乐于观察人性的任何人而言，它其实没那么神秘了。如今我们已经相当清楚地知道——并非人们将要如何行事，而是何以如此行事。人的命运一直以来就是沉思的对象，而人的本性（正如其起源）已经基本上得到确定（例如丹尼斯·曼斯菲尔德③的自负很明显不是他的又一个过失，而是试图遮掩他的低能。）

---

① 看来似乎显而易见，可是我们一旦承认了人物的重要性，我们等于不折不扣地给了故事以沉重一击。"一个故事就是有关九柱戏在时间中的一段叙事"跟"一个故事就是有关人们在时间中的一段叙事"相比，前者就是一个容易得多的命题，因为"人"实在太引人注目，他们即便在衰朽之后仍能继续幸存下来。——作者

② 假定——情节关乎智识，模式诉诸的是美感，你必须能理出《荒凉山庄》中情节突转的脉络，还须得有足够的鉴赏力，能欣赏《泰伊丝》或 *Together*（这部作品的情况不详。——译者）。——作者

③ Denis Mansfield，译者谫陋，没有查到出处，似乎是某部小说中的某个人物。——译者

人性还在继续发展吗——除了凭借人性自我观照的能力之外?

目标与成就。科学家以真理为目标,如果他发现了真理他就成功了。艺术家以真理为目标,如果他能挑起激情他就成功了。演说家以挑起激情为目标,如果他做到了他也就成功了。即便那些事先完全规划好了的作品,也有这个问题:作家也许希望他的骨骼架构会突然起火,不过他的用心应该集中于解剖学,而非去划火柴。那些没有事先规划好,而是自然生发出来的作品,目标与成就的问题就更突出了。

由此又引出两个问题:

一、 目的不纯——即为了赚钱,为了让别人受罪或是为了骗人:只有道德家才会断言这样的目标只能导致恶劣的结果。笛福的小说在道德层面上也就跟奥珀尔·惠特莱①或《年轻仕女日记》②不相上下——目的就是哄骗无知轻信的读者,一句话,为了骗钱。特罗洛普就是为了钱写作——早餐前就能写出[此处空白——编者]字。《约瑟夫·安德鲁斯》原是为了歪曲讽刺。还有写《新马基雅弗利》的威尔

---

① 惠特莱(Opal Whiteley, 1897—1992),美国生态作家、日记作家,她童年的日记于一九二〇年以《奥珀尔的故事》之名出版。——译者
② 全名 *The Diary of a Young Lady of Fashion in the Year 1764 - 1765*,一九二六年此书以 Cleone Knox 之名首版时轰动一时,被誉为可与佩皮斯的日记媲美,后来才发现此日记完全是捏造的,作者实为 Magdalen King-Hall,她十九岁时纯为了消遣写成,谁知出版商竟然当了真。——译者

斯，等等，不一而足。

二、忘了是怎么回事了。

"她对于人类心灵，尚不及对眼睛、嘴巴、手脚的一半关心。凡属敏锐的观察、得体的谈吐、灵活的举止，都适合她的研究；但是什么使脉搏飞速地跳动，虽说表面上看不见，是什么使血液全速地奔流，人生那隐匿不显的基础、死亡那可以感知的目标是什么——奥斯丁小姐则全然视而不见。"

夏洛蒂·勃朗特，H·里德引述

亚里士多德与阿兰论性格，等等。

人类所有的幸与不幸全表现于行动；我们生活的最终目的是为了某种特定的行动，而非品质。性格决定我们的品质，而行动——我们的所作所为——决定我们的幸与不幸。因此在悲剧中，他们不是为了表现性格而行动；他们是为了行动而将性格包含于其中……①

(在悲剧中)关于性格，有四点须注意：必须善良——必

---

① 引自亚里士多德《诗学》第六章。罗念生的译文为："[(幸福)与不幸系于行动]。悲剧的目的不在于摹仿人的品质，而在于摹仿某一行动；剧中人物的品质是由他们的'性格'决定的，而他们的幸福与不幸，则取决于他们的行动。他们不是为了表现'性格'而行动，而是在行动的时候附带表现'性格'。"见《诗学》14 页，中国戏剧出版社 1986 年 1 月版。——译者

须适度——必须真实①，这里的"善良"和"适度"跟我们对这两个术语的一般理解不同——还有必须一致；即使原本不一致，也须寓一致于不一致之中。〔备忘录中的本页分成了两栏，以上的摘录（标题除外）写在左栏。本来还应该在右栏引述阿兰，与亚里士多德形成对照。——编者〕

前面的十六页②均与我自己的演讲《小说面面观》有关。豪斯曼跟其中两条有关，我由此拜访了他，可他却毫不措意。

---

① 这第三点罗念生译作"必须相似"，并做注："意即与一般人的性格相似。或解作'逼似传说中人物的性格。'"这四点"注意"见《诗学》第十五章，30—31页。——译者

② 〔事实上是 20—35 页（一个无关的条目除外，此处略去）和 36 页的第一个条目，这个注释写在对页——37 页的左边空白处。36 页的另一个条目与《小说面面观》没有明显的关系。——编者〕

附录 B　小说工厂

福斯特针对克莱顿·汉密尔顿的《小说的取材与方法》写的书评(发表于《每日新闻》1919 年 4 月 23 日;署名为"一位小说家"。参见 10—13 页和附录 C)。

可怜的亲爱的小说呀!这可怜的、可怜的小东西!谁承想竟有这么一位克莱顿·汉密尔顿先生,在布兰德·马修斯先生的撺掇下,一直居高临下地盯上了它!它本来一直兴致勃勃地四处跑动,像只无害的母鸡,在人生的尘土和草丛中东刨西挖,发掘出那么多东西来,有的很珍贵,有的没什么价值。可是,哎哟!那头美国兀鹰突然猛扑了下来!倒不是说那头鹰有丝毫的不厚道或是粗暴。他不过趴在这只母鸡背上,跟她一一历数她一直以来都干了些什么。要是她稍稍抗议那么一声,说她压根儿就不知道她有什么特别的作为,那头鹰就大喊大叫起来,表示为了将来那些母鸡的利益,他要特意强调小说艺术中那些潜意识因素的重要性。结果就是这本大作了。还是修订、增补版。请看每位小说家都必须经历的"三大必要过程"（也就是，科学的发现、哲学的理解、艺术的表现）。再请看小说家必须引为目标的三大美德（即，重大的素材、精妙的方法和重要的个性）。还有小说家对天气的利用可能采用的九种方法。"虽说天气是每个人都会随口谈起的话题，"他谆谆教导我们，"可极少有人有资格深思熟虑又充满艺术才思地来讨论它。"当这些人提笔写小说时，他们的谫陋无能可就愈发彰显无遗了。因此，还是请他们从理论和实践两方面来研究一下天气吧，同时牢记以下的规则和实例。

首先，天气可以"压根不存在，比如在儿童故事里"。其次，它可以只起到"装饰"之用（比埃尔·洛蒂），也可以是"切实相关的"（《弗洛斯河上的磨房》）；可以是"阐释性的"（《利己主义者》）；可以"意在预先确定和谐的气氛"（菲奥娜·麦克利奥德）；也可以用作"情绪的对比"（《白兰垂小爵爷》）；可以成为"行动的决定性因素"（如吉卜林的一个短篇小说，沙尘暴造就了一对怨偶）；也可以成为"一种支配性的影响"（《理查德·费沃里尔》）；第九，它本身就可以是主角（《庞贝城的末日》中维苏威火山的喷发）。那只母鸡站起身来。她可算是开了眼了。可我觉得她再也不会觉得自己有下蛋的本事了。

事实上，要想写出好作品只能通过向好的作品学习。汉密尔顿先生对这一点是完全同意的，他还在每一章的结尾处强调一下："建议阅读的书目。阅读本章提及的最重要的几部小说。"可他不明白的是（至少在这一版中没有提到，不过下一版他还可以列表说明），我们不是通过研究一本好书来学习的，唯有通过喜欢、享受这本书才能学到东西，因此我们在他的大著中什么都学不到。他确实阅读面很广，而且他既聪明又渊博，渊博得震古烁今，可他既没有激情也没有鉴别力，因此也就根本没办法激发读者的这些品性。"当然没有了。它们都是内在天生的嘛，"他会微笑着反驳。没错，当然是内在天生的。可他的书在精神上否认了这一事实，虽说他可以在文字上肯定这一点。如果这本书落到了一位青年作家的手中，它的害处肯定大过好处，他会相信只需注意外在的材料和方法就能生产出一部小说来。一样产品如果由机器来生产，可能比手工制造得更好也可能更坏，可它终究是机器生产的，不论生产过程如何精良，它也不可能具有与众不同的个性特点。它也许完全符合逻辑，却永远不会契合生命和生活。"La vérité en toute chose étant extrêmement délicate et fugitive ce n'est pas à la dialectique qu'il est donné de l'atteindre，"① 勒南②如是说。对一个有创造力的作家而

---

① 法语：任何事物的真理都是极其微妙、转瞬即逝的，因此不能通过逻辑论证来把握它。——译者
② 勒南（Ernest Renan, 1823—1892），法国哲学家、历史学家，尤以历史观点研究宗教著称。——译者

言，任何分门别类、细致周全的阅读都没什么帮助，而对于一个没有创造力的作家，这样做的结果对他的帮助可就大了去了。比方说，他在叙述视角这个问题上就再也不会缠杂不清了。因为叙述视角可以分为以下几类：

类别一：外部视角

    1. 主人公的视角

    2. 重要配角的视角

    3. 不同角色的视角

    4. 通过书信呈现的视角

类别二：内部视角

    1. 全知全能的视角

    2. 相对受限的视角

    3. 严格受到限定的视角

由此他就可以胸有成竹地制造出七部不同的小说，假如每一部再分别采用一种对待天气的不同态度，他就有六十三部小说了。哦，对了，还有两种"语气"呢：主观的和客观的。那就有一百二十六部了。不过我还是从这一番高歌猛进中及早引退了吧。可怜的亲爱的小说！这可怜的、可怜的小东西！

附录 C 《小说的取材与方法》

克莱顿·汉密尔顿著作的某些段落，福斯特已经有所涉及（10—13页和附录B）。注意：福斯特对"建议阅读书目"的引用只出现过一次；在"叙述视角"的分类中，福斯特颠倒了"外部视角"和"内部视角"的顺序①。下文补注的页码均指福斯特评论的1918年版。

对天气的应用——至此，所有关于小说一般背景的论述自然落在了背景因素中最有趣的一种——天气上。在简单的故事，如一般的儿童故事中，天气因素可以付之阙如。天气还可以主要只起"装饰作用"，比斯宾塞诗中经常出现的金黄的东方黎明，或是比埃尔·洛蒂《冰岛渔夫》中那壮丽多彩的海天交响曲。它可以用作小说情节的一种切实相关的辅助手段：正如我们已经注意到的，在《弗洛斯河上的磨坊》结尾处，大雨倾盆、洪水暴涨的目的只在于溺死汤姆和麦琪。或者还可以作为"阐释"性格之用：《利己主义者》的作者告诉我们，克兰拉·米德尔顿拥有一种"穿着打扮跟季节和天空相适应的艺术"；因此，任何时候的氛围变化都能传递给我们一种她外观相应变化的感觉。有时，天气的应用可以更加艺术化，它可以预先确定一种跟人物的情绪相契合的气氛：这一手法在菲奥娜·麦克利奥德那些风狂雨骤的狂野小说中得到了出色运用。另一方面，天气还可以在情绪上起到跟人物相反相成的作用：《白兰垂小爵爷》中的小爵爷跟亨利先生的决斗就是在一个绝对寂静又严寒的夜晚进行的。天气还可以直接导致人物采取行动：在吉卜林早期的一个短篇小说《莽撞的黎明》中，让人睁不开眼睛的沙尘暴导致索马雷兹向一个不般配的姑娘提出求婚，由此造就了一对怨偶。天气还可以对人物造成一种决定性的影响：《理查德·费沃里尔》临近结尾处那可怕的暴风雨，直接导致主人公回到妻子身边，那一章就叫"大自然发言了"。在某些情况下，天气甚至本身就能充当叙事的真正主角：《庞贝城的末日》中维苏威火山的大喷发就直接给故事拉下了大幕。

虽说天气是每个人都会随口谈起的话题，可极少有人有资格深思熟虑又充满艺术才思地来讨论它。极少有小说家——他们几乎全都在近期才出现——表现出对天气的娴熟把握，——这种娴熟的把握建基于一种细致入微又精准无误

---

① 福斯特并未颠倒这两种视角的顺序，不知编者何出此言。——译者

的观察，即自然现象以及这些自然现象和人类的利害之间相互关联的一种哲理性感觉。或许最能证明罗伯特·路易斯·斯蒂文森技巧娴熟的例证就是他对天气的出色调配，他作品中的天气总是描绘得既生动又真实，总是能跟他的小说世界配合得天衣无缝，为之锦上添花。[112—114 页]

两种叙事语气，客观的与主观的：

1. 客观语气。在采用每一种具体的外部叙事视角时，除了最后讨论的一种视角，小说的作者都可以在两种截然不同的叙事语气中选择一种——客观的和主观的。他可以选择要么隐去要么强调他的个性在故事中的作用。伟大的史诗和民间故事都是以客观的语气讲述的……很多现代小说家，比如沃尔特·司各特爵士，对于他们笔下的人物和事件也都严格采用讲述史诗的态度：他们以一种广义的个人无意识的方式看待它们，以一种任何人都能看到它们的方式进行描述。另有一些作家，比如威廉·迪恩·豪威尔斯先生[①]，故意在故事中努力隐去个人的语调：他们在努力不干涉自己笔下的人物的过程中自觉地赢得了自我的胜利。

2. 主观语气。可另一类小说家则更乐于坦率地向读者

[①] 豪威尔斯(William Dean Howells, 1837—1920)，美国小说家、评论家，美国现实主义文学奠基人，曾主编《大西洋月刊》，著文评价当时的作家，代表作有小说《现代实例》、《塞拉斯·拉法姆的发迹》等。——译者

承认，小说中跟所有人物隔开一段距离的那位以第三人称描述他们的叙述者，其实就是作者本人。他们赋予小说叙事以一种主观的语气；他们坚持他们的趣味和判断的特殊性，从来都不会让你忘记是他们，而且唯有他们在讲述那个故事。读者必须透过他们的眼睛来看故事。举例来说，萨克雷就正是以这种方式来展现他的故事的——同情他的人物，赞美他们，取笑他们，或者爱他们，从不放过哪怕最小的机会出面跟他的读者讨论当下的问题……当然，那些最严格的小说艺术家们，比如居伊·德·莫泊桑，都更愿意采用客观的方式讲他们的故事：他们完全让自己的人物自行其是，读者完全可以不必透过作者的个性，自由地看待小说中的人物。可是也有这么一类文学，其对于读者的主要魅力正在于读者被允许透过作者的头脑来看待一切……这一叙事方式的优点和缺点在任何情况下都不是一个规章和原则的问题，而只关乎作者的品性。他能否安全地将自我挤进他的小说世界，完全依赖于他是个什么样的人。这个问题更加关乎个性而非艺术：对一个作者而言令人无法容忍的做法可能正是另一个作者最大的魅力之所在。[133—135 页]

附录 D 小说的艺术

本文原为广播稿，一九四四年十一月二十四日在英国广播公司（BBC）的东方节目中播出；据英国广播公司存档的一份打字稿排印。本文的文本采用了手稿上的几处改动（部分出自福斯特之手，其余的可能是经过他同意由节目制作人改的），而且略去了原稿中显然由福斯特本人删掉的几处结论性和概括性的论述。

小说的艺术。长篇小说的艺术。没错，可是哪部小说呢？我随手记下六部小说的名字供我们思考。名单如下：斯特恩的《项狄传》、简·奥斯丁的《爱玛》、赫尔曼·麦尔维尔的《白鲸》、狄更斯的《荒凉山庄》、亨利·詹姆斯的《奉使记》和 D·H·劳伦斯的《白孔雀》。这是六部优秀的长篇小说，可是就它们的艺术我们该从何说起呢？我再把这六本小说重复一遍。《项狄传》——这是一部十八世纪的幻想小说，主人公自始至终都还没生出来。《爱玛》——整本书倒是在在既合情合理又正规家常，小说的人物尽职尽责，小说的情节逐步推进，小说的气氛欢快活泼而又温和节制，其总体结果成就了一出高级家庭喜剧。《白鲸》——《白鲸》可就全然不同了，部分原因在于其主人公是一头鲸：它是一则有关大海的奇谭，同时又是对"恶"之神秘的沉思冥想，那头白鲸代表的就是"恶"。《荒凉山庄》——这是个有关人类，暖人心扉的故事，人数多达几十位，故事情节极度恢弘复杂，综合起来则是针对法律的延迟拖沓进行的批判。《奉使记》——亨利·詹姆斯在这本小说中分析了一位敏感的美国人的心路历程，他被派往巴黎挽救一位同胞免受这个城市的诱惑，结果他本人却爱上了巴黎这个光明和优美之城。而《白孔雀》呢——这是一本表现年少轻狂，表现色彩、鲜花、性困扰和性魅力的杰作，像是由一位灵感乍现的孩子记录得来。这六本小说都很优秀，按说我们应该可以从中推演出小说的艺术究竟是什么。

应该可以，可事实上行吗？长篇小说这种文学样式涵盖的范围实在太广，要对它进行概括推演几乎是不可能的。要想确定长篇小说的职责和范围难度实在太大——远远难于比如说戏剧、抒情诗甚或短篇小说。戏剧——总归是要演出的，所以一定得适合舞台以及观众的特定规范。抒情诗——本质上说就是一首歌，应该表达一种主要的情绪。短篇小说——跟长篇小说具有相同的文学媒介，可因为其短小，它必须事先就规划好它想创造一种什么样的效果，然后在实践中加以实现，当然也有可能实现不了。而长篇小说在我看来却没有任何规章可言，所以也就根本不存在所谓的小说艺术这种阿物儿。只有每位小说家在完成自己特定的作品时应用的特定的艺术。斯特恩在写《项狄传》时应用的艺术应该跟简·奥斯丁《爱玛》中的艺术正好相反。斯特恩希望写成插话式、幻想型小说，想不断用各种恶作剧、诡计戏弄我们。而简·奥斯丁在她选定的海伯里这个安静的小地方，就是想写一出家庭喜剧。假若这几位伟大作家真心想相互借鉴彼此的艺术，他们的作品想必立马儿就会灰飞烟灭了。他们都使用一种共同的媒介——散文——一种共同的材料——虚构小说——还有一个共同目标：把自己的活儿做得尽可能好。

现如今，论述小说艺术的书也有了不少，有些写得确实很好，这些论著已经给小说定下了应当遵循的规章。小说应该是写人的，他们说，应该包含一个叙事和某种情节，还应该通过某个明确的视角来写。这种"叙事视角"的教条有趣得紧，容后详谈。现在先回到我们罗列的这六本小说，把它们一一过过堂。《项狄传》——确实是写人的，可是写的方式相当怪异；而且根本没有一般意义上的情节或故事可言，其主要的兴趣全放在稀奇古怪的各种意外，还有无生命物体的顽固性上了，比如斯娄泼医生的那个包，简直就像是活了起来。如果你先为小说定下种种规章，然后再拿来检验《项狄传》，你就必须得承认这根本不是本小说。你一直读得兴味十足——可它竟然不是本小说。再来看简·奥斯丁的《爱玛》。《爱玛》确实经受住了考验。它是写人的，它既有故事又有情节，而且它还是通过一个叙述视角讲述的，即女主人公的视角。奥斯丁小姐讲给我们听的都跟爱玛有关，而且我们是通过爱玛的眼睛看到情节发展和其他各色人等的。这下子我们的兴致来了：我们定的规则是有用的，衡量的结果是我们有了本货真价实的小说。可一到了《白鲸》，我们又泄了气。《白鲸》里面虽说也有人也有历险，可它主要的兴趣却在于形而上的"恶"的问题，而"恶"又是由莫比·迪克——一头白鲸来体现的，对他的追击和死亡具有了整个宇宙的意义。虽说《白鲸》和《项狄传》之间的距离像两极一样遥远，这两部作品却有某种《爱玛》所绝对欠缺的共通之处：一种非人类的因素。当这种因素表现得轻飘跳脱时，比如说《项狄传》，把它称为"幻想"很是贴切。而当它如《白鲸》般严肃恢弘时，我们就称其为神秘或是宇宙性了。读完《白鲸》后，你对奇迹的感受肯定会得到加强，你的宇宙观肯定会大为扩展，可是你却不得不因为它不是一部真正的小说而将它抛在一边，因为它根本不符合那些条条框框。

再来看《荒凉山庄》。《荒凉山庄》真是一部小说吗？差不多——它充满了有趣的人物，还有迷人的情节。可它有个先入为主的意图——它公然抨击了一种社会不公，这是小说该做的吗？它应该篡夺小册子的功能吗？更有甚者，它还没有一种贯穿始终的叙事视角，跟《爱玛》很不一样。就拿《荒凉山庄》的头三章来说：开篇第一章，我们通过查尔斯·狄更斯的眼睛看到一切。他把我们带入大法官的法庭，将里面的人物一一介绍我们认识。到第二章，我们仍然通过狄更斯的眼睛在看，可不知道出于什么原因，他的视力变得模糊了：他可以介绍我们认识某些人物——可并非全部。到第三章，他采用了一种全然不同的方法，放弃全知视角，将叙事视角交给了一位年轻的女士，埃斯特·萨默森，我们看待一切都是经过埃斯特而非别的任何人的眼睛。拿小说艺术的标准来评判——假设真有这么一种艺术——《荒凉山庄》全然支离破碎。让我们再来看一下《奉使记》，亨利·詹姆斯的作品。到了这里一切规章都贯彻得非常完美——甚至比简·奥斯丁的作品更加到位。这是个有关人的故事，占据主导地位的正是这些人的利益关系，没有强调什么形而上或是社会化的"恶"，小说中有发展有结局，故事自始至终是由一个一以贯之的视角讲述的——就是那位敏感的中年美国人的视角，他本来奉命前来将一位同胞从十九世纪巴黎的种种陷阱中解救出来，不料自己竟对这些陷阱缴械投诚，不过并非在同等的意义上，因为他渐渐认识到，巴黎不同于美国，她意味着文明。《奉使记》是一部满足了小说艺术所有规章的小说，假设当真存在这些规章的话。再来看D·H·劳伦斯的《白孔雀》。那些规章到了这里又不起作用了。我们几乎根本不在一个故事里。我们是在一首诗里，在一片正在刈割的花田里，在向晚的树林里，在青春的阵痛中，还混杂着残酷。《白孔雀》这本书你批评起来很容易，却不可能忘记。它已然将我们带入——天知道是怎么做到的——一片浪漫而又恍然的土地，否则我们就会永远与其失之交臂了。

所以，这些所谓的规章就这么回事，你愿不愿意采纳悉听尊便。你可以说，确实有小说的艺术这么种阿物儿，衡量下来的结果，《爱玛》和《奉使记》是完美的小说，《荒凉山庄》只是差强人意，而《项狄传》、《白鲸》和《白孔雀》压根儿就不是小说，尽管你读来兴味盎然。你也可以说，在我看来小说根本就没有什么条条框框，没有什么放之四海而皆准的小说艺术标准，只存在适合某一具体作品的特定的小说艺术。我认为，不论是劳伦斯·斯特恩、简·奥斯丁、赫尔曼·麦尔维尔，还是查尔斯·狄更斯、亨利·詹姆斯、D·H·劳伦斯，他们都应用了适合他们特定问题和性情的小说艺术，而且我觉得我们罗列的这六本小说都是好小说，而且就该写成这样。

不过，我们还是要稍稍深究一下"视角"的理论，因为即便我们不接受它，它对我们也毕竟是一种启发。我想引用一位令人钦佩的批评家珀西·卢伯克的观点，他绝对相信"叙事视角"，而且在一本有趣的书《小说的技巧》中予以详细讨论。"说到小说的技巧，最关键最复杂的方法问题，"卢伯克先生说，"我认为就是视角的问题——也就是叙述者决定跟故事采取什么样的关系的问题。"他继续论述说，小说家既可以从外部来描写人物，充当一个不偏不倚或者有所偏袒的旁观者；亦可以自认是全知全能的，从内部描写人物；他还可以将自己置于某一个人物的位置，假装对其他人物的动机一无所知。小说家不该犯的错误是将这几种方法混淆起来，从一种视角换到另一种视角——如狄更斯在《荒凉山庄》中的做法；这样一来，他会削弱小说的效果；卢伯克还举托尔斯泰的《战争与和平》为例，认为如果托尔斯泰的叙述视角始终如一的话，这部小说将更加伟大。我不同意这种说法。我认为只要结果是成功的，小说家当然可以变换他的叙事视角，事实上狄更斯和托尔斯泰的做法结果都是成功的。而且我发现这种扩展和缩小认知范围的能力（视角的转换正是扩展或缩小的征兆），这种可以有时彰显有时隐藏什么的权利，正是小说这种艺术形式的最大优势之一，这也正好跟我们在日常生活中的认知能力对应起来。我们有时候会比别人愚钝，不是吗：我们偶尔能窥破他人的思想，但并非总能做到，因为我们自己的头脑也会疲累；这种时隐时显的状况终究使我们接受到的经验变得多姿多彩。许多小说家对于他们书中的人物就是如此行事的：对他们的表现时紧时松，我看不出这有什么值得诟病的。

所以，下次你再读某本小说的时候，请一定注意一下"叙事视角"——也就是说叙述者跟故事之间的关系。他是从外部讲这个故事、描写人物，还是将自己认同为某一个人物？他是假装自己知道并能预见到一切呢，还是喜欢让自己也大吃一惊？他有没有变换他的叙事视角——像狄更斯在《荒凉山庄》头三章的做法？还有，如果他确实变换了视角，你介意吗？反正我不介意。

图书在版编目(CIP)数据

小说面面观／(英)E.M.福斯特著；冯涛译.
—上海：上海译文出版社，2019.5（2022.1重印）
(译文经典)
书名原文：Aspects of the Novel
ISBN 978 - 7 - 5327 - 8115 - 7

Ⅰ.①小… Ⅱ.①E… ②冯… Ⅲ.①小说评论—英国
—现代 Ⅳ.① I561.074

中国版本图书馆 CIP 数据核字(2019)第 068027 号

图字：09 - 2014 - 092 号

小说面面观
[英] E·M·福斯特　著　冯涛　译
责任编辑/顾真　装帧设计/张志全工作室

上海译文出版社有限公司出版、发行
网址：www.yiwen.com.cn
201101　上海市闵行区号景路 159 弄 B 座
山东临沂新华印刷物流集团有限责任公司印刷

开本 787×1092　1/32　印张 8.5　插页 6　字数 139,000
2019 年 5 月第 1 版　2022 年 1 月第 6 次印刷
印数：21,001—25,000 册

ISBN 978 - 7 - 5327 - 8115 - 7/I·4989
定价：45.00 元

"译文经典"（精装系列）

瓦尔登湖	[美] 梭罗 著	潘庆舲 译
老人与海	[美] 海明威 著	吴劳 译
情人	[法] 玛格丽特·杜拉斯 著	王道乾 译
香水	[德] 聚斯金德 著	李清华 译
死于威尼斯	[德] 托马斯·曼 著	钱鸿嘉 译
爱的教育	[意] 亚米契斯 著	储蕾 译
金蔷薇	[俄] 帕乌斯托夫斯基 著	戴骢 译
动物农场	[英] 乔治·奥威尔 著	荣如德 译
一九八四	[英] 乔治·奥威尔 著	董乐山 译
快乐王子	[英] 王尔德 著	巴金 译
都柏林人	[爱] 乔伊斯 著	王逢振 译
月亮和六便士	[英] 毛姆 著	傅惟慈 译
蝇王	[英] 戈尔丁 著	龚志成 译
了不起的盖茨比	[美] 菲茨杰拉德 著	巫宁坤 等译
罗生门	[日] 芥川龙之介 著	林少华 译
厨房	[日] 吉本芭娜娜 著	李萍 译
看得见风景的房间	[英] E·M·福斯特 著	巫漪云 译
爱的艺术	[美] 弗洛姆 著	李健鸣 译
荒原狼	[德] 赫尔曼·黑塞 著	赵登荣 倪诚恩 译
茵梦湖	[德] 施托姆 著	杨种 等译
局外人	[法] 加缪 著	柳鸣九 译
磨坊文札	[法] 都德 著	柳鸣九 译
遗产	[美] 菲利普·罗斯 著	彭伦 译
苏格拉底之死	[古希腊] 柏拉图 著	谢善元 译
自我与本我	[奥] 弗洛伊德 著	林尘 等译
"水仙号"的黑水手	[英] 约瑟夫·康拉德 著	袁家骅 译
变形的陶醉	[奥] 斯台芬·茨威格 著	赵蓉恒 译
马尔特手记	[奥] 里尔克 著	曹元勇 译
棉被	[日] 田山花袋 著	周阅 译
69	[日] 村上龙 著	董方 译
田园交响曲	[法] 纪德 著	李玉民 译
彩画集	[法] 兰波 著	王道乾 译
爱情故事	[美] 埃里奇·西格尔 著	舒心 鄂以迪 译
奥利弗的故事	[美] 埃里奇·西格尔 著	舒心 译
哲学的慰藉	[英] 阿兰·德波顿 著	资中筠 译
捕鼠器	[英] 阿加莎·克里斯蒂 著	黄昱宁 译
权力与荣耀	[英] 格雷厄姆·格林 著	傅惟慈 译
十一种孤独	[美] 理查德·耶茨 著	陈新宇 译

浪子回家集	[法] 纪德 著	卞之琳 译
爱欲与文明	[美] 赫伯特·马尔库塞 著	黄勇 薛民 译
存在主义是一种人道主义	[法] 让-保罗·萨特 著	周煦良 汤永宽 译
海浪	[英] 弗吉尼亚·伍尔夫 著	曹元勇 译
尼克·亚当斯故事集	[美] 海明威 著 陈良廷	等译
垮掉的一代	[美] 杰克·凯鲁亚克 著	金绍禹 译
情人的礼物	[印度] 泰戈尔 著	吴岩 译
旅行的艺术	[英] 阿兰·德波顿 著 南治国	彭俊豪 何世原 译
格拉斯医生	[瑞典] 雅尔玛尔·瑟德尔贝里 著	王晔 译
非理性的人	[美] 威廉·巴雷特 著	段德智 译
论摄影	[美] 苏珊·桑塔格 著	黄灿然 译
白夜	[俄] 陀思妥耶夫斯基 著	荣如德 译
生存哲学	[德] 卡尔·雅斯贝斯 著	王玖兴 译
时代的精神状况	[德] 卡尔·雅斯贝斯 著	王德峰 译
伊甸园	[美] 海明威 著	吴劳 译
人论	[德] 恩斯特·卡西尔 著	甘阳 译
空间的诗学	[法] 加斯东·巴什拉 著	张逸婧 译
爵士时代的故事	[美] F·S·菲茨杰拉德 著 裴因	萧甘 等译
瘟疫年纪事	[英] 丹尼尔·笛福 著	许志强 译
想象	[法] 让-保罗·萨特 著	杜小真 译
论自愿为奴	[法] 艾蒂安·德·拉·波埃西 著	潘培庆 译
人间失格·斜阳	[日] 太宰治 著	竺家荣 译
在西方目光下	[英] 约瑟夫·康拉德 著	赵挺 译
辛德勒名单	[澳] 基尼利 著	冯涛 译
论精神	[法] 雅克·德里达 著	朱刚 译
宽容	[美] 房龙 著 朱振武	付远山 黄珊 译
爱情笔记	[英] 阿兰·德波顿 著	孟丽 译
德国黑啤与百慕大洋葱	[美] 约翰·契弗 著 郭国良	陈睿文 译
常识	[美] 托马斯·潘恩 著	蒋漫 译
欲望号街车	[美] 田纳西·威廉斯 著	冯涛 译
佛罗伦萨之夜	[德] 海涅 著	赵蓉恒 译
时情化忆	[法] 米歇尔·布托 著	冯寿农 译
理想国	[古希腊] 柏拉图 著	谢善元 译
逆流	[法] 于斯曼 著	余中先 译
权力意志与永恒轮回	[德] 尼采 著 [德] 沃尔法 特编	虞龙发 译
人各有异	[美] E·B·怀特 著	贾辉丰 译
三十七度二	[法] 菲利普·迪昂 著	胥弋 译
精神疾病与心理学	[法] 米歇尔·福柯 著	王杨 译
纯真年代	[美] 伊迪丝·华顿 著	吴其尧 译

我们	[俄] 叶甫盖尼·扎米亚京 著　陈超 译
亚当夏娃日记	[美] 马克·吐温 著　周小进 译
为奴十二年	[美] 所罗门·诺萨普 著　蒋漫 译
美丽新世界	[英] 马克·奥尔德斯·赫胥黎 著　陈超 译
斯万的一次爱情	[法] 普鲁斯特 著　沈志明 译
怪谈·奇谭	[日] 小泉八云 著　匡匡 译
名人传	[法] 罗曼·罗兰 著　傅雷 译
西西弗神话	[法] 阿尔贝·加缪 著　沈志明 译
大师和玛格丽特	[俄] 米·布尔加科夫 著　高惠群 译
人的权利	[美] 托马斯·潘恩 著　乐国斌 译
螺丝在拧紧	[美] 亨利·詹姆斯 著　黄昱宁 译
古代哲学的智慧	[法] 皮埃尔·阿多 著　张宪 译
柏林，亚历山大广场	[德] 阿尔弗雷德·德布林 著　罗炜 译
心灵、自我与社会	[美] 乔治·H.米德 著　赵月瑟 译
生活的意义与价值	[德] 鲁道夫·奥伊肯 著　赵月瑟 译
身份的焦虑	[英] 阿兰·德波顿 著　陈广兴 南治国 译
反抗者	[法] 加缪 著　沈志明 译
沉思录	[古罗马] 马可·奥勒留 著　唐江 译
新教伦理与资本主义精神	[德] 马克斯·韦伯 著　袁志英 译
天才雷普利	[美] 帕特里夏·海史密斯 著　赵挺 译
小说面面观	[英] E·M·福斯特 著　冯涛 译